■ 向海文库

Du Xian

Chu Hai

独 弦 出 海

杨映川　著

漓江出版社

图书在版编目（ＣＩＰ）数据

　　独弦出海 / 杨映川著 . -- 桂林 : 漓江出版社，
2021.12
　　ISBN 978-7-5407-9183-4

　　Ⅰ . ①独… Ⅱ . ①杨… Ⅲ . ①长篇小说 – 中国 – 当代
Ⅳ . ① I247.5

　　中国版本图书馆 CIP 数据核字 (2021) 第 256796 号

独弦出海
作　　者　杨映川

总 策 划　张艺兵

出 版 人　刘迪才
策划编辑　李　弘　梁　志
责任编辑　霍　丽　李　慧
助理编辑　盘小春
责任校对　卢琳桢
媒介主理　张津理
营销编辑　梁虹程
责任监印　杨　东
版式设计　广大迅风艺术　　　封面设计　璞　间

出　　版　漓江出版社有限公司
地　　址　广西桂林市南环路 22 号　　　邮　　编　541002
网　　址　www.lijiangbooks.com
发行电话　010-65699511　0773-2583322
经　　销　广西新华书店集团
印　　装　广西壮族自治区地质印刷厂
开　　本　880 mm×1230 mm 1/32
印　　张　12
字　　数　200 千
版　　次　2021 年 12 月第 1 版　印　　次　2021 年 12 月第 1 次印刷
书　　号　ISBN 978-7-5407-9183-4
定　　价　65.00 元

作 者 简 介

杨 映 川

曾用笔名映川，做过记者及报纸副刊编辑，在《人民文学》、《作家》、《当代》等刊物发表过小说数百万字，有《魔术师》、《狩猎季》等十余部作品出版。曾获人民文学奖、百花文学奖、广西文艺创作铜鼓奖等。

目 录

第一章

刘黎氏的目光投向很远很远的地方，远处的海是灰蓝色的，荡着几抹橙红，天还没有透亮，天边堆着一大片薄薄的灰云，要不是这层灰云，太阳早把海面照出亮丽的红光。老阔已经出海将近半个月，她当然瞧不见他们的船，但她觉着只要眼睛盯的时间长一些，她的目光是能落到那船上的。目光是会走路的，会拐弯的，特别是在海上，能走很长很长的路。她能看到老阔坐在船头吸烟，头发上有一层白色的细碎盐碱，身上当然少不了咸酸的汗味，脸晒出黑色的光润，好看，神情带着疲惫也有惬意，看来，舱里的鱼不少。

　　一只鸭子啄到她脚上，脚面刺痛，她踢了踢脚，目光缓缓从远处收回到近处。这群鸭子有二十来只，每天早上她赶到木榄林附近，让它们在沙滩上啄食小鱼小虾。鸭子会在太阳热晒之前自行转移到木榄林的阴凉处休息。这片木榄林绵延好几公里，里头的小虾小蟹丰富得很，偶尔也会有能把鸭子吓得乱窜的海蛇。不过，鸭子的惊慌只是一时的，它们立马会用扁嘴齐齐呷向蛇头，海蛇抵不住群殴扭腰妖娆逃跑，鸭子又安静下来。晚饭前，刘黎氏到林边唤上几声，鸭子哗哗哗从林子里窜出来，摆着屁股跟她回家。它们也懂得家是好的，草窝棚虽然简陋，但地上铺了艾草，让它们少了蚊虫的叮咬，能安逸地趴着休息。几只鸭子正在下蛋期，回家前如果摸那屁股里头没有那一坨圆圆的，她得在林子边寻上一寻，把蛋拾回去。每攒得一筐她就用盐水浸上，浸得月余煮出来是油汪汪的。海鸭蛋与一般鸭蛋相比，蛋黄呈鲜亮的橙红色，这是经常吃海鲜的缘故，那蛋也有海鲜的风味。早上起来一锅热白粥，几只咸蛋几块咸鱼做佐菜，能让一家人都吃得欢欢喜喜、暖暖洋洋。

刘黎氏没有在海边耽搁太久，风大，把她宽大的裤腿向前吹。她把头巾重新系了一下，手抚在肚子上，衣服虽然宽大，但仍然看得出里边裹的是一个饱满的肚子。八月底的天气，这样的风是最爽快的，可家婆日日交代，有了身子不能吹风，不能着凉，她系了头巾，还在上衣外头罩了一件又宽又长的线衣。她抚着肚子缓慢往家里走，带着咸湿淡淡腥味的空气让她安心，还有一个月，肚里的孩子就要出来了，那时候老阔他们也将满载而归。老阔走之前说，要把捕到的最大那条鱼留下来给孩子，她能预见那是好大的一条鱼。

这不是第一胎，十二年前他们的第一个孩子刘金沙出生的时候，他们年纪轻，懵懵懂懂，手忙脚乱，全是公公婆婆帮忙侍弄。孩子长到四五岁，他们咂摸出当父母的感觉，想再要个孩子，可刘黎氏一直怀不上，又等了六七年，这回真是满心满意的盼望得偿所愿啊。八月是开海季，孩子的预产期是九月，老阔说："这孩子是有福之人，等着老子满载而归。"听男人说话的气势，刘黎氏内心充满了骄傲，她怎么也算是刘家的功臣了。

今天家里有客人来，从省城专门来采访家婆的。家婆刘苏氏上过好几回电视报纸，这回来听说又是要录上电视的节目。她昨天和家婆把家里都拾掇干净了，等会儿到家准备一些吃食就好。刚到家门口，听到从堂屋传出弹奏旦匏[1]的声音。她跨进堂屋，家婆正在调试旦匏，公棚[2]上燃了三支香线。她双手合十低头向着公棚祈福，为着海上的丈夫，为着肚中的孩儿，为着整个家宅，她又走到屋后，屋后的空地上停放着一艘长约三十来尺、宽约十来尺的老式木舢船，船身有几处木头糟掉了，上面油的漆是半新的。这船的前头也坐了一只小香炉，炉里同样燃了三支香线，刘黎氏双手合十向老祖宗们又祷告了一会儿。

这艘船是家里的宝贝，是刘天阔的阿爸阿公开过的船，后来太破旧用不了停在岸边，刘天阔的阿爸左看右看舍不得让船在风雨中再衰败下去变成一堆废材，就把船拉到屋后摆放，用油布盖上，经济宽裕的时候弄点桐油或油漆涂上维护着。这一停四五十年过去了，刘天阔从一个孩子变成孩子的父亲，船还在。其间，家里翻新房子想过扩充地基，但是一向外扩充船就没地

---

[1] 旦匏，方言，即独弦琴。
[2] 公棚，方言，指神龛。

方放了，为了这艘船，家里的房基结构几十年下来愣是没改过。老船成了如刘家祖宗牌位一般的神圣之物。

刘黎氏绕进左边的厨房，给头天晚上泡下的一大盆糯米换了水。她清洗石磨，准备开始磨米做风吹饼。家婆的声音从堂屋传过来："米我等下去磨，你先熬糯米粥。"这肚子太大，确实不好推动磨盘，家婆凡事都是体贴的。刘黎氏转念之间，将换了水的糯米盛了几碗放入铁鼎锅，架到灶上，加水烧火熬上。等糯米熬烂，再把糖加进去重新再熬一道。亮晶晶的糯米粥咕咕冒泡，发出又甜又糯的香气，她咽了好几口唾沫。怀了孩子之后，胃口是出奇的好，对一向就偏爱的甜粥更是不能自拔。

刘苏氏调试好旦匏，阳光正好斜射进堂屋来，她在氤氲的光中弹了一首《渔家唱晚》，手指头微热，算是热过身，便停下来了。每次她调试旦匏都很有仪式感，首先沐浴净身，在公棚上过香，才把旦匏摆出来。她还不满六十，身子骨硬朗得很，人长得细瘦高，从小被人唤作竹妹，无论喂多少鱼虾都没把她喂胖。还有，她的手指又细又长，也像竹节一样。阿爸说她弹奏旦匏是最合适不过的了。她跟着阿爸学弹旦匏，一开始是当作好玩的一件事，后来越弹越上瘾。阿爸觉得自己的琴艺不再能帮到她的时候，就带她去拜另外一位师傅，那位师傅教了她一阵，又让她去拜另外一位师傅。后来，她不用拜师了，她自己成了师傅。她的手当然不只会弹旦匏，还会磨米、腌鱼、织网、缝衣、劈柴。在这渔村里过活，就没有一双手是只用来弹琴的，但只有在弹琴的时候她最快活。弹琴的时候，她的心里跟着唱歌，磨米、织网、缝衣这些日常都在心里变成旋律，滑到拨片上变成曲调。也许正是这样，阿爸和师傅们说，她的曲子是活的，比刚捞上船的鱼儿都要活蹦。

　　她还没出嫁时的名字叫苏兰，嫁到刘家以后就变成刘苏氏了。一张琴跟着她嫁到刘家，那是阿爸的阿公花了好多功夫亲手打制的。琴身是一块从海里捞出来的沉香木，据说是曾老祖用半船鱼跟人换来的木头，木头看起来黑中透着棕黄，放到鼻子下嗅有淡淡的香气，如若在屋中搁上一晚，整间屋子都是令人神清气爽的香气。制琴人就着木料原来的长度和宽度制琴，琴身有107厘米长，头大尾小，尾巴正像一条鱼的尾巴，两个偏圆的弧度中间有一点点分岔。琴有名字，唤龙女。每一代弹琴之人，都会稍稍将琴改进一下，像琴的摇杆、拨棒、弦轴在苏兰的手上就换过好几回，唯有琴身不变。那块木料在海里不知道泡了多少岁月，在几代琴师的抚摸下又过了上百年，木头呈现出一种安稳沉着的光晕。苏兰摩挲这琴有上万遍了，她熟悉上头的每一条花纹，最细小的都熟悉。琴面上有两个地方有花纹团在一起，像两朵小小的浪花，每次演奏，她的手都会点一点那两处，从那两处起势，这是一种习惯，也像是一种仪式，就从那里开始，像一艘船滑入大海。

儿媳妇盛了一小碗甜糯米粥，送到她面前。刘苏氏喝完拿着空碗走进厨房，把碗放下，便坐到磨盘前，单手转动磨柄，另一只手不断地往磨洞里添加糯米，白色的米浆汩汩流入盆中。昨天江平镇黄副镇长的秘书亲自来村里交代，这次来拜访她的主要是两位民族文化研究专家，要她好好弹奏，把独弦琴的技艺宣传出去。这些年也陆续有人来跟她学琴，她喜欢教那些年轻人，她喜欢看他们拨响琴弦的身姿，更喜欢听他们手下流出来的清亮悠长的琴声，她从他们身上看到自己年轻的岁月。恍惚间，一盆米浆已经磨好，刘苏氏把盆端到火灶旁。媳妇已经烧开一锅水，两只洗净的篾托搁在一旁。她们把米浆舀到篾托里，手执篾托上下晃动，让浆水均匀铺满托底，便把篾托放在水上蒸，半分钟不到，用筷子一挑就能挑出一张薄粉膜。这薄粉膜还只是半成品，后面撒上熟芝麻，再用火烘烤，最后变成一张又薄又脆、风都能吹得起的饼子。现在还不能烤，等人来了再慢慢烤，烤早了，空气潮，一会儿就不酥脆了。婆媳俩做了一箩筐的薄粉膜备用，临近客人来的时间，她们烤出三十来张风吹饼。闻着香味，媳妇忍不住吃了四五张，家婆也吃一张。媳妇笑着说："边烤边吃才最有味道。"家婆微笑点头，替媳妇把嘴边的一颗黑芝麻抹去，两人都重新洗漱换衣服去了。

　　不多时，婆媳俩都梳好砧板髻，在上头插上银花，再戴上环形银耳环，清清淡淡，再无其他首饰。家婆穿的是黑色长阔绸裤，上身是京族妇女传统的无领无开襟的蓝色旗袍式长衫，脸上打了一层薄粉，面色白皙红润，嘴上也抹了一层淡淡的红色，整个人背挺得直直的，瘦高玉立，有一份清雅和高贵。媳妇肚子太大，上衣还是穿原先的，只是换了一条青色的阔腿裤。媳妇平时也不爱打扮自己，她很羡慕自己家婆穿衣服穿得好看，简简单单就能把自己收拾出来。家婆的那些妆粉和口红都不是花钱买的，全是自己手工做出来的。粉是用贝壳细磨出来的，有时会加上几粒小珍珠，也是磨成粉混在一起；口红是用土朱和胭脂花煮水熬出来的。每逢节日家婆的这一套家什会全部摆出来，让媳妇一同享用。家婆还说："女人打扮就跟草木开花一样，花不能天天开，能开的时候就好好开。"媳妇在家婆跟前总是自惭形秽，知道自己不会出现在摄像的镜头里，而且客人来了，她的主要工作就是招待客人，所以还是打扮得很随意。

听到车子的喇叭响，婆媳二人步出家门。车子只能停在离家有五六十米远的路边。她们沿着村子的砂石路迎出去，走得一段，就看到一行人朝这头走来，走在最前面的是黄副镇长。黄副镇长走到近前，上前搀着刘苏氏，大声地打招呼："阿奶身体还好吧？""好的，好的。"黄副镇长看到刘黎氏的肚子惊呼起来："阿奶，您要添孙子了！""是的，快了。""阿奶有福气。""托您的福。"

等把一行人迎进堂屋，黄副镇长才开始做正式的介绍。两位专家分别是陆教授和覃教授，陆教授是从北京来的，覃教授是本省的专家，跟过来做节目的还有省电视台的三名记者包括摄像，本地政府宣传部门的两名干事。刘黎氏把带着温热的风吹饼装了一簸箕上来，又给大家倒上热茶。摄像机已经开始工作，刘黎氏赶紧离开。黄副镇长很熟悉这一家的情况，介绍起来朗朗上口。刘苏氏五十有八，在湾尾村生活了将近四十年；儿子刘天阔是主劳力，月初淘海去了；儿媳妇刘黎氏是从乌头嫁过来的；孙子刘金沙还在上小学。刘苏氏频频点头，她记得这个黄副镇长前些年来过一次，也是带人过来采访，那时候还不是副镇长，是管宣传的，小伙子记性这么好，让她很是感动。

按照电视台的录制程序，首先是录制刘苏氏弹奏独弦琴，再让专家和刘苏氏进行交流，最后在村子里走一走，录一些背景材料。头两项程序都顺利地进行着，刘苏氏的演奏让专家啧啧称赞。她的那柄龙女琴两位专家的兴趣最大，龙女琴独自得了很多镜头，刘苏氏给大家讲了一遍这琴的来历。

村里好些人闻得风声，说刘家录节目，都跑过来看热闹。刘黎氏便把风吹饼拿到门外招待大家，让孩子们打闹的声音小一些。突然，刘黎氏看到儿子刘金沙背着书包朝家门飞奔而来，她感到很吃惊，这时间孩子应该待在学校，正常的下课时间是下午五点半。她不敢高声说话，往外快速走几步伸手截住刘金沙。"你这么早下课了？""我跟老师请假了。""为什么请假？""我要看阿奶上电视。""赶快回去上学，电视又不是现在播，以后才看得到。""我要看电视台的主持人。""这里没有主持人。""你骗我，我要看。"刘黎氏举起巴掌说："你再闹，信不信我扇你？"刘金沙避开母亲虚晃的巴掌，一矮身，从母亲腋下穿过，直直冲进堂屋去了。

刘黎氏急了，想要追，脚上穿的是新换上的一双布鞋，不合脚，偏大，快走几步，这么前后脚一错，后脚就踏到前脚后跟上，人往前扑出去，最先着地的是肚子，她吓得大声地哀叫起来，周围的人也是惊呼一片。

刘金沙已经奔进屋里，扑到阿奶身上。阿奶正在和专家们聊着，不惊不慌地抚着孙子的头说："这是我孙子，阿沙，向伯伯和阿姨们问好。"刘苏氏的话音刚落，就听到儿媳妇的叫声从门外传来，一向淡定的她忽地站起来风一样冲出门去。在她还没到达之前，已经有村邻把刘黎氏扶起来。刘黎氏的身上沾着沙土，脸色煞白地捂着肚子，看到家婆凄惶地哭起来："妈，我肚子痛，要生了。""慌什么，生就生，提前一个月算不了大事。"刘苏氏上前架住媳妇，对着人群喊："快去帮叫乘风妈，能帮手的赶紧去厨房烧水，生过孩子的都进里屋来。"

节目组面对临时突发事件，增加了一个内容，独弦琴艺术家苏兰后继有人，节目组见证了她孙女的整个出生过程。

刘海蓝对自己出生时的情形历历在目，如本人亲临现场，那是因为有很多的人跟她描述，他们互相补充，把那个场景描述得事无巨细，再无一点遗漏。何况那一天正好电视台在她家录节目，录下来一些当时的片段，电视台送给阿奶一盒录像带，那盒录像带后来被转刻成碟片，再转录为一个文件存在电脑上。她不止看过一遍，每看一遍都觉得很新奇，仿佛在做一件穿越的事情，回到自己出生的那一天。

刘海蓝的出生地叫湾尾，是城港市江平镇所辖三个村子当中面积最大的一个。三个村子分别是乌头、江心、湾尾，它们都是沿海的小岛，后来填海成了半岛。有关这几个小岛的传说很多，流传最广的一个是说这三个小村子为一只蜈蚣精所化，蜈蚣精长年祸害出海的渔民，最后被神仙用利剑斩杀，身体分成三截散落海中，化为三个遥首相望的小岛。这三个村落的居民几乎都是京族人，京族是个人口稀少的少数民族，全国算起来不超过三万人。

1988年的夏天，在这个民族又增添了一个女孩。那天全村在家的人几乎都到刘家来了。女人不断地在里屋外屋进进出出，青壮的男人大多淘海去了，剩下的老汉或站或蹲在屋外凑成一堆。最出风头的当属武黄氏，当时黄副镇长张罗用他们坐来的吉普车把刘黎氏送到镇医院，匆匆赶到的武黄氏略一检查便确定来不及了。她淡定地吐出一句话："领导放心，我能保他们母子平安。"黄副镇长对这个长得五大三粗、面色潮红、嗓门洪亮的妇女半信半疑,刘苏氏对武黄氏却是很信任,她说:"乘风妈,金沙他妈就交给你了。"说完转身到堂屋公棚上香去了。

武黄氏虽然自己只生过两个孩子,但接生过几十个孩子,更传奇的是她在做姑娘的时候就给人接生了。她的法宝有两样,一样是一种黑色的香线,燃了会产生白烟,放在孕妇鼻子底下,让孕妇将白色的烟吸进去。闻过烟后,孕妇宫缩加剧,但痛苦减轻,大大加快生孩子的过程。另一法宝是她的手法,她在产妇腋下、足底、腰间几个穴位敲打推拿之后,同样能令产妇生产顺畅,子宫出血减少。武黄氏拥有的这手绝技据说是高人所传。未嫁时她是黄家的小女,名唤黄秋,上头有五六个兄弟姐妹,家境贫苦。少女黄秋有一日在自家屋外补网,看到一个打扮奇怪的中年女人,中年女人穿着灰布长衫,梳着髻子。她后来才知道那是一位女道医,在当时,这样的人多半是隐藏身份的。女道医说黄秋居住的渔村又小又破,潮湿,不聚气,让黄秋跟她走。黄秋问去哪里,女道医说往好地方去。黄秋当然不会离家,为了证明自家的渔村没那么不堪,她特地用上好的海货招待客人。那位女道医在黄家住了几日,看黄秋没有跟她走的意思,就教黄秋为人接生的手段,让她好好积福,也能多个进项养活自己。黄秋稀里糊涂地学,稀里糊涂地用了，她的第一个试验对象是自家嫂嫂。嫂嫂人长得瘦弱，怀的却是双胞胎，那一个狭窄的骨盆顺利生出两个儿子，功劳全在黄秋，黄秋"一战成名"。后来有老中医跟黄秋拿了几支香线去研究，说用的是十三太保方子制出来的，黄秋不知道什么叫十三太保方子，老中医跟她一一讲解。黄秋听完后对中医产生了浓厚兴趣，虽说识不得几个字，但收集民间偏方的热情却是高涨。她用自己理解的方式记录那些方子，后来小孩子头痛脑热的，她也能治上一治。

等黄秋嫁到武家，变成武黄氏之后，助产这项技能更为四乡八里所知，好多要生产的人家都提前把她预订下来。刘家也是早早定下武黄氏，武黄氏与刘黎氏平日交好，她对刘黎氏的身体情况熟悉，赶来看刘黎氏已经见红，就让刘黎氏吸闻香线，她辅助做推拿，催产工作有条不紊地进行。

刘苏氏向领导和专家们告罪，说怠慢了客人，为了让孙儿出生顺利，她将演奏一曲《龙女赞》向海神祷告。专家和电视台的记者一听都兴奋了，这个经典的曲子与独弦琴的流传据说是同步的，由当地独弦琴师们集体创作，已经有数百年历史。这一曲目除了用作感恩，也用来祈福。

刘苏氏重新回到案台前缓缓落座，右手拨动琴弦，左手调节摇杆，在她的脑海里，琴声已经扩散到深邃辽阔的海洋，所有的海众都能听到琴声，她的祈祷不断往海的深处去。不多时，海面升腾起一片光芒，一个白净的孩子缓缓浮出，刘苏氏看清了，是一个女孩。当她的手指落下最后一个音符，孩子的啼哭声响起。

黄副镇长的心终于落地，他先前特地打电话让镇医院的一个妇产科医生赶来，等医生赶到，刘海蓝已经呱呱坠地。

武黄氏看是个粉白粉红的女孩，欢天喜地地大声嚷嚷："金沙妈，这是我家儿媳妇，我先定下了。"刘黎氏躺在床上虽有些迷糊，想睡，但听到这一句话心里乐开了花，精神振奋了几分。老阔说过，能有一个女儿就什么也不想了，儿女双全。

听到婴儿啼哭声，刘苏氏双手合十朝祖宗牌位拜了拜。她感谢在座的各位见证了她孙女的出生，屋里屋外，每人送一条咸鱼做礼物。黄副镇长和专家们也接受了这份礼物。等客人们全离开以后，家里剩下三个女人，两个孩子。武黄氏陪着刘黎氏，刘金沙也待在母亲身边，看着小小的妹妹一直在说话："她怎么这么小？她的眼睛为什么不睁开？""她的头发怎么这么少？"武黄氏敲了敲刘金沙的脑袋说："你今天差点惹出大祸，好在小妹没事，不然你得脱层皮，你以后要敢欺负小妹，姨第一个揍你。"刘金沙说："她这么小，我碰都不敢碰，哪里会欺负她。"

刘苏氏熬了别家送来的鲜鳗鱼，浓浓白白的一锅汤，是最下奶的。刘黎氏喝了两碗，奶水开始涨了，孩子会趴在奶头上啜了。刘苏氏白天高兴得过了头，晚上睡意全无。刘金沙是跟她睡的，早睡着了。孩子吃糯米糖粥太多，嘴角溢出涎水，她用手巾替孩子擦了擦，躺了半天还是没有睡意，再进里屋查看，儿媳和睡在一旁的孙女都睡得安安稳稳。这个漂亮的小家伙白得像块玉，她怎么也看不够，心里只想着把最宝贵的东西都给她。她能有什么好东西呢？她最珍贵的就是那张龙女琴。琴将来要交到孩子手上，首先孩子要学琴，她会让孩子成为最好的琴师。

半个月后，刘天阔带领淘海的船队归来，这是一个丰收年，鱼虾满舱。刘天阔捕到的最大的那条鱼他留下来没有卖，给多少价都没卖。他在出行前就说过要把捕到的最大的鱼送给未出世的孩子，他只是没想到在他归来之日孩子已经出世。那条很大很大足足有两百多斤重的大鲅鱼用来给孩子做满月酒宴，全村人都吃上了。

孩子的名字他早提前取好了，刘海蓝，男孩女孩通用。

第二章

所有的人都认为刘海蓝会考艺术院校，很长一段时间里她自己也这么认为。从小跟阿奶学琴，参加过大大小小几十场演出，获过十多个奖，她早就是个小明星了。

　　为了把独弦琴弹得更好，阿奶很有见识，让她同步去学古筝、二胡。无论是教古筝还是教二胡的师傅，都劝说刘海蓝跟着他们，改弦易辙。"古筝再怎么说听众比独弦琴多吧，出头露脸的机会当然就更多了"，"独弦琴太冷门，二胡再冷门都比独弦琴热，二胡还有《二泉映月》《良宵》《听松》这样家喻户晓的经典呢"，"也就是在我们这个地方，出去问一问，谁知道独弦琴是什么呀"。听师傅们的劝说刘海蓝没有回话，脸上笑嘻嘻的。她不爱说话，喜欢用弹琴来代替说话。她弹琴的时候，琴声中就有她的回答。阿奶说了，海边不能缺少旦匏的声音，虽然琴上只有一根弦，但当这根弦被拨动，琴声响起，能让大海风平浪静，只有大海平静了，海边人家的日子才能过得安稳。刘海蓝相信阿奶说的话，这琴不仅仅是弹给人听的，还弹给身边的一切生灵听。在海边的人家心中，海是活的，是有生命的，有养育子民的担当和慈悲，它也有快乐悲伤和脾气，旦匏为海而生。

刘海蓝和阿奶长得很像，也是高高瘦瘦，手指如竹节一般。她的脸很白，皮肤细嫩，生长在海边的人多半皮肤毛孔粗大，肤色深，单论这点她就鹤立鸡群。阿奶最喜欢夸赞刘海蓝的眼睛，刘海蓝的眼睛圆圆的、黑黑的，黑多白少，阿奶说这双眼睛可怜分分的，任是谁看了都心疼。刘海蓝不爱说话，却是爱笑的孩子，见谁都绽开一张笑脸。她是阿奶心中的珍珠宝贝，阿奶那张旦匏谁都不能碰，就她能随意玩耍，当玩具。刘海蓝的小手一开始没有力气，拨不动弦，后来慢慢能拨动了，拨动的声音越来越大。有一天连续拨了几个响亮的音节，阿奶从后院跑进自己卧室，嘴里嚷着："海蓝，指劲够力了，再过一阵跟阿奶学琴好不好？"刘海蓝那时还没有学习的概念，只会笑呵呵地点头。她是怎么入门开始学琴的，她记不清了，好像就是这样懵懵懂懂地拨拨弹弹，琴声越来越清晰，调子变化越来越多，然后，就开始一曲一曲地演奏了。

阿奶每教她一个曲子之前都先给她演奏上一段时间，只让她听，让她好好听，听得十天半月，那曲子渗到她脑子里去了，她的耳边随时都像响着那首琴曲。然后，阿奶让她凭着记忆弹，对错不论。刘海蓝凭着记忆琢磨，有时候好几天都弹不出一小段，但那曲子的调子更加印刻到她心里，她一点一点去复原。当阿奶真正坐下来，手把手地给她指正时，就像是一个开光的过程，那些烂熟在心中的曲子，那被反复演奏的曲调，一下子就调准了，到达高光时刻。

刘海蓝十分享受这样的过程，像家人腌制鲶汁[1]，一道道工序仔仔细细，有条不紊，耐心等待才能吃上最美味的鲶汁。鲶汁做佐料或拌饭吃鲜得能让舌头融掉，好些人一吃就上瘾，戒都戒不掉。如果有人让谈论家乡的宝贝，刘海蓝第一会说旦旄，第二会说鲶汁。

有艺术院校的教授听过刘海蓝演奏，告诉她，等年龄到了就参加考试，他们学校的大门是向她敞开的，独弦琴这门艺术等着她去发扬光大。刘海蓝曾对自己的艺术人生有着美好的憧憬，她会穿着漂亮的长衫，在众人瞩目之下演奏，接受热烈的掌声。她也会在海边散步，听海浪声声，看渔船在海上徜徉、红树林里白鹭追逐、金色的沙滩上亲朋好友来往踏足，她会将她听到的、看到的都谱进曲子里，然后，再让它们从琴上流出来。这样，她可以告诉很多很多的人，她的家乡是这样的美好，海浪是如何进入人的梦中，带着湿漉漉的咸味。

武乘风知道刘海蓝的梦想，刘海蓝也知道武乘风的梦想。武乘风说他的梦想只告诉了刘海蓝，刘海蓝毫不怀疑。他俩从

---

[1] 鲶汁，当地的美食。做鲶汁要先将小鱼洗净，放进大缸或木桶里，分层加盐，压实加盖封好。几个月后，小鱼便会逐渐溶解，分泌出一种红色的汁液，即鱼汁。头道过滤后的鱼汁呈油状，香味浓郁，味道甘醇；第二次过滤后的鱼汁称二漏，色味稍差；第三次过滤后取出鱼骨残渣，作为饮料或肥料，到最后剩下来的精华就是鲶汁。

小就有许多只属于彼此的秘密。武乘风虽然不是刘海蓝的亲哥哥，但在她眼中和亲哥哥刘金沙没什么区别。

金沙哥因为比她大了差不多一轮，又在她出生那天惹出事端，凡事都让着她，咸鸭蛋让她吃出油最多的那个，杀鸡杀鸭，两只棒腿都是她的。男生玩打仗游戏，她是要参加的，她在哥哥的背上参加，如果金沙哥不背，她会坐地上踢腿哭，弄得一脸泥沙，手还抓泥巴一把把扔向哥哥。哥哥没办法，只能把她背到背上，手里拿着木棍，与人追打，叮嘱她把他的脖子搂紧别掉下来。她喜欢在哥哥背上颠来跑去的感觉，在海边她没想过骑马，别人都说她这样趴在哥哥背上就叫骑马，只有她叫骑鱼。她从小就盼望着海里有一条足够大的鱼，让她骑在背上，她要抱着鱼脖子游来逛去，乘风破浪，逍遥快活。

武乘风的母亲武黄氏替刘黎氏接生，双手把刘海蓝接到这个世界上，武家与刘家的关系更亲密了。刘海蓝小时候若是不在自己家吃饭，就是和武乘风待一块儿享受黄姨做的美食。当时的孩子们认为的美食并不是随时可以吃上的鱼虾，他们觉得臭鱼烂虾吃烦了，最好吃的是红烧肉、炖猪脚、焖鸡肉。武黄氏因为经常在外头给人接生，除了红包，还能拎回斤把肉或一只鸡当谢礼，每每回到家杀鸡炒肉，就让武乘风去叫刘海蓝。武乘风的姐姐武艳明这时往往表示出不乐意，她抱着手说："刘海蓝人长得这么瘦，可是个大肚婆，一只鸡都吃得下。""武艳明，你还好意思说，苏阿奶拿过来的鸭蛋，你一口可以吞两个。""我是你姐，你没有资格来讲我，我又没吃你的。"姐弟争吵声未落，武乘风早跑到刘家，把刘海蓝带过来了。

武乘风虽然比刘海蓝大三岁，但对刘海蓝言听计从。刘海蓝要去捉蟹他就去捉蟹，要去挖泥丁他就去挖泥丁。他们还把一小片海域围起来，当作他们的领地，每天去巡视一下，教训那些小虾小蟹，不听话的拿出来晒晒太阳当作惩罚。有时不留心晒过头，虾蟹变成橙色，刘海蓝会指挥武乘风给它们做人工呼吸，搞得武乘风一嘴的腥臭。刘海蓝说想骑鱼在海上游逛，这是武乘风碰到的最大难题。武乘风思前想后，他得先去捕到这样一条大鱼，再想办法把它驯熟了才能给刘海蓝当坐骑。他求阿爸给他捕回一条大鱼，他爸武双力不是没有捕过大鱼，只是那些鱼捕上来不久都会死去，就算是不死也不会交到他手上。武双力敷衍了武乘风好些年，武乘风后来死心了，他劝刘海蓝可以考虑换换坐骑，比如说骑一条狗。刘海蓝朝武乘风翻了一个好大的白眼："狗能在海上游吗？咸都把它咸死。"武乘风很惭愧，他考虑跳过第一个步骤，他觉得等他长大，他可以自行去捕那样一条大鱼，所以他先去跟人打听怎么驯鱼。打听过后，他才发现刘海蓝这个想法根本没有实现的可能，他即使弄来那么大的一条鱼，也没办法驯成一头坐骑。那些海族馆是有人驯鱼的，弄些什么海狮海豚训练顶球钻圈，但从来就没人把鱼训练成坐骑，到了海上，这鱼不撒欢往水底潜才怪呢，这不是要把刘海蓝带到海底吗？武乘风觉得不能替刘海蓝实现这个愿望很丢面子，他亏欠刘海蓝的，所以，刘海蓝让他干什么他就干什么，当有一天刘海蓝说要去无名岛，他就带她去无名岛。那一次出海行动，轰动全村。

那时候武乘风已考上市重点高中城港市一中，平时住校，刘海蓝在镇上的初中，两人平时只有周末能见面。暑期较长，武乘风隔三岔五跟大伯出海打渔，这是村里男孩子成长的必修课。武乘风的父亲武双力患有严重的风湿病，往年还能坚持跟着船队出海，这一年不行了。从清明节开始他的腿就开始痛，严重的时候几乎出不了门，淘海的日子越近他越焦虑，但走路都吃力，终究是出不去淘海了。做了一辈子的渔民，出不了海心里头的难过和不安比海上的风暴还要猛烈几分。武双力盯紧了自己的儿子，督促儿子赶快把淘海的本事掌握，这是没商量的事。他明显感觉儿子不喜欢捕鱼，让他去帮他大伯，嘴上答应，一出门就干别的事去了。这个假期，武乘风每天都跑去帮忙同村的阮家起屋。这小子不知道哪根筋搭错了，村里哪家要做泥水工，他只要看到，都会去抢别人的活来干。武双力还看到儿子拿了瓦刀，煞有介事地给人砌墙，一头是汗，满脸是灰，那份热情就像是起自家屋一样。武双力没好当场发作，等儿子回到家里就骂："阮家请你当师傅，给你付工钱了？晒大太阳给人搬砖和泥你倒不嫌累！"武乘风不敢回嘴，一回就要被揍。父亲腿脚不好之后脾气大了很多，最遭罪的是母亲，一不合适就被骂。大姐的日子也不好过，自从大姐前年退了吴家的亲后，父亲的气很不顺，说武艳明就是故意赖在家里当老姑娘，让人笑话。

吴家的小伙子武双力夫妇都满意，武艳明也见过人家的面，一开始是愿意的，两家的亲事定下来没几天，毫无理由毫无征兆地，武艳明突然反悔了，死要退亲说不嫁，问她什么原因来来回回就一句："反正我就是不嫁，你们逼我我就去跳海。"武黄氏没办法，只得跟人把亲退了。问武艳明想找个什么样的，她说："我谁都不嫁。"这话还不是说着玩的，武艳明一直拒绝相亲。像她这样年纪的姑娘成天想的就是找个好婆家，嫁个好男人，唯独她优哉游哉，一点没有怀春的迹象，反而朝女汉子的方向成长，抽烟喝酒拿得起放得下。武艳明为什么会变成这样呢？其实连她自己也搞不太明白，所以自然没办法跟父母解释清楚。她只是偶然听一个刚嫁到村里的新媳妇抱怨嫁人没什么意思，和一个不熟悉不体贴不热心的人过日子，还撇下生养的父母去侍候别人的父母，这不犯傻吗？不知怎的，这话就击中武艳明那特大条的神经了，她想，有道理啊，我和姓吴的不知根不知底，见几次面就定亲，够傻的了，嫁过去说不准要受什么窝囊气，还不如待在家里侍候父母踏实报养育之恩呢。

武艳明打定主意后在婚姻问题上就变得无欲则刚了。武黄氏思虑重重，有一日念叨："我家姑娘会不会是尼姑的命数？"武双力听媳妇这么说更加火上浇油，呵斥道："放屁！武艳明迟早要给我嫁人，我不会留她在家！"话是这么说，他还能把自己家姑娘踢出门？

这一天，武乘风早上起来做了几套题，武双力盯紧他说："今天你不跟大伯出去？""今天我想在家里看书，大伯那里隔几天去一次就行了。"武双力听儿子这么说，有些恼怒。在他脑子里从来没有儿子能考上大学，能走出他们这个小渔村的念头。儿子在家里捧着本书安静的模样令他烦躁，长得高高大大的小伙子，不出海打渔窝在家里像话吗？他要有这身板这双好腿，哪里还要待家里？"回来还有大把时间看书，就争这点时间？"武双力的脸透着铁青。为了不激怒父亲，武乘风放下课本出了门。大伯住得不远，走几分钟就到。老远看到大伯扛着一排地笼朝码头的方向走，他赶快几步，追上大伯，替大伯扛起地笼。大伯斜一眼他说："被你爸骂出来的吧？"武乘风点点头。"别板着个脸，既然出来了就高高兴兴的，今天我们不走远，到附近转转就回。"

大伯武双田是一名鳏夫，到外面闯荡了十多年，据说是赚了点钱，去年才回到村子，买了一艘渔船，没事就在近海附近下网和地笼，捞到的海鲜好的拿出去卖，不好的留着自己吃。随船队淘海是再不去了的，说是没那个体力，也吃不了那个苦。私下里，武黄氏说大伯一定是在外头赚的钱够用了，才敢这么说话，这村里谁不是起早贪黑的，哪个敢说吃不了苦？武乘风根本不觉得跟大伯出这小半天的海能学到什么，大伯船上还有起网机，力气都不用他出。他们平时在船上主要就是聊天，大伯把自己在外头闯荡的经历说给武乘风听。他先是在码头当装卸工，后来去一家鞋厂干过一段时间，再后来进了一家木材加工厂，因为肯吃苦，当到副厂长。本来在木材加工厂干得好好的，突然有一天就不想干了，觉得厂里那些锯木的声音刺耳得很，无比怀念起家乡海水的味道，迫切要听到海浪拍打的声音，说再听不到就没办法睡觉了。大伯说那一阵子他刚满五十岁，想来是知天命回家的时间到了。"在外头混多长时间，这家总是要回的，没有咸鱼拌白粥的早晨，都不知道怎么过来的。"武乘风听大伯说这些会咧开嘴笑，看大伯那副粗手大脚的长相，不像这么长情恋家的。大伯说："等你老了就知道了，到时候你就笑不出来了。"

武乘风和大伯把地笼和网下完就回来了，要等明天凌晨五六点，大伯才会去起网。起网武乘风倒是很乐意跟着去，看那些从海里捞上来品种不同的鱼虾，人总是很兴奋。他们从码头往村里走的路上，碰到刘海蓝。刘海蓝屁股后头跟着一条小狗，小狗是阿奶前个星期到附近村子喝喜酒时给刘海蓝讨回来的。小狗不足三个月，全身上下是黑色的，唯有胸口处一团白毛，像给自己戴了个口水兜。刘海蓝给它取名糯米。小狗刚拿到手她就抱着来向武乘风献宝，武乘风还笑她生怕别人不知道她爱吃糯米，非得给狗也取名糯米。武乘风问她要带狗到哪里去，刘海蓝说："放假好无聊，随便逛逛，糯米喜欢看鸟飞，我带它到红树林那边转转。"武乘风知道刘海蓝喜欢到红树林边上玩，带着狗更有借口了。他说："我跟你一起去。"大伯说："我先回家睡个觉，明早我们一起去收网啊。"武乘风应了一声。刘海蓝看大伯走远了，便说："刚才我去找你，你爸说你跟大伯出门了。你不是说早上在家学习吗？"武乘风说："我爸就看不得我在家安安静静的，只想让我出海。晚上我到你家做题，少在他面前晃，招他烦。""好啊，到时候我给你煮糖水蛋吃。"

两人走了两三公里路，来到红树林边上。糯米兴奋地来回小跑，隔着一片水域，盯着对面的林子，颇有点虎视眈眈的味道。只是每当有白鹭飞出来，那小眼神就飘了，痴痴的，随着那鸟飘天上去了。刘海蓝调侃糯米："哟，你是不是也想飞呀？"武乘风说："没准它是盘算着怎么把鸟捉住当食物呢。""才不是呢，它的眼神一点也不馋，完全是欣赏。""好吧，它会欣赏。"

这一处的红树林一直延伸到十几公里之外，这一带的林木以木榄居多，越往人烟稀少的地方去，树木的种类越多。远方，他们目光能及之处有一个小岛，不大，估摸着半小时能走完。虽说离他们村不是很远，但那个岛基本没人上去，岛上都是树木和岩石，蛇还很多，村里人称之为无名岛。武乘风两三个月前去过，是跟大伯出海顺路上去转了转。偶然的，武乘风在岛上发现有人烧水做饭的痕迹，有石头垒起的灶，有烧黑的木炭，还有好几只白色泡沫饭盒，像是从海上捞上来的。离石头灶不远的地方还有一处天然石窝掩藏在树丛中，蓄满了雨水，有足够人饮用的淡水。武乘风很奇怪谁会在岛上做饭，这个小岛是不适合人居住的，大风大浪一来能淹去半边。他想继续往深处寻一寻，大伯被虫蚁咬得厉害，说没时间浪费，再说这也有可能是路过的人，到岛上做做饭呢。武乘风心想这里离他们村不远，往前又是江心村，似乎没有必要临时下船在这里做饭，但他看大伯不太耐烦再待下去，就随大伯回船去了。

武乘风跟刘海蓝说过这事，凡是他觉得有趣的事情都会讲给刘海蓝听。糯米在他们身边跑动，他们的目光不知不觉投到远处的无名岛上。刘海蓝说："你说无名岛上会不会住的是野人？"武乘风说："我想是个武林高手。""高手为什么非要住那岛上啊？什么都没有，每天都被虫咬。""为了躲避世俗之人，想独自修炼武功呗。""我好想去看一看，就是没有船愿意载我们去。""真想去？走，我开船带你去。"

武乘风开的自然是大伯的船。他跟大伯隔三岔五出海，怎么操作早熟练得很。他知道大伯宝贝这条船，没跟大伯打招呼。无名岛不远，来回最多一个多钟头，用完后把船停回原处大伯也不知道。武乘风开动马达，船飞快地朝无名岛驶去。刘海蓝看武乘风动作熟练，衣服和头发都被风吹往后，威风得很。刘海蓝用一种很欣赏的口气说："你现在这个样子跟你的名字一样，乘风破浪。""帅不帅？""帅，像武林高手。"武乘风哈哈大笑说："如果岛上头果真有个武林高手，我们就拜他为师，好不好？"刘海蓝大声回答："好，就住在岛上不回家了！"糯米被突突的马达声吓得有些不知所措，拼命往刘海蓝腿上靠，嘴里发出汪汪声。"胆小鬼，要放养你练练胆子才行。"刘海蓝在糯米头上敲了一记。

　　半个小时之后到达无名岛，武乘风把船停靠到岸边，手里拿了一条棍子走在前头开路。岛周围全是秋茄，挂着一条条如豆荚般的果实。他们趟了一段浅水，才找到一处适合攀爬的地方爬到岛上。刘海蓝东张西望："你是在哪里发现人的？"武乘风说："刚上来不急，还得走一段。"岛上杂草不多，好些地方黑黄色的土岩裸露着。"如果让我在这岛上住，我一定选一个最高的地方。""为什么呢？""高的地方可以看到四周围的景色。""好吧，那我们往最高的地方走。前次来我发现的只是一个做饭的地方，那个地方有一窝淡水，人说不定住在那儿。"

这个时间临近下午五点，太阳晒得不太猛了，天边聚起大片的云，风好像没怎么吹了。岛的最高处看过去就是一丛丛并不高大的灌木，掩盖着一大块黑黄色岩石。看似不远，中途他们遭遇一条断沟，这岛上竟然掩藏着一处深沟，还很长，越不过去，他们又绕了些路才能继续往前。糯米突然汪汪汪叫起来，武乘风警惕地停下脚步，刘海蓝一紧张就拽住他的手。他们同时看到了，一个衣不蔽体的女人站在离他们不足十米远的地方，定定地盯着他们看。刘海蓝忍不住叫出声来。女人头发蓬乱，脸手都是黑乎乎的，露在破布之外的部分身体还有些白净，也是这些部位才能让人分辨出她的性别。刘海蓝慌忙躲到武乘风后头，糯米叫得更起劲了。武乘风回过头安抚刘海蓝说："不怕，是人。"他朝前喊："你是哪里人？"对方没有回答，他又用普通话和当地方言问了几遍。对方就这么呆呆地站着，不回答。他继续用普通话说："这岛上住不了人的，你要不要跟我们走？"对方终于点了点头。武乘风高兴地说："海蓝，她愿意跟我们回……"话音未落，天边响了几个闷雷。刘海蓝说："乘风哥，快下雨了，让她快跟我们走。"武乘风招招手说："赶快，快下雨了。"那人钻进树丛里，武乘风还纳闷着，不一会儿她又钻出来了，手中多了好几只装满东西的塑料袋，估计是她的"家当"。武乘风转身拉着刘海蓝往前走，那人就在后头跟着，始终跟他们保持一点距离；上了船也是一样，离他们远远地坐着。出发前，没等武乘风开船，这人突然跳下船往岛上跑。临时害怕反悔了？武乘风叹气，让刘海蓝在船上等，他再去劝劝。他又追回到岛上，这时雨已经下来了。

话说自从刘海蓝带小糯米出门后，刘黎氏一直在收拾家里存放的咸鱼和沙虫。前阵子天气潮，咸鱼身上起了一些霉斑，沙虫也变软了。她用抹布一块一块抹干净霉斑，重新晾。刚晾不了一会儿，看要下雨，又把咸鱼和沙虫收起来。来来回回忙了一圈，没见刘海蓝回屋，下雨了也不见人影，刘黎氏便穿了雨衣带了雨具出去寻人。到红树林边没见到人，又拐到武家，武黄氏正在准备晚饭。武家大伯也在，说刘海蓝和武乘风在一块儿的。刘海蓝和武乘风在一块儿这个说法让刘黎氏的心稍稍安定，但雨越下越大，她待不住，就逐家逐户寻过去。正巧碰到刚从海上回来不久的阮敬平，阮敬平说看到武乘风驾船出海了，当时没注意看，以为武家大伯也在船上就没往心里去。这不啻炸响一个惊雷。武家大伯立马冒着雨冲去找自己的船，果然船不见了。这下子，整个村的人都惊动了。

这时节村里的青壮男人都组成船队淘海去了，先前提供信息的阮敬平是因为家中老人在出海前两天过世，未能成行。阮敬平在年轻一辈中是个拔尖的人物，虽然没上过几天学，但淘海是一把好手，人又老实厚道，对村中大大小小的事务都很上心。他自告奋勇，与武家大伯开着自家的小船出海寻人去了。船出去没多久，半道上碰到武乘风驾船返回。风雨太大，听不清孩子们说什么，打了手势各自先返回村子。武乘风脚刚落地还没站稳，守在码头边上的武双力冲上来踢了他两脚。"可以嘛，出息大了，能自己驾船出海了，明年给我淘海去！"刘海蓝挡到武乘风前头说："二叔，是我要乘风哥去的，你打我吧。"武双力听刘海蓝这么说，后面要骂出来的话只能咽回去了。刘苏氏也在等待的人群当中，她拦了一拦说："双力啊，有什么回家再说，人平安回来就好。"武双力碍着长辈的面，暂且把火压下去了。

武家大伯和阮敬平的船也随后到了，双方叙了几句，才发现武乘风他们还带回一个破衣烂衫的女人。首先发问的是大伯，因为女人是从他的船上跳下来的。"这人是谁？""我们在无名岛上发现的，我们劝她跟我们回来了。""真有本事，还捡个人回来。"武双力的脚忍着没再踢出去。大伯看出这是个女人，跟刘黎氏说："金沙妈，这人你带回去，给她换身衣服，可能是在海上落难的。"刘黎氏点点头，一手拉着女儿，一手拉着那女人的手一块儿返家了。

第二天到刘家参观的人络绎不绝，大家都来看武乘风他们从无名岛上带回来的女人。女人里里外外清洁干净了，梳洗换了妆容，虽然还是不张口说话，但大家都看出来了，年纪三十出头，模样周正，甚至算得上秀丽。大家又纷纷猜测她是怎么流落到无名岛上的。那女子就这么听着人们对她来历的臆测，低着头，面无表情。

刘海蓝担心武乘风被家里教训，一大早就去武家，把武乘风拉到家里来。路上她问武乘风昨晚回到家有没有被揍，武乘风说几巴掌肯定是少不了的，不过不痛。武乘风又反过来问刘海蓝有没有被家里人骂。刘海蓝骄傲地摆摆头说阿奶还夸我救了人呢。到了刘家，武乘风看到昨天那女子吃了一惊，梳洗干净换了衣服差点认不出来了。他上前跟女人说话，问女人是哪儿的人，女人瞪着一双眼睛，还是没有回答他的问题。刘海蓝挨在一边说："我知道你不是哑巴，为什么不和我们说话？"武乘风奇怪了，问："你怎么知道她不是哑巴？""我去学二胡的时候，见过一个哑巴，那哑巴二胡拉得可好了，他喜欢用手做动作，嘴巴还经常发出点怪声，下意识就会，可她没有，一点儿小动作都没有，我想她就是不想和我们说话。""不是哑巴就好，过一阵子可能就说了。"他们当着那女人的面交流，那女人看着他们，表情生动了些。

刘黎氏端一碗糯米糖粥递给那女人，女人接过来吃得飞快。刘海蓝笑了："看来你和我一样爱吃糯米。"刘海蓝举起小狗说："找到你它也有功劳，它的名字就叫糯米。"女人嘴边多了一丝笑意。说话间，刘黎氏给武乘风也盛了一碗糖粥过来，还招呼上门来看热闹的人说："要喝粥的自己上厨房盛去。"几个孩子窜进厨房里去了。

武双田早上自己去收网，收获不错，拿了点海货过来。他看到那个女人也是挺吃惊的，蹲坐在女人跟前和女人说话。用的本地方言，女人不答，他又换了不太标准的普通话，自己说自己的。刘黎氏拿一碗粥过来递给武家大伯，看一眼女人，看一眼武双田，脸上浮出暧昧的笑。武双田捕捉到了，不好意思地，接过粥碗站起来走一旁去。

武乘风让刘海蓝跟他出门，他说前几天阮家起屋他帮忙垒了墙，这两天该刷墙了，他想去看看。到了那里，果然工人正在给内墙刷灰，武乘风两眼发光，上前去与工人交涉，不一会儿那刷灰的工具就到了他的手上。他给墙上抹水泥的样子专注又细致，好像他面对的是一张脸，给脸扑粉化妆呢。刘海蓝喜欢看武乘风这副专注的样子，他跟她说过，看一栋屋子从地上一块砖一块砖地增高，会特别开心，好像自己也跟着长高了。他要替很多人起房子，起漂亮的房子，他要很多人能看到他起的房子，这里一栋那里一栋，随手一指就是。刘海蓝说："那以后你会不会给我起一栋屋子？""当然会了，你住的屋子我得花大心思，保证独一无二。""会是什么样的？""以后你就知道了，我得花时间好好设计。"阮敬平从一个角落冒出来说："乘风兄弟好志向！"武乘风料不到他们的谈话被别人听到了，脸情不自禁飞红。"敬平哥，我是在跟海蓝妹子吹牛呢。""才不是吹牛，我就要住你起的房子。"刘海蓝根本不怕阮敬平，阮敬平经常上家里去陪阿爸聊天喝酒，是阿爸最看好的后生，金沙大哥在阿爸眼里样样不如敬平大哥，但刘海蓝最看好的后生是乘风哥。

武乘风能够考上市里的重点高中说明学习成绩是很优异的，他属于那种不需要死用功也能考到好成绩的学生，能稳定保持在年级前十名，他对自己要考的土木工程系还是有把握的。临近高考的那个寒假他没有急着回家，而是和一些同学留在学校里一起复习，老师偶尔也给他们开开小灶。他不习惯和家里人说学校里的事，在父亲眼里，考上大学好像并不是什么值得高兴的事，不过是给家里增加经济负担罢了。

刘海蓝放假后回家没住几天，接到市里的一个演出邀请，是市政府年前慰问老干部的茶话会请她当表演嘉宾。演出邀请她不是每回都去，影响学习的不去，商业演出不去，这是阿奶定下的规矩，阿奶说什么年纪做什么事，让她学琴本不是为了这些。刘海蓝都听阿奶的，阿奶让去就去，不让去就不去。不过这次她没等阿奶做决定，听完村支书给阿奶传达的通知，她跳起来说："我要去，我要到市里看乘风哥。"阿奶拍拍她的脑袋说："到那天让你哥陪你去，这两天挑两首曲子好好练练，给老爷爷老奶奶演奏要用心。"刘海蓝使劲点头。

放假在家，她平日里除了弹琴，就是学习，家务一点不沾手，除了逗糯米玩玩就没什么好玩的事了。如果乘风哥在家，肯定不会这样无聊，乘风哥起码会给她说好多她没听说过的见闻。现在刘家多了一个干活的好手覃云珠，这是刘金沙刚娶过门没多久的媳妇。媳妇是刘黎氏亲自挑的，刘海蓝觉得阿妈好眼光，嫂子人虽长得普通，但性格特别好，爱说话，干活的热情高。平时跟阿奶和阿妈聊什么事都能聊得欢天喜地，让大家开心，屋里屋外的活她一个人包圆了也没有半句埋怨。不过，刘海蓝觉得嫂子太纵容大哥了，大哥没娶媳妇前很多活必须帮着父母干，现在娶了媳妇就变大爷了，睡懒觉不说，到了晚间还喜欢往镇上跑，不是跟人打麻将就是喝酒玩牌，半夜三更回到家，碰倒凳子还埋怨自己媳妇。

到了演出那天，吃完早饭刘海蓝抱着琴跟大哥出门，乘车往市里去。演出的地点在市政府礼堂，大哥把他送到召集人的手中就离开了，说好晚上七点到市一中的门口接她。前两天她给乘风哥打电话说了要上来演出的事，乘风哥就说要过来看她演出，后来又担心进不了礼堂，不过，乘风哥说了，无论他能不能进去看她演出，等她演出完他会在礼堂外头等她的。还没有轮到刘海蓝的节目，她偷偷从后台往观众席上瞧，除了百来位老领导，没看到什么外人，估计乘风哥是被拦在外头了。轮到她的节目，她抱着琴款款登台，轻轻松松演奏完一曲《红梅赞》和一曲《十五的月亮》。回到后台，她匆匆忙忙换下演出服，工作人员说等演出结束还有聚餐，她说不参加了，脸上的妆没卸就往外跑。妆没卸还有一个原因，她有点臭美，想带妆美美地去见乘风哥。

果然，乘风哥就站在礼堂外头，眼睛盯着出口。她朝他快步奔过去，手上还抱着琴。武乘风赶紧迎上来说："不急，别摔了。"他从刘海蓝手上把琴接过去说："我听到你弹琴的声音了，《红梅赞》《十五的月亮》，很好听。"刘海蓝从包里掏出一只信封扬了扬说："哥，演出费，我好有钱呢，请你吃饭，说吧，想吃什么？"武乘风笑呵呵地说想吃猪脚，他们就上街去找猪脚。

到老街的熟食摊正好看到有红烧猪脚卖，就称了一斤多。刘海蓝觉得不够隆重，还要请武乘风去吃炒菜，她说想吃炒猪肝。两人又转到步行街，选了一家大排档，先点一个炒猪肝，再点了一道酸菜牛肉和一道芥菜蛤蜊汤。武乘风笑夸刘海蓝是小富婆。刘海蓝把钱递给武乘风说："剩下的钱给你买猪脚吃，想什么时候吃就什么时候吃。"武乘风说："我不要，快过年了，这钱留着给你添新衣服吧，衣服可以穿好几年，吃东西一抹嘴什么都没了。""谁说的，把肉吃到肚子里，肉会变成营养，会变成你的脑细胞，你会越来越聪明，考试就能考得更好。"武乘风听得好开心，笑出声来，他把钱接过来说："好吧，我全买吃的，多长一些聪明的脑细胞。"

"哟，这不是一中的学生吗，好学生也早恋？"旁边桌坐了三个男青年，都是二十出头的年纪，流里流气说话的是其中一个染了黄头发的。武乘风穿着校服，一中是市里赫赫有名的重点高中，看校服能看出来。武乘风看他们一眼没有搭话。黄头发继续阴阳怪气地说："这么漂亮的小妹妹我也喜欢。"一边说一边一脸邪笑地看着刘海蓝。他的一个伙伴说："你就是个烂仔，高中都考不上，谁会喜欢你？"另一个伙伴说："是啊，你以为头发染黄了就很帅？"他们一唱一和，互相调侃。黄发小伙子冲着刘海蓝甩甩头发说："小妹妹，你看哥哥帅不帅？"刘海蓝后悔没有把脸上的妆卸干净，臭美惹来麻烦，对方一定是看她小小年纪化妆，专门冲她来了。她低下头跟武乘风说："乘风哥，我们走吧。"武乘风把服务员叫过来，要买单离开。那几人看他们像是胆怯了便更来劲："把我们这一桌的账结了再走，看你们也不像没钱的。"服务员过来后，武乘风匆忙把账结了，起身就走。对方看他们没有帮结账，三个人围上来。黄毛青年拦在刘海蓝面前，手在刘海蓝脸上摸了一把。刘海蓝从小被家里人宠，在外头又被人当成小明星，哪里受得这种污辱，她拉着黄毛青年的手狠狠咬了一口。男的痛得叫了一声，手甩不脱，踢起一脚把刘海蓝踹到地上。武乘风看刘海蓝捂着肚子喊痛，再顾不了什么，冲上前连续朝黄毛青年捶了几拳，这可是有伙伴的，两个同伙一左一右把武乘风拉住，那黄毛青年一脚把武乘风踹倒，然后骑在他身上一拳一拳地搞。武乘风的眼睛嘴巴全被砸到了，他拼了死力猛地把人掀翻，顺手拿起桌上的酒瓶子往这人头上猛地一砸……

武乘风有点眩晕，他的头和脸都很痛，他在那一刻突然发现自己长大了，个头长大了年纪变大了都不是长大的标志，只有从心里升腾出一股无悔担当的气息，才是长大了。他要用生命守护刘海蓝。年满18岁的武乘风在那个黄昏承受了人生中最大的磨难，他失去理智的那一砸让他失去了24个月的人身自由，也永远失去了高考的机会。

刘海蓝看到鲜红的血从那人黄色的毛发中溢出来，心中像有一根弦断了，是的，她的心中一直是有一根弦的，当她手上拨动琴弦的时候，她心中的这根弦也会跟着弹动，它们互相响应。此时，一切都在刹那间变得沉静，她的弦断了，她隐隐觉得有什么东西在慢慢地离她而去；她又像从一个躯壳里滑出来，她能看到留在原地的那个自己，那不是她喜欢的模样，哭哭啼啼，柔弱无助。

几个月后的一天，她听父亲提到武乘风时说："可惜，这孩子算是毁了，我们也帮不上什么忙。"刘海蓝知道家里四处找关系，还找到原告家属希望能达成和解，但都没有效果。这事像一根倒塌的横梁压着武家和刘家，所有人都愁眉不展，心事重重。大人们总是避着她谈论武乘风的事情，而她一直在追问结果，父亲只能把结果告诉了她。刘海蓝不服气，她一点儿也不服气，24个月而已，24个月怎么能毁了聪明能干的乘风哥？只是，她的心没有办法落到实处，飘飘忽忽的，乘风哥是要当建筑师的，他是要起很多很多房子的，难道乘风哥的梦想就这么碎了？

武乘风的判决下来后，刘家武家两家聚在一块儿互相安慰开解。刘天阔说："乘风是个好孩子，我看好他，这个坎会迈过去的。"武双力一反常态变得从容淡定，他对成天哭天抢地的武黄氏说："哭个屁，就关两年，出来照样可以打渔，不用担心没饭吃。"武家大伯说："是啊，都别愁了，我的船给乘风留着，你们都把心安在肚子里，海边的人有船就有活路。"

那一年是2004年，在夏天酷热的日子里，刘海蓝收到市一中的录取通知书，成为一名重点中学的高中生。在那之前她已经有了决定，她跟阿奶说："阿奶，我不考艺术院校了，不会有人独弦琴弹得比您好，我跟您学就够了。我上了高中会努力学习备考建筑系，我要设计一幢幢漂亮的高楼。"

阿奶不知道孙女为什么要选择建筑系，这是她不了解的新事物，听上去和起房子有关系，但她大致了解孙女转向的原因，小乘风坐牢了。她也曾设想过这两个孩子长大以后成家立业的样子，在她心里，武乘风也是她的孙儿。她牵着孙女的手，孙女的手指头又细又长，真是一双为弹琴而生的手，这样一双手用来造屋也许也是适合的，能让这双手灵动起来的只有主人的心。

"海蓝，阿奶不识得几个字，没什么见识，像你这么大的时候阿奶一心想着替父母看好弟弟妹妹，让家里的日子好过一些。你们现在不一样了，想法多，路子多，阿奶觉得只要认准了，不三心二意，遇事心不慌，走哪条路都能走得稳走得远，就跟弹琴一样，心随琴走，不想别的，这琴就能弹好。"

"阿奶，你放心，我自己选的路，我能走好。"

"不论以后你在哪儿，离家有多远，把琴带上，想家的时候弹一弹，念海的时候弹一弹，你不靠琴吃饭，但人可以靠琴养护着呢。"

"阿奶，我会的，这么多年我跟您学的都印在我心里，一样都不会丢。"

阿奶没有劝说孙女，孙女选不选择艺术院校，不影响旦匏的传承。无论孙女的选择是什么，她相信旦匏的魂已经住进孙女的身体，融进血液里了。

第三章

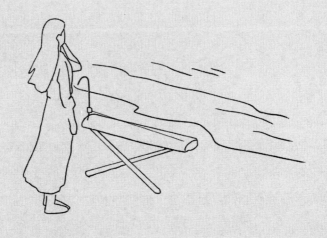

回到城港，刘海蓝没有着急回家，她事先也没有告诉家里人她回来的确切时间。从学校托运回来的行李有好几大箱子，主要是书和衣物，早由同事找车直接运到单位给她分配的公寓去了。像她这样名牌大学分配来的研究生，单位会分给一套两室一厅的公寓。公寓里简单的家具都配有，她只要购置一些日常生活用品就能入住。

公寓小厅的窗户是半敞开的，送她来的同事解释说，一个星期前后勤科的人来打扫，把窗户打开了透气。她住的楼层不是很高，四楼，但从那半扇敞开的窗子向外看出去，能看到不远处老街的入口。当年老街是个热闹的去处，人来人往，车水马龙，现在尽管有些房屋翻修过，仍掩饰不了油腻和衰老。

同事顺着她的目光看往老街，热情推介："老街有很多好吃的，你住在这里可便利了，根本不用自己做饭，半夜想吃夜宵都有得吃。"听同事的口音是北方人，刘海蓝笑着说："我知道老街，我是本地人。"同事恍然大悟，拍拍脑袋说："搞半天，我是在班门弄斧呢。"

离吃晚饭尚有一段时间，同事让刘海蓝先休息一会儿，晚上他代表组织给她接风。刘海蓝说："我等于是到家了，等会儿自己出去转转。你接我够辛苦的了，忙你的去吧。"同事想刘海蓝可能是想和家里人碰面，没再坚持，告辞离开了。

刘海蓝在屋里转了转，没有什么值得马上去做的事情，到处都很干净，床是裸床，只有床垫子，但她没有打开行李把床单毛毯拿出来的想法。既然回来，回到家门口了，心里稳稳的，什么都不用急着去做。她连脸都没洗，背上小挎包下了楼。到了楼下，她研究了一下自己住的这幢楼，看样子是用旧房来改造的，把原来的一房改成现在的两房。住旧城区很合她的心意，因为她不需要什么时间就能熟悉起来。沿街各种商店呈现出油纸黄的光晕，快餐店、手机店、衣服店、鞋店、海货店，虽不高档，却让人安心，不用担心进去之后口袋里的银两够不够支付。年轻人的衣着新潮时尚，和大城市没有多大区别；老人变化慢一些，他们口中吐出的方言有让时光停驻的力量。好久没用本地方言说话，为了找个说话的由头，刘海蓝搜寻了一下，附近有一个足够老的老人，头发尽白，皮肤上一块一块的褐斑，一脸的皱纹。老人守着一个海货小摊，卖的是手撕鱿鱼和各种腌制过的即食鱼干。她走过去用方言问价钱，老人耐心回答，用布擦拭公平秤上的托盘，满眼期待地看着她。她拿起夹子，每一种口味都取了一些放在秤盘上。交易结束，她打开塑料袋，拈一条小鱼干放进嘴里，配料味道稍重，把鱼味淹没了。她走到老街口，嘴里的鱼干终于嚼出点味道。十年了，自从十年前那桩事发生，她再也没有踏足这片地界，而当她考上大学之后，不仅仅是老街，整个城港市都只是一个中转站，过年回家不得不路经的一个中转站。

刘海蓝走进老街，没用几分钟，到达那家店铺门口。店铺翻新过，门口应该是被整顿不许摆摊。只摆放了几个展示生猛海鲜的水箱；店名也换了，现在叫海味烧烤店。她这么一张望，站在门外招揽客人的小伙计立马招呼她，问她要不要吃饭。她立在原地不动，幻想在这里可以看到一个身影，哪怕是重返当时那个情境。她的驻足引发小店伙计更热情的招呼，只差上前拉她进店了。她闻到好闻的烧烤味，味道果然是记忆最好的催化剂，她回到那时，时光凝固，她的眼泪模糊了眼睛。那个小伙计有些不知所措，往后退一步好奇地盯紧她。她问："有炒猪肝吗？酸菜炒牛肉？焖猪脚也可以。"小伙计说："来这里都是吃海鲜的，铁板鱿鱼筒很不错，麻辣兰花蟹最好卖，要不要来一份？"她摇摇头，转身走了。

这十年来，刘海蓝只见过武乘风两次，她心里隐隐约约觉得他在躲她，可为什么要躲着她呀？是怨她吗？

第一次是在武乘风出狱后不久。周末回家听说武乘风出狱已回到家中，她立马朝武家跑去。武乘风在厨房里跟母亲说话，刘海蓝首先看到一颗头发被削得露出头皮的脑袋，再看到武乘风一张略显油黄虚胖的脸。她什么也不管，一声"乘风哥"扑过去抱住人哇哇大哭，鼻涕眼泪全抹在武乘风衣服上。武黄氏看刘海蓝仍然天真烂漫如儿时，想起当年接生时说过要定下来当媳妇的话，心里不免伤感，眼泪也下来了。两孩子挺般配的一对，只可惜儿子横生祸事，现在怕是难了。

武乘风的怀中窜动着好闻的气息，让他凌乱温暖的气息，但刘海蓝的哭声又让他尴尬。他一直努力给自己也给别人显示他的态度，他不后悔自己做过的事，也并未对失去两年自由丧失求学的机会感到遗憾。刘海蓝的哭声轻易地穿越了那堵他竖立的"高墙"，他有了抗拒。他把刘海蓝轻轻推开，同时用笑声化解这一份尴尬："多大了还哭，真好意思。"刘海蓝听到武乘风笑了，笑声浑浊，像个老人。"乘风哥，你声音变了。""平时好少讲话，这两天回家话不停喉咙说哑了。"这句话暴露了一个辛酸的事实，在狱中乘风哥能跟谁说话呢？说不准还被人欺负呢。刘海蓝的泪水又哗地涌出来。武乘风没有继续让她哭下去，他端起灶台边的一碟蒜薹炒腊肉说："大伯生病了，我过去瞧一瞧，你陪我妈说会儿话。"刘海蓝说："我也要去。"武黄氏说："去吧，去吧，早点回来吃饭。"

他们走出大门有一会儿没说话，刘海蓝想她是有很多话要说的，在肚子里都积攒两年了。"乘风哥，你在里头受苦了。""人都出来了，没什么大不了的。""是啊，出来就好，你会再准备参加高考吧？"他摇摇头说："不了，背着那样一个档案没有好学校会录取的。""不念书你打算干吗？""不知道，看看再说吧。"武乘风的回答和刘海蓝猜想的差不多，她在这两年里不止一次想过武乘风出来以后会怎么样，想上心仪的大学怕是难了，就是一般的大学也难。不念书会像他阿爸或是她阿爸那样当渔民？她想象不出武乘风当渔民的样子，她的脑子里倒是经常闪出武乘风拿着瓦刀砌墙的样子。她差点就要跟他说出自己要考建筑系的计划了，可说出来武乘风是高兴还是难过？她没有十足的把握，还是等考上再说吧。"乘风哥，你如果有什么想法一定要告诉我，好吗？"武乘风点了点头。

到了大伯家，大伯半躺在床上，一个丰腴的女人递了一杯水过去，大伯接过去喝了一口。看武乘风进屋，大伯把杯子递还女人手里。这女人不是别人，正是当年武乘风和刘海蓝从无名岛上带回来的那个流浪女。她原先住在刘家，好几个月一直一言不发，家务倒是慢慢帮着做。她会做饭洗衣，还会煎饼包饺子。大伯那阵子喜欢上刘家来，每次来都跟女人说话，有一天看女人烙饼子，说了一句："你是山东人吧？"女人一惊，瞟他一眼。他又说："我去过山东打工，见过有人像你这样烙饼的，我去的地方少，不知道其他地方是不是也这样烙饼。"

这话像是安抚女人。女人停下手，突然就开腔了："是。"大伯又惊又喜，追问："是什么？""是山东的。"

那之后两人经常在一块儿说话。大伯上刘家越来越勤快，刘黎氏看在眼里不好说什么，就跟家婆说了。刘苏氏把武双田找去问话，问他想不想找个人搭伴一块儿过，武双田心知所指，脸红彤彤点头。刘苏氏说："我们谁也没有问过她的来历，如果你真能不计较过去的事，就跟她好好一起过吧。人啊，哪有风平浪静过完一辈子的，经历过反倒更安本分了。"武双田又鸡啄米似的点头，在刘苏氏跟前他是小辈，只求老人家做主。

女人对过去的事守口如瓶，刘家的人也从不问半句。刘天阔给她取了一个新名字，叫刘玉静。刘玉静认刘天阔做哥，刘海蓝管刘玉静叫姑。刘苏氏问刘玉静愿不愿意跟武双田过，刘玉静没忸怩，点点头说愿意，但她拉着刘苏氏的手说："妈，我不能跟他领证，只能住一块儿，这会不会让人觉得没名没分？"刘苏氏拍拍刘玉静的手说："嘴长在别人脸上，哪里管得了这么多，你受过的苦只有你知道，好好珍惜过日子吧。"

没隔几天，武双田郑重上刘家来，把刘玉静迎回去，请了十桌酒，村里广而告之，人人前来祝福。夜里，刘玉静倚在武双田的怀里说："大哥，你从不问我过去的事，你就不好奇吗？"武双田说："不好奇，日子是往前走的，又不是往回走，我倒希望你能把过去的事通通忘了，以后只记得我们在一起的日子。""大哥，我会的。"两个人紧紧拥抱，都强烈感受到对方的热量。

刘玉静看武乘风端着一碟腊肉进屋，皱起眉头说："你大伯明明胃痛了，还非要吃腊肉，还敢麻烦你妈给他做，真是越老越不懂事。"武双田呵呵赔笑："吃鱼吃腻了，一不舒服就想吃腊肉。"武乘风拣了一块肉放嘴里，说："腊肉是好吃，不过这两年我最想念的是咸鸭蛋和咸鱼，梦里想着口水都把枕头打湿了。"武乘风故意把牢里的生活说上一嘴，是想让人感觉这两年对他来说没什么大不了的，他不避讳谈及，他大大方方就能说出来。"出来就好，大伯那艘船给你用。现在海鲜价涨得快，你勤快点不会少赚钱。"武乘风点点头，没有再说话。他坐在大伯床前听教诲，刘海蓝也跟着听。她发现武乘风非常安静，听讲的样子就像听老师讲课，刚才那些故作轻松的说话，和现在对比是两样的，这应该才是他的常态。她敏感地捕捉到他变化的蛛丝马迹，心上始终压着一块石头。

武乘风并没有用大伯那艘船，在家住没几天，他说出去找朋友散心，去得两天打电话回来告知家里他和朋友到外省打工去了。这一去好几年不见踪影，逢年过节家也不回。武黄氏经常跟刘黎氏哭诉，说武乘风要强，估摸着混不出个人样，是不会回来见人的。刘黎氏安慰道，孩子有孩子的心思，大人管不了，知道他们没病没灾的就好。她也向武黄氏抱怨刘海蓝，一个女孩斯斯文文安安静静弹琴不好吗？非折腾去读什么建筑系，难道还想搬砖给人修屋？这是姑娘家干的吗?！武黄氏揽着刘黎氏的肩膀："我们是管不了了，随他们去吧！"

刘海蓝没想到武乘风就这样不辞而别了，她还有很多事没得跟武乘风说呢。比如说糯米刚下了一窝崽；比如说他们以前经常去的大石落住进了一对公婆鱼，那种很少见的出双入对的公婆鱼；再比如说她的学习成绩每学期都能保持年级前三，老师说上重点是没有问题的。

糯米一共下了六只小崽子，在这之前家里都以为糯米不能生养呢，没想到一下下了六只崽。有人讨要，家里挨不过情面送出去两只，剩下四只无论如何不送了。刘天阔在屋后老船旁边给它们一家重新搭了一间屋，那四只小崽子闲不住，喜欢跑到老船上玩耍，累了就睡在船里。刘天阔说："这也好，这船本来就像人住的屋，狗总是要守屋的，老船就由糯米一家来守了。"

刘海蓝在外读大学，本科加研究生一共七年，虽说每个假期都回家，但只见着武乘风一次。那是两年前的大年初一，她按惯例早早去给武家拜年，远远地看到一个熟悉又陌生的身影被烟雾缭绕，那人手中拿着一长串爆竹，在武家新起的宅院前跑动。一时间她的眼睛模糊了，她放慢脚步，缓缓靠近，像是担心这个人会再次溜走。刘海蓝早听说武乘风在外打工赚钱回家盖楼了，这楼还是武乘风自己设计自己动手盖起来的。在刘海蓝的眼里，武家的房子不是村里最气派的，但却是最有品位的。新建的是"工"字形的七层小楼，一楼靠街的方向全打开来做门面，上边几层用来做民宿客栈。随着金滩的开发，湾尾村现在至少有一半人家开了民宿，旅游旺季，各家的床位都能住满。武家的民宿客栈取名"海边人家"，算是开得晚的，但后来者居上，新楼建成就变行业标杆了。

　　新楼表面不贴瓷砖，做了红砖外墙，墙边搭架子种上飘香藤，花藤密密实实攀爬到墙上，红绿相映，朴素又好看。顶楼用京族人家传统的砖瓦加盖了檐顶，由于海边风沙大，京族人住的屋子喜欢在屋顶脊及瓦行之间压置一块接连一块的石块或砖头，这栋新屋部分沿用了这一旧风俗，别有风味。大院用刷白漆的木栅围起来，装了几盏仿古灯。院子与一楼的客厅连通为一个整体，客人吃饭喝茶可以在院子里，也可以在屋子里。院子没铺水泥，人行小路铺的是卵石和细白沙，其他地方错落有致地种上花木果树或是摆放着花盆。院里有一个小电梯，可以直通到七楼观海台。观海台四周只有柱没有墙，地板上铺满白色沙石，有一个专门用玻璃板隔出的花架，里头摆放着一张红木长案，还有一块写着老字的木匾，没人能认出写的是什么，好奇打听才知道那四个字是"海上旦匏"，用京族人自己的文字写的。从观海台可以远眺大海，这里也是一个小型的演出场所，客人们可以在楼上观海，也可以在这儿听独弦琴的演奏。

自从海边人家开张，生意做得很红火，武双力腿不好长年待在家里，现在找到活干了，帮招呼客人，端茶送水，脾气好了很多。真正忙里忙外的是武艳明和武黄氏。刘玉静经常会过来帮忙，她做的面食很受客人欢迎。虽然刘玉静和武家大伯没有领证，但武黄氏早把她当成自家嫂子，妯娌关系好得很。武艳明最终还是没有把自己嫁出去，也可以说谁她都看不上。为了让自家客栈的生意更火，武艳明想了不少点子，比如说与电商平台合作，与旅行社挂钩。武乘风建议她去跟苏阿奶学习独弦琴，说没事在观海台上弹几曲，保准能把客人吸引来。武艳明觉得好有道理，家里的观海台是现成的演出场地，她只要学会了就可以上台表演，做一个琴师也是蛮风光的。武艳明高高兴兴买回一柄独弦琴，找苏阿奶学琴去了。

刘苏氏八十多岁了，这些年陆陆续续教了上百个徒弟，只要有人上门求教，她从不推辞。她朝武艳明伸出自己十根又长又瘦的指头说："这阵子手指头开始不听话，耳朵也不灵光了，阿奶不敢再教人了，你等海蓝放假回来跟海蓝学。"武艳明被泼了冷水很不高兴，认为阿奶是不乐意教她才推给刘海蓝。"阿奶你就教教我呗，怎么教我怎么学。""那不行，音都弹不准了怎么教？误人子弟。"

武艳明回来对弟弟发泄不满："海蓝妹子就放假回来几天，还经常提前返校，书呆子一个，哪里指望得了？"武乘风说："姐，海蓝能把你教好的，学一天算一天，她有教人的本事，能干着呢。"武艳明白了弟弟一眼："是啊，她厉害，我们村这么多年来才出这么一个女秀才，可要不是为了她，你也能上大学。"武乘风的脸沉下来："姐，你就这张嘴不好。我早就跟你说过，那件事和海蓝没有关系，以后不要再说这样的话了。""好吧，不说了，等海蓝放假回来我就逮住她教我弹琴，反正我不交学费。""你给人家也不敢要！"

新屋起好，武乘风最先布置的就是观海台，白色的沙石是他亲自到海边捞回来铺上去的，那红木的案台是他托人在越南定做的。他做这些事情的时候，脑子里是刘海蓝弹奏独弦琴的样子，她是他的灵感。他希望有一天她能坐在这儿弹奏，琴声会随风飘到海边，红树林、海边的众生灵都在琴声里。世人眼中刘海蓝是一个名牌大学的大学生，她作为独弦琴传承人的身份渐渐淡去，可是，武乘风记得，他永远记得她那天在市政府礼堂演出完朝他走来的样子，红粉粉的脸，抱着一张琴，背着一只黑色的皮包，她从那只皮包里拿出一个信封说："哥，演出费，我好有钱呢，请你吃饭。"

几年前刘海蓝考上同济大学建筑系的消息，是姐姐打电话告诉他的。当时他正在工地上忙碌，刚刚学会对付那些钢筋，他干得挺欢，只是手比较痛，即使戴着手套，长满茧子的手还是能磨出血泡来。姐姐给他电话主要是想告诉他寄回家的钱收到了，家里一切都好。姐姐顺带提及刘海蓝考上同济大学了，还是很热门的建筑系，说刘家得意得很，过两天要在全村摆酒席庆祝。姐姐还说也不知道海蓝是怎么想的，这建筑系不就是起房子吗，跟你的喜好一样。武乘风匆匆挂了电话，一种突如其来的恐惧袭上他的心头，他一下子搞不清楚自己为什么会害怕，但他就是怕得要命。很快地，这份恐惧转为愤怒，他更专注地分割那些钢筋，他胸中的愤怒快要把胸口炸开。他咬牙切齿，那时候他真的对刘海蓝生出很大的怒气，为什么要这么做？怎么可以这么做？她只能是他心目中那个安安静静弹琴、撒娇任性的小姑娘。建筑系？！她没有走该走的路，她走到了他的路上，她这是要干什么？他不希望她带着歉意生活，他一点也不希望她这样。

电锯飞转，火星飞溅，武乘风把自己的眼睛看花了，刺痛的眼睛流出火辣辣的眼泪。带着这一份火气，他跑到上海，在同济大学的门口徘徊了两天。他没有刘海蓝的联系方式，如果他想，他当然可以有，但他只是希望能偶然碰上刘海蓝。这样的机会渺渺。他明白这是怯懦使然，他是愤怒的，但他不可能在刘海蓝面前发泄出来，更有可能的是，他会抱着她大哭一场。

后来，他站远了一些，他到马路对面去，远远地看着同济大学那扇不算得高大威武的大门。学生老师车辆出入往来，并没有高不可攀，刘海蓝在其中和其他人一样生活学习，或许快乐或许不快乐，他能做的却只有走好自己的路，让自己变得强大，强大到他随时能成为她的依靠，她的"守护神"。哪里有什么愤怒？只有永远无法说出口的爱。他在那样一个日头猛烈的下午，汗流浃背地站着，同济大学的大门在他眼里渐渐模糊了，但他心里更为清晰地显示了将来要走的路，他的信心和信念也更为坚定。

他到书店买了一本《林徽因传》，粗略地写了一个地址寄给刘海蓝，不管她是否能收到，他的心意已经寄出。

刘海蓝第一次踏进海边人家客栈，并没有上到观海台，没有看到武乘风为她布置的"海上旦匏"，武乘风也没有告诉她。这些年他们疏于见面，交流对于他们来说既艰涩又羞于启齿，最后化为一种形式。"你还好吧？""过得去。你学习很辛苦吧？""不辛苦。"他们说话时眼睛都躲开对方，落到虚处，只有在对方不注意的时候，才重新落到对方的身上。刘海蓝承认自己是有点故作冷淡，与武乘风见面，回去她能把他们说过的只言片语回放一遍又一遍，把他的每一个细微动作想了又想。她确信他长大了成熟了有阅历了，这些年他一定经历了很多事，他会与许多人相遇，有的成为朋友，男的女的都有，有的还有故事。人总是往前走的，他很少回湾尾，应该是想把那一段不愉快甩开。她祈愿他早已甩开。她的冷淡像是为了配合他，他希望这样，她便这样好了。他不爱回湾尾村，她也少回家，各忙各的，时光如水不待人。

后来是武艳明要学琴，才跟刘海蓝说起家中楼顶建有观海台，还有"海上旦匏"。

刘海蓝终于来到海边人家的观海台，这一天总会到来。她脱下鞋子，走在白沙上，远处的海是灰色的，海浪声如人的叹息，时长时短。她被深深震撼，但她不会想到武乘风布置这儿的时候心中想念的人是她，她弹奏独弦琴的模样在他的心中从未被覆盖过。

武艳明说："妹子，你放假如果没事就来我家弹琴，游客们喜欢听琴呢。"刘海蓝说："好啊，我没事就过来。""你不会觉得掉价吧，听众都是游客，你知道的，有些游客也听不懂，就会起哄。"刘海蓝笑着说："不会，我哪有这么讲究？我弹琴自个儿就高兴，不管面对谁。"

刘海蓝发现观海台是一个弹琴的好地方，在这儿弹琴，海能听得见，海是最好最忠实的听众，其他的，都可以忽略。

第四章

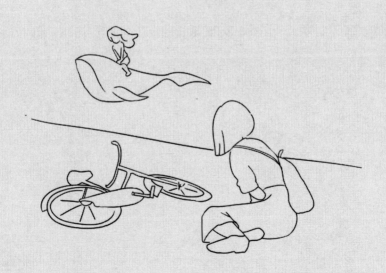

刘海蓝到单位正式报到后，部门领导给她两天假，让她休整一下再正式上班。她想反正很快就到周末了，还是先上班吧。头一天主要是认识新同事熟悉工作环境，第二天市里有一个住建工作汇报会，她和同事们一块儿参加了。就是在这次会议上刘海蓝得知武乘风在城港干了一桩了不起的大事。原来，这些年与她几乎不碰面的乘风哥并未在一条令她担心的路子上走，相反的，他和她走得这么近。那一刻她激动得几乎想要告诉旁边的人，我认识这个人，武乘风我认识的，他是我哥。

　　下班后，她走出单位大院门口，招手叫的士，一辆绿色的的士停在她身边。她坐进后说："到乘风防风堤，知道这地方吗？"

　　的士司机大声回答："城港的的士司机如果不知道这地方就不用做生意了，乘风防风堤是网红景点，现在来城港的游客几乎都要去那里打卡，不敢不知道啊，我几乎每天都要跑一两趟。"

　　这个司机够健谈的，刘海蓝喜欢听他说话。今天大会上领导谈到城港二号码头附近修建的一道防风堤成了游客青睐的观景点。以往的防风堤只是一道普普通通的钢筋水泥墙，没有人想到它可以变成一幅绵延十几公里的海洋画卷。这道防风堤在朝公路的这一面墙体上用涂料细致描画了一幅幅海洋生物图，那些已经灭绝和濒临灭绝的生物还有详细的文字说明。最吸引人的是涂料里有各种颜色的荧光材料，到了夜间，那些生物就像游弋在大海里，闪闪烁烁，如梦如幻。这一构思来自这一带海域防浪墙的承建人武乘风，据说他一直很想参加二号港口码头的扩建工作，可惜实力不够，后来争取到承建防浪墙的工程，在修建防浪墙的同时，他提出在附近免费修建一道防风堤，得到有关单位同意后，防风堤和防浪墙便一同修建。防风堤建好后，武乘风发起一个公益行动，近百名画家为宣传保护海洋生物，在武乘风的号召下都放弃了对酬金的要求，免费在防风堤上作画。

　　司机告诉刘海蓝这个时间去参观防风堤稍微早了些，如果等到天全黑下来，防风堤会跟看电影一样好看。他又好心地告诉刘海蓝，可以租辆自行车慢慢骑，慢慢看，不用多少时间天就黑了。在防风堤其中一个观景点下车后，刘海蓝发现司机说的都是实情，附近停有一排黄颜色专供租用的自行车。供游人观景的小路离墙体隔有十米左右的距离，一来防游人触摸，二来隔着这样的距离观看画面更立体。刘海蓝租下一辆自行车，她庆幸自己穿的是一双平底鞋，唯一不便的是穿了裙子，幸亏是长裙，宽松。她多半时间没骑车，而是推着车子走，这样她才能清清楚楚地一幅幅看过去。不知不觉天黑下来，五彩斑斓的画慢慢亮起来，浮动着，它们闪动在刘海蓝的眼里，刘海蓝融入它们涌动的水流中。她看画的状态有点像梦游，周围现实的一切与她无关，她能进入画里去，与鱼儿一起游弋。

前面不远处又有一个观景点，有一幅画特别大，比别处的都要大，所以也特别亮，特别炫目。刘海蓝几乎不相信自己的眼睛，她用力蹬车，朝着画的方向奔去。她忽视了前头有人在缓慢地骑着车子，她撞了上去，翻倒的人是她，剧痛从她的膝盖和擦地的手掌上传来。她的眼睛仍然朝向那幅画，她哇的一声哭了——哭声仿佛一直存在她的胸口，很多很多年了，终于找到一个突破口冲了出来。

那是一片奇幻的深蓝，一头漂亮的白鱀豚，还有骑在白鱀豚背上的红衣少女。少女骑着大鱼在海上逐浪，浪花碎成一朵朵星星。苍穹之下，天上有星星，海里有星星。很多年前，她跟一个男孩说，她最大的愿望是有一条大鱼当坐骑，她可以骑着它在海上乘风破浪，她只要拍拍它的脑袋，它就明白她要去的方向。

"你摔到哪儿了，要不要上医院？"一双手试图将刘海蓝扶起来。听她哭得这么响亮，那双手焦急得不知道该从哪儿下手。

刘海蓝哭出来了，她也从海浪裹挟的世界滑出来了，周围如此喧哗，尘世的味道裹挟着她。这儿靠近防风堤最大的观景点，游人密集。恢复正常思维后，她呼地一下从地上站起来，试图扶她起来的那个人又是一惊。刘海蓝发现她把对方的车子给撞翻了，面前的男士头上戴了头盔，膝盖上有护膝，斜背着一只小包，一身的运动装，自行车也是专业的户外运动型，应该是专门到这里来锻炼的。她说："对不起，我刚才没注意到你。""我没事，你好像摔得不轻吧？""没事，我没事。"刘海蓝摆摆手，把自行车扶起来的时候忍不住又轻唤了一声，手掌碰到车把刺痛，湿漉漉的。男士走过来帮她把车子扶起，另一只手握的是自己车子的车头。"你坚持往前走几步，前边有椅子，我包里有药，到那儿帮你处理一下。"刘海蓝瘸着腿跟在后面。

　　男士选了一张路灯下的长椅，把两辆车子停好后，转身扶刘海蓝坐下。这下可以看得清楚了，这位清秀瘦高的姑娘不仅手擦伤出血，裙子也蹭破了，右边膝盖也有血溢出来，样子比较狼狈。男士摘下头盔放到刘海蓝身边，从包里取出一小瓶酒精。"忍忍啊。"酒精浇在刘海蓝的手掌上，把沙石冲掉，男士再用纱布把她的手缠好。他把酒精递给她说："你现在可以自己洗一洗膝盖了。"刘海蓝明白这位男士的用意，撩裙子的事还是姑娘家自己来比较妥当。她侧过身，把裙子撩起，用酒精冲了一下膝盖。旁边一只手递过来几张创可贴，她撕开把出血口给贴上了。"把你的酒精用完了。""没事。""你平时在这一带骑车锻炼？""是的，偶尔过来一趟。""听你口音是北方人？""嗯，我前几年应朋友之邀过来一块儿开公司，城港要打造成国际医学开放试验区，有优惠政策，我们想把海洋生物制药这一块做起来。"

这天晚上刘海蓝认识了苏广玉，一位医学博士，在城港有自己的实验室和制药厂，专门研发生产海洋生物医药用品。知道刘海蓝是刚分配回来的同济大学建筑系大学生，苏广玉朝刘海蓝伸出手说："我是复旦大学的，我们是在同一个城市上的大学呢。"刘海蓝也向苏广玉伸出手说："欢迎你到城港参加我家乡的建设。"

离开乘风防风堤时，刘海蓝回头再看那幅《少女骑鱼图》，透过这幅图，她感觉乘风哥不再是四处流浪的游子，他离她很近，近在咫尺，尽管她早不再有骑鱼的梦想，她会永远感谢把这幅画面记录下来的人。

苏广玉顺着刘海蓝的目光也回头看了一眼那幅画，画是很美，但这就能让这姑娘感动得哭了？他一点也不认为刘海蓝是摔哭的。很多年前他也在自行车上哭过，边骑边哭，哭得太难过，不留神撞到路阶上，人摔地上把嘴巴磕出了血。爸妈公司破产了，他被送到叔叔家，寄人篱下的日子就不说了，他听婶婶跟叔叔议论，说他爸妈天天被人追债搞不好会自杀，不知道买过人身保险没有，受益人是谁。他听完心里就像被人装了一枚定时炸弹，随时都可能会炸开。他骑着自行车哭着上学，还有一年就要高考了，无论如何他都不能耽误高考，他要考上最好的学校，他要挣很多很多钱，他会替父母还债，他会加倍偿还叔叔婶婶在他身上的花费，所有从心里发出的誓言，都是骑在车上流着眼泪发布的。他摔倒后爬起来，重新确认了一遍自己的誓言，用那张磕破充满血腥的嘴。这是他的故事，这位美丽的姑娘又有一个什么样的故事？

　　周末刘海蓝提前准备了很多礼物，大哥开了一辆五菱面包车来接她，大包小包搬上车子。现在从市区回到村里，不急不缓一个半小时就能到。大哥在车上埋怨她，说她到城港不先回家倒着急上班，还怕以后没时间上班？她笑着说早一天报到早一天拿工资，就是退休也以这个报到时间为准呢。她问大哥拉客的生意好不好，大哥说马马虎虎赚个油钱。前年大哥要买车子做载客的生意家里是不同意的，因为村里有好几家做类似的生意了，家里希望大哥还是安安分分地把养鱼场做好。家里和村里几户人家一块儿租了几十亩滩涂用来养鱼虾，平时事情就不少，刘金沙还是喜欢往外跑，活计全摊到父母和媳妇头上。刘天阔说他根本就是贪玩才要买车，有了车方便往外跑。刘金沙赌咒保证绝对是为了多赚钱，车子平时除了载人还可以运货，刘黎氏心一软就给钱让儿子买了。刘天阔气得骂慈母多败儿。骂归骂，刘金沙的车子照样上路跑了。

刘海蓝知道今天自己回家和以往回家是不一样的，以往是放假回家小住，像客人，如今是整个囫囵回来了，虽然工作地在市区，但已经回到亲人身边，回到生养地，是落地生根，不再漂泊了。凭刘海蓝在学校的优异成绩和市场对建筑专业的热门需求，她完全可以选择到大城市发达城市发展，她选择回家乡这样一个三线城市，同学们都笑她是建设家乡的模范，她默认了。

　　上学期间，她跟随导师和同学到全国各地进行考察调研，她到过边远的西部甘肃、宁夏，到过中原地区山西、安徽、河南，也到过江浙水乡，她觉得每一个地方都有自己独特的文化底蕴，渗透到房屋的梁柱瓦片里，渗透到乡音民乐里，渗透到衣饰食物中，没有一个人可以完完全全吸收和领会这一份来自生长地域的丰盛馈赠，即便他从未远离故土。刘海蓝的毕业论文就以这个为论题，讨论了生长地域对一个建筑设计师的根源性影响。对于家乡，刘海蓝愿意穷尽一生来获得这份领悟。在外面游学多年，没有一个城市能取代故乡在她心中的地位，前途、收入、名声无法替代亲情、大海和琴声，她想若舍弃了亲情、大海和琴声，其他的于她都如无根浮萍，所以，她选择回来了。她想，能参加家乡的建设，见证家乡在国家版图中日益凸显的位置，她就像一条奔往大海的小溪流，来源和前方都明晰有方向。

　　家里召集了一个不小的欢迎阵仗，刘家屋里屋外至少摆了十几张桌。听到车响，父母和嫂子都迎出来，阿奶走得慢，小侄儿搀着走在后头。除了小侄儿，刘海蓝觉得家里的人似乎都小了一号，人矮了瘦了，最明显的是父亲，背还有些佝偻，头发早已白如雪。母亲虽头发没见几根白，但笑起来眼角像开了蟹爪菊一样。阿奶平时出行，若不是挂根拐杖，走两步就要有人搀着。我的亲人们，你们都老了，刘海蓝心里涌起内疚和心痛。坐在桌边的村里人都站起来，伸长脖子。刘海蓝快步上前抱住阿奶，在亲人的簇拥下走进家门。她的心里暖暖的，就算是为着这一份亲人的惦念，她也不能离家太远，太远，思念会跟着拉长的。等她在酒席当中穿越，才发现除了村里的老老少少，还有一些前来游玩的客人。现在是盛夏，游人看到这里摆了宴席，做的是当地的特色饭，毫不客气地要求加入。刘天阔二话不说，让媳妇赶紧到别家再借些桌椅，盛情邀请客人们坐下。前来帮忙的刘玉静把电话打给武双田，武双田又扛了一张圆桌过来。

开席好一会儿，武黄氏和武艳明才到，她们端来几筐果子分发到每一桌。

武黄氏变化不算大，珠圆玉润，府绸衣裙撑得满满的，脖子上手上都戴了首饰。"黄姨，您越来越富态了。"武黄氏拉着刘海蓝的手说："成天忙得像陀螺转一样，死活一斤不瘦，富态就富态吧。你回来就好，以后经常能见着了，姨前阵子还想着你要是在外地嫁了人，想见一面都难了，姨难过得不得了，这下好，终归是回来了，我比你妈还高兴。"刘海蓝亲昵地把嘴贴到武黄氏耳边说："就知道姨疼我，您是把我接到这个世上来的人，我要孝敬爸妈也要孝敬您。"武艳明拍拍刘海蓝的肩膀说："这下好，我妈又准备不认我这个女儿了。""是啊，我又要回来跟你抢鸡腿了。""都给你。虽然流行瘦，你也不要瘦成这样啊，要经常回村来，我一定把你喂肥了。"

武家母女坐不了一会儿，就急匆匆返家照看生意去了。刘海蓝看着她们的背影，想着与她们关系最密切的那个人，听说他还是很少挨家。刚才她问武艳明最近武乘风在哪儿，武艳明说除了他自己没人知道，打手机十次有九次不接。刘海蓝说武乘风做了一桩好大的工程，市领导都表扬了。武艳明撇撇嘴说："徒有虚名，挣的钱不够填坑，还回来管我要呢。""乘风哥有自己的想法，你一定要支持他呀。""够支持了，你回来正好帮我们管管他，我们和他说不上话，不听我们的，你说的他爱听。"武艳明心里一直认为海蓝欠弟弟乘风的，除了做自己弟媳，这笔账算不清。刘海蓝喜欢听从武艳明嘴里说出来的这种亲昵的话，她这次回来与武乘风见面的概率是增加了，她想，他们如果碰面，她可以从从容容地和他谈论与城港建筑有关的话题，他们应该有话可说了。

宴席高潮之时，一家之主刘天阔举起酒杯敬村里的父老乡亲，感谢大家见证自己家闺女的成长，现在闺女回来了，还请大家多关照。虽然说的是客套话，但刘天阔的语气不无骄傲，他微佝的背挺了又挺。他的骄傲不在于女儿有出息了，而在于女儿回来了，反哺父母反哺家乡，这真如脸上贴金一般光彩。村里也有其他到外地上学的大学生，除了偶尔过节回来一趟，那些孩子和家乡完全断了联系，刘天阔一直担心女儿也这样行事，现在是大大松了口气，变成扬眉吐气了。刘天阔敬酒乡亲们反应热烈，都纷纷忆起刘海蓝的童年时光，她和武乘风出海勇闯无名岛的事迹又被播放了一遍。有个和刘海蓝年纪差不多的男青年挥手喊："海蓝妹子，你还会弹旦匏吗？给我们弹一个，我这几年一直没讨老婆，就是记得你弹旦匏的样子，仙女一样。"话音刚落，这小子头上被旁边一个大伯拍了一巴掌："什么屁话你好意思讲？也不看看自己长得比濑尿虾还丑怪。""癞蛤蟆还想吃天鹅肉呢，我说说都不行吗？""想都不能想。"众人笑得前仰后合。刘海蓝记起来了，那个小子是她的小学同学。她笑着说："旦匏哪里会忘记，曲子都长在手指头上了，我一会儿就给大家弹。"

刘苏氏笑得眼睛眯成一条缝，白发在风中飞舞。孙女离开这些年，她的心里好像缺了一个口子，现在这个口子合上了。她有好几年不碰旦匏了，手指僵硬，弹不好，不想亵渎那些曲子。孙女回到身边，她又能好好听一听年轻时弹过的曲子，再没有比这更令人欢欣的事了。

刘海蓝看阿奶头发有些凌乱，过去帮阿奶把头发往耳后挽了挽。阿奶拍拍孙女的手，自己理了理头发，回屋把龙女琴取出来，放到长案上。刘海蓝抚摸这张已经有些陌生的旦匏，抬头看看天空，瓦蓝的天气，能让琴声最清亮的天气。她细长的手指拨动琴弦，一曲《渔村晨曲》流出来。她在琴声里走，走到海边，走到海上，她说，我回来了，你们都好吗？海面一如过往，时缓时急，拍打着岸礁，红树林的白鹭飞起，半泡在海水中的树兜，小虾小蟹挥动手臂……

在琴声的催动下，一股从海上沙地红树林涌来的气息包裹住刘海蓝，这种气息过去一直伴随着她，后来渐渐稀薄，现在她回来了，脚踏实地地回来了。在琴声里，这气息辨别出她的身份，慢慢浸润她的身体。她想，这其实就是她想寻找的故土的馈赠，那根源性的馈赠以人和一切有生命的东西为介质，然后扩散到其他事物当中，比如身上穿的衣，遮风挡雨的屋，海上漂的船。这份馈赠来源神秘，无色无味无影无踪，却又无处不在无微不至。她回来了，她不会辜负这份馈赠，她在琴声里诉说她的感恩和愿望。

星期一，刘海蓝一大早赶回局里上班，刚出差回来的陆明灿局长找她过去谈话，这是刘海蓝第二次见到陆局长。第一次见面是大半年前，陆局长出差到上海，亲自面试她。她在这之前给城港市住建局投了简历，陆局长到学校了解她的情况，约她见面。陆局长一开始没有表明身份，只是说自己姓陆，正好出差到上海，代表局里过来与她见见面。面对这位身高不到一米六、皮肤粗黑、貌不惊人的女士，刘海蓝一点儿没想到是局长本人亲临。城港市住建局这几年一直想招像刘海蓝这样高学历、专业对口的毕业生，可就是招不到，收到刘海蓝的简历陆明灿简直是喜出望外。"有这么好的条件怎么会乐意到一个三线城市工作？"这是陆明灿提出的第一个问题。"城港是我的家乡，我想回到亲人身边。另外，城港是一个新兴城市，我的专业对一个新兴城市很重要，我希望能实现自己的价值。""你认为做城市规划工作最重要的是什么？""要有大局意识和前瞻精神，要敢于取舍。""你知道女生在从事这一职业的时候，需要比男生付出更多吗？"刘海蓝摇摇头说："我想男女能付出的都是一样多吧，只有愿意付出的部分不一样。""哦，你竟然是这么看的？我干规划工作干了十几年，有时真的发现为了这个工作会忘记自己是女人。""女人除了体力不如男的，其他不见得有什么区别，我想我的目标是做好自己能做的，不看别人。"陆明灿微笑着点头说："看你的简历，你还会弹奏独弦琴，小时候得过不少奖，真是多才多艺啊。"刘海蓝莞尔一笑："是奶奶教的，自小就学了。""你家在湾尾村，你认识苏兰阿婆吧，我听过她弹旦匏。""她就是我奶奶。""难怪，旦匏传承人的后人啊。"陆明灿对刘海蓝简直是满意得不得了。刘海蓝自己也感觉她作为独弦琴传承人孙女的身份给她加分了。姓陆的面试官最后跟她说："我非常欢迎你回城港工作，我在家乡等你。"

陆局长办公室的门是敞开的，刘海蓝轻轻敲了敲门。"请进！"陆明灿笑着站起来向她伸出手说："海蓝，欢迎！""陆局长好！""周末听说你回家了，家里人还好吧？"刘海蓝告诉局长家里人都好，村里举行了一个盛大的欢迎仪式。陆局长又问她回来发现城港市区有什么变化没有，她说还没有好好考察，粗略看变化不小。陆局长点点头说："我给你的第一项工作就是先出去熟悉全市的城建情况，过后给我一个书面汇报，先出去多走多看，不用成天待在办公室里。"

刘海蓝愉快地接受了任务，她本来也计划对城港进行一番详细的考察，现在变成工作任务她就不能拖了。回到办公室，她跟同事讨要了一份地图，把城区划分为五个区域，计划用一个星期扎扎实实走一遍。

第一天，她先到东城区，打车去的，选了一个点下车步行。东城区是新开发区，正在建设过程中，随处可见正在施工的工地。完工的楼群新崭崭，设计独特，充满现代元素，广场、街心公园，六车道的主街道，两旁的绿化道花团锦簇……刘海蓝第一次感到城港市和摩登这个词挂上了钩。按照规划，市里的主要单位会陆续往这个区搬迁，这里将会变成真正的市中心。她走近一个工地，在安全围栏外有施工单位和承建单位的名称，这是一个在建的体育馆，已经能看出格局，有开阔的观众座席和运动场地。她窥到的一角，有十几个工人正在打磨地砖，一个念头冒出来，武乘风不会在人群里吧？她每次看到建筑工地都有这个想法，认为武乘风会在其中，只是即便武乘风在，她也不可能把他找出来。

东城区住宅小区入住率还不高，街上的车辆较为稀疏，行人更少。刘海蓝走累了想找家商店买水喝，到一个小区门外的小超市才有得卖。她问店家生意好不好。店家是个中年男人，她认定不是雇员，做的是自家的生意。店家一边摆东西，一边拿支笔不时地记录，嘴上不忘轻快地回答："去年刚开张的时候生意不行，现在慢慢好了，住的人多了才有生意。""这小区的房子多少钱一平方呀？""九千。""啊，三线城市也这么贵？""这配套、这环境贵吗？前几年一开盘没两天就抢光了，我跟你说外地买家不少，就冲着我们城港空气好。""你一定也是业主啰？""我买了两套，自己住一套，另一套当作投资。""呵呵，财主啊。""不敢当，比我有钱的人多了去了。"

中午刘海蓝没有休息，找到一家咖啡店喝了一杯咖啡，把东城区整个考察完了才回办公室。这期间苏广玉来电话，说有几个上海的朋友到城港旅游，晚上一起吃饭，邀请她参加，刘海蓝欣然应邀。她准时赴约，是直接从办公室去到吃饭地点，当地有名的海霸王。苏广玉和他的几位朋友已经就座，苏广玉向他们介绍刘海蓝时，那几位朋友看刘海蓝都带着一种原来如此的笑容。其中一位站起来与刘海蓝握手，又转过头对苏广玉说："我说好好的上海不愿意待，非要跑到广西，原来这里有佳人牵绊啊。"刘海蓝心想这人也太冒失了，这种貌似玩笑的话又不好驳回去，她以为苏广玉会澄清，苏广玉却没有，笑呵呵带过去了。刘海蓝虽不愿别人误会，但转念想这几个人对她来说就是过客，所以也懒得解释，只说自己在上海读了七年书。那人说："真是有缘啊。"刘海蓝微笑着，就算是凑到一块儿吃顿饭的，也是有缘呢。

这几个人都挺关心苏广玉在这边的公司能不能弄出一两个拳头产品，到时他们会把资源整合，争取做成上市公司。男人们谈这些话题就停不下来，饭吃完又到靠海的一家茶庄喝茶。刘海蓝在外头跑了一天，吃饱饭就想回去休息，去茶庄的路上她跟苏广玉先告假，说到了茶庄她只能坐一会儿，明天还要去西区考察。苏广玉说："西区是我的地盘，我来做向导，保证你考察圆满，等会儿你就安心喝茶。"刘海蓝看苏广玉热情很高，就没有拒绝。喝茶期间，这几个朋友问苏广玉在这边能不能搞到一些便宜的红木，苏广玉说他找找人想办法。刘海蓝对边境走私名贵木材这些还是略知一二的，听苏广玉揽下这事，不免有些忧心。耐着性子喝完茶，等苏广玉送她回去的路上，刘海蓝提醒苏广玉说走私抓得紧，不要去钻空子。苏广玉看她一本正经的样子不由得笑起来说："朋友有要求，不好一口回绝的，只能这样应下来，后面再说不好弄就行了。""好吧，我就是提醒你一下，没有别的意思。""谢谢提醒。"

第二天早上，苏广玉过来接刘海蓝。西区偏远，苏广玉说他平时不住西区，上班的时候才过去，刘海蓝才安心让他来接。西区在五年前的新规划出台后，一举变成城港的学府区，所有的高校几乎都在这个区。城港学院前几年扩建扩招，改名为城港大学，新校区在西区占地足足有上千亩。经过城港大学门口，苏广玉放慢车速，给刘海蓝介绍学校的一些情况，还说："我是这个学校的特聘教授。""哦，你给学生上课吗？""目前上的是选修课，等条件成熟，会带研究生做一些课题。""真好，我以前想过当老师的。""教什么呢？""弹琴。""钢琴？""独弦琴。""听说过，城港著名的非物质文化遗产项目，但我没听过。"

城港大学附近还有职高和几所学院，校园区过去不远是正在不断扩建中的高新开发区。近年来，国家给了政策和支持，提出要在城港建设国际医学开放试验区，整个城港正在按照"一区两城多园"的目标来构思规划。"一区"是国际医学开放试验区，覆盖整个城港市；"两城"就是国际医疗康养城和国际医药制造城；"多园"是中印医药产业园、欧美新特药产业园、国家储备药产业园。同时，引进国际知名的医学研究机构，以"研发＋产业＋康养"模式，在城港科建园区共同建设国际医学创新园。

苏广玉邀请刘海蓝到他们公司参观，刘海蓝欣然答应，本来高新开发区这一块她是安排明天考察的，但有苏广玉做向导，西区考察提速，就提前进入高新开发区吧。

苏广玉领刘海蓝进入他的实验室，他们穿上了白大褂，戴上了口罩。实验室里摆放着各种大大小小的仪器，正好有工作人员在做实验，苏广玉过去做示范，很有耐心地跟刘海蓝解释怎么从一株海藻当中提取有效成分，怎么合成，怎么加工成颗粒。刘海蓝看到实验室有几只泡沫箱里放着一些生蚝，问苏广玉是用来生产什么药的。苏广玉告诉她目前他们团队研发的一款保健品，主要成分就是生蚝，他卖了个关子说具体功效等产品成功上市后会让她来体验。"是不是有美容功效啊？"苏广玉笑着说："看来所有女生最重视的都是这一功能，那我们一定要达成比这个期望值更高的功效才更有竞争力。"刘海蓝也笑着说："非常期待。"

参观完苏广玉的公司，苏广玉继续做向导，带领刘海蓝一个早上就把西区考察完毕。刘海蓝从苏广玉那儿还得到很多有用的信息，她看午饭时间到了，说要请苏广玉吃个饭表示感谢。苏广玉说好，问她喜欢不喜欢吃东北风味的饺子，她说特别喜欢。苏广玉把她带回城港大学附近，学校大门正对面就有一家东北饺子馆，看店面的装修和所有东北饺子馆差不多，实用型。店里客人不少，只剩得一两张桌子有空位。收银台后边的墙上贴了一张公告："本店长期推出学生套餐，一律五元一份，购票前请出示学生证。"

苏广玉很熟络地到柜台上拿了几碟小菜，有花生米、海带丝和酱牛肉等。他把菜单推到刘海蓝跟前问："喜欢吃哪种馅的？"刘海蓝看菜单上竟然有"海藻大虾饺""泥丁白菜饺"："这是东北人开的饺子馆吗，我看是本地风味呢，用泥丁来做饺子我还是第一次见。""我保证是东北人开的，东北人在这里人数不少，来了怎么都要入乡随俗吧！""用海藻包的饺子我没吃过，来一盘。"苏广玉自己点了泥丁白菜馅的。过得十来分钟，服务员把饺子端上来，热气腾腾。刘海蓝拾起筷子，皮薄馅大，果然有海藻的腥香，海藻嚼起来有纤维的筋道，加上虾肉的软滑，两者结合形成奇妙的滋味。刘海蓝忍不住连连夸好吃。苏广玉把自己盘中的泥丁白菜饺拨给她两只说："这个你也尝尝，提提意见。"

泥丁是一种生长在海边沙滩中的小生物，藏身沙子里，与沙虫长相习性相类，最麻烦就是清洗，当一般鱼虫来清洗根本洗不干净。如果洗得不干净小沙粒很磕牙的，智慧的海边人早就有一套清洗方案：表面清洗干净后，用竹签刺穿泥丁头尾，然后来个反套，内脏全翻转过来，把细肠挑走便大功告成。虽然清洗有点费事，但泥丁脆口鲜美，值得费工夫。

这家东北饺子馆的泥丁白菜馅饺子吃起来清清爽爽，吃撑了也不会腻。刘海蓝又忍不住夸："这个也好吃，我信这家店的老板是东北人了，我们本地人有这个材料但做不出这种味道，这老板好厉害，对本地的食材很了解，并且很善于搭配。"苏广玉眉开眼笑："评价很高哦。"他们正说得高兴，柜台边传来收银员的声音："没有学生证不行。""我不是没有，是忘记带了，现在回去拿挺麻烦的。""现在学生不都放假了？""是放假了，但也还有留校的呀。"一个瘦高个儿男生站在收银台边和收银员交涉。苏广玉朝柜台挥手，收银员看过来。苏广玉说："就按学生算吧。"过得一会儿，那高个儿男生端着一大碗面条经过他们的桌子，朝苏广玉点头说："谢谢老板。"刘海蓝这才弄明白，原来苏广玉就是这家馆子的老板呀。"苏老板，我请客请到你店里来了，看来我的钱是付不出去了。"苏广玉呵呵笑着说："带你来这儿吃，主要是想听听你这个本地人的意见，你说好才是真的好。""饺子真的很好吃，我没有意见。刚才我看那学生端的一大碗面，有蛋有肉，成本都不止五元吧，如果开学期间光顾的学生多，你们的生意还能做得下去吗？""这个店是我和几个朋友一块儿开的，他们和我一样都是从外地到城港创业，大家的事业现在都上路了，就想着做点儿事回馈城港。

这家饺子馆我们不要求它赚钱，能正常运转就好。除了饺子馆，我们还计划再开一间老百姓食堂和一家平价超市，希望能给一些低收入者实惠吧。这家馆子先试水，看看这种运营模式能不能走下去。""嗯，回报社会，有良心的企业家。""不敢当，我是靠贷款才完成学业的，知道穷学生是怎么过日子的，我也知道人处在困境的时候，一碗饭、一杯水都有可能成为很大的帮助。"

　　和苏广玉打了几次交道，印象中这是位爱运动、自律、有学问、有商业头脑的男士，这样的评价对任何人来说都几近完美了，可就因为这样的完美，刘海蓝并不觉得苏广玉是个容易亲近的人，相反的，他身上有一种傲气和高高在上。而今天在这家饺子馆里，刘海蓝对苏广玉有了新的认识，这位男士优点又增加了一条，并且有了人间烟火味，亲切了。她端起茶杯说："来，向你致敬！"苏广玉慌忙摆手说："哪里担得起！""我替家乡人民感谢你！"两个人哈哈笑得很开心。

第五章

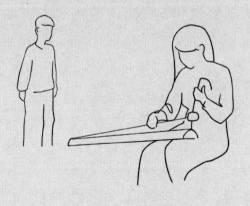

周末刘海蓝没有回湾尾，而是待在宿舍里写报告。这星期把市区市郊都走了一遍，她准备写一份详细的考察报告给陆局长。要说这一番考察下来，她真是感慨万千呢，她感慨不仅自己长大了，城港也长大了。这些年在外地求学，城港发展飞速，她了解的都是皮毛，真愧为城港人。最让她震撼的是城港的港口建设，虽然她知道这些年城港在这方面一直大力投入，但等到一个个港口码头连片成群地看过去，那气势那格局让她激动不已。站在码头的某个地方，看着高高的、巨大的货轮，快速卸货的队伍，她觉得自己变小了，城港连接的世界变大了。

如果说十年前她决定放弃考艺术院校立下学习建筑的志向，是一个感情冲动的决定，随着对知识的摄取，阅历的增长，她理智地对待这一学科，也越来越认知到这门学科的意义。她庆幸选择了这么一个专业，让自己的生活变得更有期待。如果她留在大城市，会有许多工作机会，名利如囊中物。回到家乡这样一个正在成长的小城市，建筑行业却有了不同寻常的意义，这份意义更在于筑基，在于成为一幢伟大建筑物中的一块地砖，是实实在在看到自己和一个城市、一个时代共同成长。

人活着，不就是要看到这样的成长吗？

坐在电脑跟前，想写的内容多了，刘海蓝写写删删，到了晚上才提纲挈领组成一篇详略得当的调研报告。晚饭时间过了，她捶捶酸痛的腰背，想不如到乘风防风堤去散散步。念头一起她没再犹豫，换上一身运动装，背上背包下楼挥手招了一辆的士。

这次她的下车点选在《少女骑鱼图》的附近，这里有一个小广场，叫蔚蓝广场。下车后，《少女骑鱼图》立即跳入眼帘，还是绚丽得如梦如幻。可能是周末的原因，游客特别多，一拨又一拨的人流都以这幅画为背景拍照。广场上有一家名为森林的咖啡馆，咖啡馆从外观上看真是取了森林的意境，全是原木材料堆砌，像是任意生长的一片树林。一间咖啡馆能有这么棒的设计，把刘海蓝吸引住了。咖啡馆大门边上有人在弹吉他，虽然放有一只供人投钱币的盒子，但那两个唱得如痴如醉的小伙子更像是自娱自乐。刘海蓝没吃晚饭，走进咖啡馆要了一杯咖啡和一份三明治。咖啡馆里边的摆设也不俗，摆放了一些精致的木制工艺品，竟然还有一张独弦琴。外面那两个小伙子唱完一曲，咖啡馆里走出去一个姑娘，姑娘打扮得挺时尚，浓妆艳抹，牛仔短裤之下是两条大长腿。她出到门外从一个小伙子手中接过吉他，一开腔，浑厚的中低音令人惊艳。姑娘唱完两曲回来，径直走进柜台里，有点老板的派头。

刘海蓝吃完三明治过去与她搭腔："你好！你是这儿的老

板吧？"姑娘点点头。"歌唱得很棒。""唱着玩的，主要是为了吸引游客。""我可以用这把独弦琴弹一曲吗？""当然可以，我买回来就没有弹过，原先还想学的，现在纯粹变摆设了。"姑娘把独弦琴从架子上取下来递给刘海蓝，刘海蓝接过来架在腿上调试了一下拨杆，试了试弦音。"品质不错。""我特地请一名琴师帮我打制的，花了不少钱呢。"

　　姑娘招呼一个小伙子搬了一张桌子出去，刘海蓝抱着琴跟着出去，琴搁在桌上，高度不是太合适，稍高了些，她索性站着弹。她要弹的第一曲只能是《龙女赞》，在防风堤跟前没有什么曲子比这首更合适了。琴声响起，她的眼中只有那幅画了，一望无际的海洋宽广深沉，海底无数的生灵在欢快地游弋和呼吸。她骑着大鱼飞越穿梭，清凉的海风穿透了她，有那么一瞬间她化成水珠，融入海里，她能听到大海的心跳……

　　一曲弹完，掌声响起，周围聚集了不少人，咖啡馆的姑娘和先前唱歌的那两个小伙子也都围在刘海蓝身边。她点头微笑，继续她的下一首曲子《刘三姐》。这个晚上她一口气弹了四曲，弹得心满意足，很过瘾。当她抱琴走回咖啡馆，一个长得白白净净、斯斯文文的小伙子叫住她，这人手上还拿着一台照相机："姑娘，我是《城港日报》的记者，可以问你几句话吗？"她驻足，点点头。"请问你和你的伙伴们在这里弹奏的真正目的是什么？"这个记者误认为刘海蓝和先前那几位是一起的。刘海蓝说："我个人没有什么目的，单纯就是喜欢，有没有听众，我都愿意在美丽的防风堤前弹奏。其他人你可能要自己去采访，我不能代表他们。"刘海蓝朝咖啡馆指了指。小伙子点点头说："那你以后会经常来演奏吗？""也许吧。""独弦琴是我们城港的艺术瑰宝，希望你能经常在这里演奏，让外地的游客都了解这门艺术。""我会的。"

　　刘海蓝一进咖啡馆，里头坐着的人全都鼓起掌来。先前那位姑娘走过来向她伸出手说："认识一下，我叫阮青青，是这家咖啡馆的老板之一。"她指着另外两个小伙子说："这两位也是咖啡馆的合伙人，你们都自我介绍吧。"那两个小伙子都上来和刘海蓝做自我介绍，一个叫阿计，一个叫阿良。刘海蓝也做了自我介绍。《城港日报》的记者跟进来，他说自己叫何云歌，问可不可以跟大家随便聊几句，所有人都说欢迎。阮青青拉着刘海蓝坐下，阿良他们几个也都围着坐下来聊天，都是年轻人，很快就聊得火热。原来阮青青他们几个开咖啡馆并不是主业，唱歌更不是，他们都是设计师，共同成立了一个工作室，业余时间喜欢品咖啡、唱歌，所以干脆开了这家咖啡馆。对从建筑系毕业的刘海蓝来说，他们是同行，几个年轻人都很兴奋。阮青青说当时他们到这儿来开咖啡馆也算是一个冒险的行为，谁能料想防风堤会成为网红旅游点呢，但他们就愿意在这里建一间造型独特的咖啡馆，这样才配得起这个景，也正因为有了这个设计，他们的咖啡馆才能建起来。再深聊又得知阮青青和阿良他们都参与了防风堤的公益绘画，阮青青说她画的是北部湾特有的粉红色的海豚，阿良画的是被称为美人鱼的儒艮。

"武乘风做事，我信得过，他现在还在想办法另外再扩展三公里的画墙呢。我们都劝他先别忙，防风堤的涂料太贵，在海边风大浪大容易消耗，隔几年得再补一遍，光维护现在这一段画墙就够呛了。"阮青青突然提及武乘风，刘海蓝本来就在想他们是不是认识，但没好问。刘海蓝没有告诉阮青青她和武乘风认识，她只是说这个工程得到了市领导的表扬。阮青青说："光表扬有什么用，应当奖励，像武乘风这样肯做事不讲报酬的人太少了。"刘海蓝突然有了一个主意，她说："我们要不要组建一个演出队，就在这广场上搞募捐演出，把所得的钱款全部用于防风堤的维护，有了这么个名头，也可以引起社会各方面的关注，到时候防风堤的维护经费就不愁了。"阮青青拍手赞成说："看看，这才是学霸的脑子，真有想法。"何云歌听了也很兴奋，表示可以帮他们在报纸上把演出募捐的计划宣传出去，等演出开始后，会继续跟踪报道他们的活动，帮助他们推进这项计划。

星期一去上班，同事们说刘海蓝上本地日报了。她翻报纸看，果然不假，那晚在乘风防风堤前弹奏时被那位记者拍了一张照片，拍得很漂亮，背景是《少女骑鱼图》，她低头弹奏，题目是《独弦琴声吸引游客驻足》，文章还说她会经常到防风堤演奏，让独弦琴艺术为更多的人所知晓，目前还和一群年轻人有做公益演出的计划。刘海蓝打电话给何云歌表示感谢，又谈了一下他们的想法，何云歌建议他们先搞一个小型的演唱会作为开幕式，等于把这项活动正式公布于众，他可以帮他们找一些赞助商。刘海蓝给阮青青打电话商量，阮青青满口答应，他们这个活动就算是敲定下来了。

因为场地限制，演出活动没打算弄太大的规模，计划演出先连续搞三个晚上，每晚控制在五百名观众左右，舞台灯光的设计都用最简单、最节约钱的方式安排。他们想着以后的平民化演出是长久的，这三天的活动只不过是打个广告，把这项活动的意义宣传出去。演出前报纸上都在宣传了，刘海蓝跟陆局长汇报了这件事情，陆局长听了很支持，让刘海蓝给她买几张票，她去现场支持。

刘海蓝和阮青青他们几乎每天晚上都在森林咖啡馆门口排演，另外还有很多能歌善舞的朋友加入进来，自告奋勇做志愿者。蔚蓝广场因为有这群活跃的年轻人，变得越来越热闹。

一个月后，演出正式拉开帷幕。舞台背景简单，以蔚蓝的海水为底板，"防风堤美丽在行动"的标语十分醒目。阮青青的摇滚风格，阿良、阿计的校园民谣，还有用本地方言演唱的情歌，有人吹笙有人击鼓。刘海蓝的节目是压轴戏，演奏之前，她抱着那张龙女旦匏，给观众们讲述了这张古琴的故事，她的奶奶——独弦琴的传承人苏兰也被请到台上来，苏阿奶说自己的手不太灵活已经不弹琴了，现在听孙女弹琴就等于是自己在弹。在观众连续不断的掌声中，刘海蓝一连演奏了五首曲子，演出成功闭幕。

这一晚上的观众除了外地游客，本地听闻而来的观众也不少，大家都很支持防风堤的美丽行动，这是刘海蓝他们想出来的主题，观众们踊跃捐款。陆局长在观看演出后特地找到刘海蓝，说这个活动太有意义了，让刘海蓝发动年轻同事一块儿参加，既能娱乐又能做公益是最好不过的。陆局长个人还捐了一笔款，说是要为防风堤多增添几幅美丽的画卷，刘海蓝替大家谢了陆局长。好多家媒体采访演出人员，为了让更多的人认识防风堤的美丽行动这个项目，刘海蓝拉着阮青青他们全力配合，并表示希望得到媒体的大力支持，为城港增添美丽。

等媒体撤了，参加演出的所有人才真正松了口气。刘海蓝要了杯果汁，躲到里间休息。活动是圆满的，她的心里却又总觉得有那么一丝遗憾，武乘风终究是没有露面。在演出前刘海蓝想过，武乘风会不会来观看演出？他和阮青青是朋友，不可能没听说这件事，何况媒体上有报道，再加上演出最终的目的是让美丽如传说的防风堤永远美丽下去。她想，他或许会来，但会站在一个遥远的、无人注意的地方，在那样一个地方，她当然也不可能看到他。看完演出，他可能就会转身离去。

刘海蓝想的没错，演出的时候武乘风确实坐在一个偏远的角落，他一直在想要不要去与刘海蓝打招呼。她还没回城港之前他就知道她要回来了，可她回来这段时间他没有在她面前露过面。他想过轻轻松松地在她面前现身，没有刻意、不用计划，可越这么想，出现就变得越不轻松、越刻意，甚至他听说她可能会出现的地方，他便躲开去。他哪会不想见她？哪会不想与她说话？只是有些想法经历炽烈的燃烧，便把人烧得怯懦起来，还烧出了一层硬壳。这些年来，他很多时候都想找她说话，就说给她听，说说这些年他的经历，他从未与人分享的经历。在他讲述的时候，他还想请她喝两口啤酒，他最喜欢的雪花啤。雪花啤，一元一瓶，还有一毛一串的串串香，在那些如流浪一般的岁月里曾经是他最快意、最享受的搭配。

在牢里待的两年，他想得最多的是将来，出狱之前他已经有了决定，学业无法继续没关系，他还是要起房子，一块砖一块砖地从地上垒，把一栋栋房子建起来，这是他最有把握做好的事。出狱后在家里没住几天他就走了，离开的主要原因是他害怕面对亲朋好友，每一个人都在为他设计将来，仿佛他已经栽了一个好大的跟头，唯有按照既定的路线，他才能翻身，才能成为一个正常人，连刘海蓝都要问他还要不要参加高考。他不需要这样的关心，他能负责好自己的将来，他只需要时间。

不想让家里人找到，他走得很远，过长江过黄河了。那些年他在工地上从杂工做起，一开始是搬砖扛钢材，他舍得吃苦，从不跟人计较，后来慢慢升格做泥瓦工，又学会钢筋工、木工的技术，成了多面手。这是他给自己的要求，这些基础的工作他都要会，在建筑工地上每一样活儿他都应该拿得起放得下。头两年到手的工资很少，除了用来维持生活的基本费用，剩下的他喜欢用来请工地上的工友们吃饭喝酒，一元一瓶的雪花啤，一毛一串的串串香，他总是买单最快的那个。

在一群社会最底层的人当中摸爬滚打，他发现大家的快乐都来得很直接很简单，一个粗鄙的笑话、一瓶雪花啤、一支烟都可以。在一天的辛劳过后，洗完澡，半躺在床上，吸着一支烟，手边还有一瓶雪花啤，这种待遇是对身体最大的安抚，他也只有在这种惬意的放松状态下会肆意地想一想刘海蓝。此时，她是在教室里自习，还是在图书馆里看书？或是在宿舍里跟舍友聊天？也有可能漫步在林荫树下，身边有一个乳臭未干的小子。最后这种场景是他最不愿意想的，一想便全身不自在，但他又忍不住往那个方向想，漂亮可爱的海蓝怎么会不吸引人？工地生活的时间愈长，他愈清晰地感到与刘海蓝的距离愈远。他偶尔穿着脏兮兮的工装一身汗臭往街上去，行人纷纷避开，有人捂着鼻子皱起眉头，更多的人是在他们的眼神里透露着他们的态度，嫌弃轻蔑的居多。他一点儿也不在乎别人的眼光，就像当年他一点儿也不后悔自己打了人。他的定力源于他少年就设定的那个目标，那个目标既不崇高也不伟大，他只想好好地砌砖，把一栋栋房子从地上起起来。再后来，是刘海蓝读建筑系的事再次狠狠地给他夯实了这个目标，他走得更坚定、更踏实。

当武乘风觉得自己已经是个熟练工人时他返回广西，待在南宁继续打工。南宁离城港不远，两三个小时的车程，他还是很少回家。他慢慢积累出一个圈子，这个圈子是在几个工程的标段做完后获得的稳定朋友，他们是涂料工、泥瓦工、钢筋工、木工等的组合，他们成为一个整体，有钱大家赚，有活大家干。在这个圈子的支持下，他在一次突然而至的机会中赢得了更大的机会。

那时候国家还没有农民工工资实名制发放的政策和强制要求，项目部一般只与包工头办理结算。工头是很牛的角色，项目部的管理人员得仰仗工头配合工作，下面的工人得低声下气看工头的心情，不然工资将遥遥无期。武乘风当时就是在这么一个包工头的手下勤勤恳恳地干活。这个包工头心狠手辣，经常把大家的钱扣着不发放，偏巧出了车祸，人一下子没了，他扣着不发的工资也没了下落。工人们都傻眼了，活没干完，工资没拿到，项目经理也慌了。怎么办？大家讨论了几番后，觉得工程肯定要做完，不然损失就太大了。武乘风被推选出来，成为民意工头。他没有辜负大家的期望，采取承包制、各工种质量负责制，很快在公司的几个工地质量大比武中脱颖而出，深得公司领导喜爱，关键是他有号召力，避免了一场阻工讨薪的大动荡。当整个工程结束，他替大家把工资领到手时，他的身份已经转变，他不再是一个万金油小工，而是一个合格的包工头，心高气傲的项目经理也低下身段跟他交朋友拜把子。后来，他拿到越来越多的活，兄弟伙伴也由"游击队"变成有一定规模的"正规军"。

这伙兄弟多年和他在一起，信任他，在任何事情上都无条件支持他，比如防浪墙本不是他们去争取的工程，武乘风的目标是二号码头的扩建，因为竞标不中，他立马放下身段接手防浪墙的工程。他跟兄弟们说城港作为一个港口城市，一直在扩建码头，要打造成为国际港口城市。如果他们从来都没有参加过任何一个港口的建设，没有为任何一个码头砌过一块砖，这会是一种用钱都弥补不来的遗憾。他的竞标失败了，他没有挑三拣四，防浪墙这样的小活也卖力去争取。他不但争取来了，他还把活儿做得漂漂亮亮，拿到他手里的活儿，他都乐意动脑筋，把它做好。那道防风堤是在建防浪墙过程中的"灵感之作"，变成网红打卡点，在他意料之外，却也像是对他工作的一种回报。修建一道能展示海洋风物的防风堤，是突然得来的灵感，他跟兄弟们提出，没有人反对，大家都说"只有你才能想出这一招，你觉得好就干呗"。他说："这一来我们做防浪墙就等于白干了，建防风堤可能还要往里投钱。""我们现在又不缺活干，有活干就有钱拿，不少这一单。"就是在兄弟们的支持下，武乘风拉大旗招兵买马做出一道长三公里的画墙。

画墙刚完工就有人拍下视频放到网上，一夜之间点击量过百万。这个小工程给他带来的影响力超过他过去十年付出的努力，很多单位主动找上他，给他工程做，现在他的手下都忙得脚不沾地。

这些都是武乘风想和海蓝说的，他在无数个夜晚想和刘海蓝说的话都变成了自言自语。后来，他就当已经和她说过了。

他算是成功了吗？如果用金钱来衡量，他算不上非常成功，但他对自己满意。他从未偷工减料完成任何一个工程，他起了很多房子，他修过路、架过桥，还建了防浪墙、防风堤，他想如果砖头有记忆的话，很多建筑物会记住他。遗憾的是，他的自信只在工地上，只在那些泥水砖瓦里，一想到刘海蓝他就泄气。他曾经花了一段时间才接受刘海蓝上建筑系这个事实，他认为刘海蓝抱着琴安安静静、无限美好地弹奏《龙女赞》，那才是她应该拥有的生活。无论如何，他只能踏踏实实干活，他会去实现他曾经跟她叙说的梦想，他不会让一个柔弱的身躯去扛什么，她不必怀着内疚，他只能做到这些了。虽然他在无数个夜晚想过她，但最后他总会浇灭自己的热情——你只能爱那个有着骑鱼梦想的小女孩，只能拥有一段过去，她的生活已经被你修改过一次，你不可以再介入第二次。

武乘风很早就从阮青青那里知道演出的事情，也知道刘海蓝是其中的一分子，是"防风堤美丽行动"的策划者之一。他跟阮青青说他很忙很忙，但他会尽量挤出时间来参加活动。在演出之前，他一直没有出现，因为他不知道他该如何在刘海蓝面前出现。他想，顺其自然，在该出现的时候出现吧。

乘风防风堤的活动他怎么可能不来参加，这是借口，也不是借口。他选了一个偏远的位置，静静地看着在台上弹奏的刘海蓝。他像是看到十多年前的少女海蓝，她弹得那样专注、那样深情。她曾经告诉他，弹琴的时候她虽然端坐着，但不是静止不动的，她一直在走，在看，在说，在唱。今天的海蓝骑鱼游荡在海上，他的小女孩回来了。

演出结束，很多人散去。经过一小段时间的纷乱，广场渐渐恢复平静。武乘风深吸一口气，大步走进森林咖啡馆，他对自己说今夜宜相见。阮青青首先发现了他，冲上来捶了他胸口一拳："你这家伙，成天光想着赚钱，也不来看看我们，我说这么大的活动你怎么都不来捧场呢！"他笑着说："这么大的活动，不敢不来，爬也要爬来的。"

刘海蓝在咖啡馆里与人说话，一个男人捧了一束花走过去递给她。刘海蓝接过花束，脸上笑得像花开。那男的高大英俊、温文尔雅，还穿了白衬衣、黑西裤、锃亮皮鞋，很正式的样子。

武乘风忍不住扫一眼自己身上的灰色 T 恤、牛仔短裤、塑料凉鞋，心头涌上来一丝滑溜的酸苦。这身装束是他故意为之的，胡子也几天没剃，就算是来看阮青青的演出他都不会如此随便，偏是刘海蓝在场，他要保持日常的风格，平时是怎样就是怎样，不需要刻意。

阮青青顺着他的眼睛看到刘海蓝，她挽起他的手说："过去认识一下，我刚认识的好朋友海蓝妹子。"武乘风夸张地大笑几声："这就不劳你介绍了，海蓝是我妹子，亲妹子。""算了吧，你姓武，只有个姐，哪来的妹子？""不是非要同姓才是兄妹，从小一块儿光屁股长大，不是亲的胜似亲的。"武乘风好像非要说得这么豪放才能把胸口的苦涩释放，也只有这样他才能真正面对这个不再是小姑娘的大姑娘。他似乎在一瞬间变得光明磊落、再无芥蒂，拉着阮青青大踏步朝刘海蓝走去。

刘海蓝把苏广玉手中的花接过来，她早知道他要来当观众，她将活动预告发了朋友圈，他不但转发还一下子跟她订了五十张票，说是给公司员工的福利。"海蓝，你真是深藏不露啊，虽然你说过你会弹琴，可我以为建筑系女生是那种拿着勘探器材四海为家的女汉子，想不到你真会弹琴，还是独弦琴传承人的继承人，我今天晚上是开了眼也开了耳了。""这么夸人我会脸红的，你能来看演出支持我们的活动，我就很感激了。""你做什么我都会支持的。"

"海蓝，欢迎你回家！"刘海蓝转头一看，几乎不敢相信自己的眼睛，是乘风哥！

　　虽然刚才她的心里一直隐隐期盼着，但真的相见竟然有一种虚幻的感觉。如果是十多年前，她早就扑过去抱住他喊啊，叫啊，闹啊；如今的她却只能站着纹丝不动，咬着嘴唇笑："乘风哥，终于见着你了。""不好意思，一直忙，听说你回来想回去看看的，忙来忙去也没走得脱。""有这么忙吗？"阮青青说："现在他是红人，找他的单位太多了，活干不完，我刚刚就说他钻钱眼里去了。""乘风哥不会的，他从来不在意钱。""哟，看来是亲妹子，果然护短。""怎么不见阿奶？"武乘风东张西望，转移关注点。"大哥早把她老人家接回去了。"

　　苏广玉在一旁被冷落了，不过他不是那种被动接受关注的人，他早学会主动推介自己。苏广玉向武乘风伸出手说："我叫苏广玉，海蓝的朋友。""我叫武乘风，海蓝的大哥。"武乘风的手与苏广玉的手相握。刘海蓝说："苏广玉，这道著名的乘风防风堤就是他，武乘风承建的，所以也用他的名字来命名。""哦，那我得好好表示感谢，我经常在这一带骑自行车，一边欣赏美景，一边锻炼身体，我和海蓝也是在这里认识的。我想乘风防风堤会成为一个历史性的建筑。"武乘风有些难为情地点点头："你们都喜欢就好，其实也没什么，就一堵墙。"

咖啡馆里坐了好些前来捧场的朋友，有一些是参加了防风堤作画的画家，他们都朝武乘风挥手打招呼。武乘风走过去，亲热地与人击掌、握手，桌上有人打开了啤酒，他们直接拿起来，互相碰撞喝上了。阮青青拉着刘海蓝，刘海蓝扯着苏广玉，一群年轻人很快都认识了。阿良他们订购的烧烤一送到，马上各桌分发。有酒有菜，阮青青举杯说明主题，以森林咖啡馆为大本营的公益演出将会成为城港的另一道风景，欢迎各路豪杰大侠前来助力。阮青青把刘海蓝从座位上拉起来隆重介绍："这是我们旦匏非物质文化遗产传承人的孙女，也是旦匏的传承人刘海蓝，今晚上她精彩的演出大家看了，她以后会是我们公益演出的台柱。"刘海蓝抢过阮青青的话头说："每一场演出都要靠大家，我只是一个组成部分，大家一起努力，美丽在行动！"武乘风听刘海蓝说这么两句就能感觉这是一位应对自如、谈吐大方的知性女子，无论他愿不愿意，刘海蓝不再是那个肆意跟他撒娇的小姑娘，小姑娘长大了，他和她之间的距离也拉大了，一个是成天在工地上风吹日晒的工人，一个是高学历坐办公室的白领，这是不是有点像黑夜和白天的距离？

　　苏广玉目不转睛地盯着刘海蓝，他承认自己喜欢上这个宝藏姑娘了。从北方到南方创业，他一直有把钱赚到了还要往回撤的心思，所以，他从来没有想过和一个南方姑娘谈恋爱，而当他有了恋爱的感觉，他又觉得他是可以在这个海滨城市落地生根的。他一直待在刘海蓝身边，主动认识刘海蓝的朋友。

武乘风没法不注意苏广玉，这男的对刘海蓝有意思，他一眼看穿了。他把泛上来的酸气往下压，不舒服是有，但不是很不舒服。这是迟早的事，刘海蓝不小了，谈恋爱再正常不过，苏广玉样貌不差，气质也好，从外表上看两人挺般配的。现在这些哥们都会收拾自己，嘴也甜，容易讨姑娘喜欢，人品可说不准，海蓝刚出校门，心性单纯，千万要擦亮眼睛，好好考察才行啊。武乘风思忖着就有些焦虑，这时他手机响了，电话是黎梅打来的，刚一接通，黎梅焦急的声音传过来："乘风，我还在老挝，刚才我妈打电话来说小道发高烧了，你帮忙去看看要不要送医院？"武乘风忙不迭地答应，看手表已经快十二点了，他急匆匆往外走。阮青青眼尖赶过来问："乘风，明天星期六，你就这么着急走？""黎梅的儿子病了，我过去看看。""哦，那你快去吧。""我就不跟大家告辞了，你帮忙说一声。""没事，你走吧。"

刘海蓝已经发现武乘风走了，等阮青青回来，她问："乘风哥是不是有什么急事？""嗯，黎梅的儿子生病，他过去看看。""黎梅？"刘海蓝忍不住问黎梅是谁。阮青青带着欣赏的语气说："黎梅是我的偶像。""能当你偶像的该是个什么级别的女神呀？""嘻嘻，首先是漂亮，其次是泼辣、能挣钱、讲义气。"阮青青对黎梅的评价越发勾起刘海蓝的好奇心，她忍不住恳求阮青青说说黎梅的故事。

阮青青眼睛一转，不无八卦地挑了挑眉说："单说黎梅就没意思了，她的故事如果少了武乘风，就像麻辣火锅缺了花椒。"

刘海蓝从阮青青嘴里听到的故事，填补了这些年她所不了解的武乘风的人生轨迹。在朋友们眼中，武乘风能吃苦、讲义气、有想法、有情怀，很普通却又与众不同。刘海蓝乐于接收有关武乘风的一切信息，这些信息所提供的武乘风的形象对她来说是陌生的，但很亲切。她曾经构想过武乘风的日常生活，总是无法勾画出一幅完整的图景，因为预设的心理，铺陈出去的总是灰暗的色调，那些阴晴不定的画面让她失去了观看的热情。她选择走的路，就是要和他走在同一条路上，即便他们失去联系，他们也会在自己的行走方向上看到相似的风景，这就够了。

大学的头一年，很多课程让她感到枯燥无味，她机械地学习，只求功课及格。有一天她收到一本《林徽因传》，上海本邦寄出来的，没有发件人的姓名。书中主要讲述林徽因女士的生平，与建筑相关的内容没多少，正史与野史相杂。刘海蓝读了很多遍，她不知道送书人的目的，但这本书确实让她受益了，她收获了一份领悟。很少有人认为自己从事的是自己喜欢的职业，职业只是作为一个谋生的手段，因为这样的误解，人与他从事的职业始终无法做到高度的契合。其实，无论从事什么职业，都是在寻找自己生命的轨迹，积极地去接纳和付出，就能愉悦灵魂，甚至会发现，这原本就是自己寻寻觅觅的方向。刘海蓝希望自己能像林徽因一样洒脱——在方方面面都能倾注热情，生活中的一切便会呈现出美好的姿态。她本科毕业还继续攻读研究生，就是觉得还需要更多的时间来让自己的选择变得更丰实和更有底蕴。她早就不认为她是因为谁而改变了志向，只要灵魂真正愉悦于这项事业，那就是她的事业。

阮青青在跟刘海蓝讲述黎梅和武乘风的故事的时候，武乘风正在赶往黎梅的家。

武乘风与黎梅的故事有些许江湖侠义的色彩。六年前，武乘风带着几十个弟兄辛辛苦苦做完一个工程，施工方是私营企业，迟迟不把剩下的工程款付给他们。武乘风他们想尽办法找到公司老板韦诚的一个住处，在那儿没有逮到老板，堵住了老板的女人。他们挤进屋里，把屋子塞得满满的，叫嚷着："让韦诚出来见我们！"老板的女人长得丰满圆润、艳丽妖娆，还挺着一个五六个月身孕的大肚子。女人一点儿也不怯，口气强硬，不相信韦诚会拖欠这点儿小钱不付。她当着众人的面给韦诚打电话，不出众人所料，联系不上。女人依然淡定，对大家说："我这段时间和韦诚打冷战，有些日子不联系了，你们放心，我会把他找出来的。"她再拨打其他电话，最后不知道接通的是谁，听对方说了几句，她脸一下沉下来，电话挂断后坐着不说话。在那屋里挤的十几号人骂的骂，叹气的叹气，有人站出来恐吓女人："老子今天拿不到钱就不走了，大不了一起死！""你肚子里怀的是韦诚的崽吧，没钱还生崽干吗，做我老婆算了。""我们就住在这里，和你睡一起！"

武乘风虽然没有发言，但也没有阻止兄弟们的言行，这些年他见识了太多讨薪事件，往往讲道理、讲规矩是拿不到钱的。女人不惊不慌，给自己倒了一杯水，还说："你们谁想喝水自己倒啊，家里没这么多杯子，轮流用吧。"她又找了一件外套穿上，把自己的大肚子掩盖起来。"你们谁是头儿，推个头儿来跟我谈吧。"众人把目光投向武乘风。

女人走向阳台，武乘风尾随着她走到阳台。女人上下打量了武乘风一番说："韦诚给人做局赌博输光了，你们新起好的那幢楼也抵给别人，工钱估计是要不到了。"武乘风说："我不信。"女人把手机递给武乘风说："这是他家里人发过来的信息，你自己看吧，我刚才还问了他另外一个合作伙伴，说的都差不多。"武乘风从女人的手机上读到好几条信息，不同人发的，确实内容差不多。"我肚子里的孩子确实是韦诚的，两个月前我知道他有了新女友，我们闹分手，孩子我想去打掉，医生都预约了，可想想还是舍不得，一条命呢。"女人眼里有无奈也有一抹凌厉的坚韧。武乘风一直是警惕的，他提醒自己无论这女人说什么，不过都是缓兵之计，目的就是赖账，这些年他经历类似的事情太多了。他内心觉得女人说的是事实，但就是不愿意让自己这么轻信。"你怀着他的孩子，他不会一点也不管吧？！""他要有点人性就不会在这种时候去找别的女人花天酒地去了。"女人把头仰起来，又甩了甩头发。武乘风料定女人会哭一场，但女人没有。"我们辛苦了一年，不能白干，等下你的屋子被搬空，我可管不住。"武乘风硬杠出这句话，往下他害怕自己再撑不住了。女人微微一笑："我说这些不是让你同情我，我知道你们不容易，这事本来和我没什么关系，但你们找上门来，我也承诺帮你们找出韦诚，现在找不到他，这笔钱我来替他还，当是为孩子积个功德。不过你们得出人陪我去把别人欠我的钱拿回来，拿得回来你们就有钱分了。"武乘风再次提醒自己，这是个坑，但这个坑他没办法拒绝。女人挑衅地看着他："现在的债务就是这样，我欠你，他欠我，没有谁不吃过亏、上过当，反正都是追债，你不会只敢跟我一个女人要吧？"

女人名叫黎梅，做了多年的边贸生意，主要从泰国采购橡胶松脂、粮油水果，运回境内转手赚差价。因为怀孕，疏忽生意，业务全托给一个远亲，那人做了半年，把黎梅的公司掏空，带着钱偷偷跑了，听闻跑到境外去了。黎梅刚打听到那个远亲最近偷溜回家，远亲的家在著名的边境小镇板八镇。

武乘风也搞不懂那天怎么就应下了为黎梅追债的事，并很笃定地劝慰自己的伙伴们："钱我们替她拿回来，我们就有钱了。""她拿到钱不给我们怎么办？""不会的，她一个人，我们这么多人，她敢骗这么多人吗？""韦诚一个人不就骗了我们这么多人吗？""反正我是去替她追债了，你们去不去随意。"众人想想，傻等也等不出结果，不如就跟武乘风一道博一博了。

债主是黎梅，武乘风及一群民工变成了手下。黎梅大着肚子，亲自带领小弟武乘风一行浩浩荡荡前往板八镇找人要债。武乘风想既然去了，不论真假，戏就要做足，他和他的兄弟们全穿上黑衣服，黑T恤、黑汗衫、黑背心、黑雨衣，反正是黑的就行；鞋子随意，穿拖鞋和胶鞋的居多，半数还戴上墨镜。黎梅化了浓妆，红唇厚粉脸，穿了紧身裙，肚子鼓若皮球让人生畏，就怕不小心碰着被讹。那家人本来人多势众，但一看对方来势汹汹、杀气腾腾，没有谁敢帮忙出头了。特别是黎梅身后那个壮汉，穿件二流子背心，臂上有老虎头文身，背上还背了一长条用黑布裹着的东西，是刀？是枪？高科技武器？都不是，一根烂木条。黎梅身后那个最靓最酷的仔当然就是武乘风，他也搞了一副墨镜，把闪烁不定的眼神掩盖住，用一洗就脱色的文身为自己扮演的角色打标签。他以前找包工头要债，基本上用的方法是哀求、诉苦、死缠烂打，这么大张旗鼓的豪横是第一次，有入戏的快意。

黎梅是真正的主角，他们都是配角。黎梅找到那位远亲家，远亲本人不在，家属出来拦截说他们也不知道人在哪里，更不知道他欠了债。黎梅说，如果她这次来拿不到钱，她会住下来，在这儿生孩子，坐月子，养孩子，还有她公司的员工也都会在这里住下来。他们一大群人真的住下来了，在远亲家的屋前撑起帐篷通宵夜饮、打牌，做到不入户、不拿群众一针一线，文明要账。仅住了三天，第四天对方就把钱还了。钱到手黎梅马上转给武乘风，她说："还差一点数，回去以后你们把我屋里所有的东西搬走，能卖多少算多少，房子是租的，家具全是韦诚买的，我不要了。"

回到城港，武乘风把钱分给大家，带头把那间屋子的东西搬空卖掉，处理完这些他找到黎梅。那时候的黎梅已经快要生产，搬回去和母亲住在一块儿。他把一叠钱放到黎梅跟前说："韦诚欠我们的钱不应该由你来担，但我当时也没有其他办法，好多兄弟家里都指着他们拿钱回去，这钱是我分到的那一份，以后我会尽量偿还你的。"黎梅瞥一眼那叠钱说："你说钱到底是好东西还是坏玩意呢？韦诚以前是特别能干的一个人，挣几个钱就飘了，成天吃喝玩乐，还说要享受人生。""对我来说，不坑不骗靠自己双手赚来的钱就是好东西，每个人都有自己的路走，我们管好自己的就行。""你的钱拿走吧，我不缺这点钱，等生完孩子我能挣回来，为了孩子我会更能干。"

那之后武乘风和黎梅经常聊聊天、吃个饭什么的，不知不觉成了好朋友。黎梅比武乘风大两岁，武乘风叫她梅姐。黎梅等孩子断奶，重新拾起她的边贸生意，经常在泰国、越南、缅甸这些国家出入，生意越做越大，武乘风手下的两个弟兄转行去跟黎梅搞边贸，都赚了不少钱。黎梅向武乘风发出过好几次邀请，武乘风都拒绝了。黎梅觉得虽然搞边贸累，但武乘风在工地上卖苦力更累，做个小包工头赚不了大钱，真不如转行搞边贸，就搞不懂武乘风为什么死倔一路走到黑。武乘风那两个转行追随黎梅的兄弟给了黎梅答案："不用劝，劝没用。我们就没见过谁跟他一样，我们干哪一行都一样，为的是混口饭吃，他干这一行纯粹两个字'热爱'，如果非要再加上三个字，那就是'傻傻的热爱'。"

武乘风打动黎梅的就是这一份傻傻的热爱，后来她自己看到了，她没有再劝武乘风改行，不但不劝，她还无条件地支持他。有一次武乘风遇上一个好机会，需要先部分垫资才能拿下工程，黎梅二话不说倾囊相助帮武乘风把工程拿下。武乘风靠那次机会翻身，赚了一大笔，趁势把家里搞民宿的客栈建了起来。

他和黎梅是好朋友、好姐弟，在武乘风这方是这样定位的。他心里一直觉得亏欠黎梅，拿黎梅的钱来抵债，他视为人生最大的污点——欺负无辜弱小。无论他后来做什么，他都没有办法把这个污点洗刷掉。在黎梅那一方感情复杂许多，她欣赏武乘风的善良和踏实作风，有过一段不堪的经历，这样的男人于她好比珍宝一般。她不止一次有过冲动，想和武乘风在一起，他们单独相处的很多时候，她只差没有向他表白了。她一向自信，自信自己的容貌，自信自己的能力，但在武乘风面前她自卑了。她比武乘风大，有一段失败的感情经历，还有私生子，如果没有这些，她不能放过武乘风——你就是块木头，我也要把你点燃了！她原本是这样泼辣、敢做敢当的。她不敢表白，她寄期望于武乘风那一头，只要武乘风那里稍稍有点表示，她会义无反顾。遗憾的是，武乘风扮演的是一个好朋友的角色，中规中矩、有礼有节，这更让她自卑了，她断定他看不上她，她只能扮演姐姐的角色。

武乘风赶到黎梅家，他有钥匙，直接开门进去了。黎梅的母亲在家里帮忙照顾孩子，老人没什么文化，快六十了，黎梅若是出差到外地，武乘风会过来看看有什么需要帮忙的。孩子躺在床上昏睡，黎妈焦急地坐在一旁，给孩子额上搭湿毛巾。武乘风手探到孩子的腋窝，发现孩子烧得厉害，他让黎妈准备一些孩子用的东西上医院。随后他抱起孩子，黎妈在后头跟着，他开车把孩子送到急诊。一诊断孩子还不是普通的发烧，而是急性肺炎，马上就安排住院了。他怕黎梅担心，只告诉对方是一般的发烧，他在医院陪了两天两夜。

第四天黎梅从老挝赶回来，了解真实情况后，埋怨武乘风没跟她说实话。武乘风一点儿也不生气："我说实话你能飞回来呀？"黎梅看武乘风的头发乱蓬蓬的，眼袋和黑眼圈都出来了。"行了，你回去休息吧。""小道道睡之前说，他醒来后让我给他把他种的菜收了，我答应他了。""种菜？你让他在你手机上种菜？真够幼稚的。""才不幼稚呢，我说等他好以后，就带他真正种菜去，小道道是个爱劳动的小朋友。"武乘风说到黎道总是这么有爱有耐心，黎梅都自愧不如，他如果是孩子的亲爸爸该多好啊，为了黎道她是不是可以勇敢一回？或者是，她终于忍不住要拉儿子来做她的助力军了。

"乘风，我们可以组成一个家吗？你、我，还有黎道。"

武乘风有点蒙，盯着黎梅，突然好像听明白了，赶紧移开眼睛。

黎梅打算不要脸地一竿子插到底，不再退缩。"我真心喜欢你，喜欢很久了，如果你愿意，我们一起过，我不再往外跑了，我陪你做工程。"

"梅姐，我们不合适的。"

"年龄不合适，还是我未婚有子不合适？"

"你知道我不介意这些，我坐过两年牢，这才是黑历史呢。"

"坐过牢又怎么了？坐过牢的未必是坏人。"

"是啊，我不是坏人，我会对黎道好，也会对你好，只是我还没有成家的打算。"

"这么多年，我看你都是一个人，要不，你告诉我，你喜欢什么样的姑娘，我和你不合适，我也愿意帮你找到合适的人。"

"我没有什么拎得出来的标准，碰上了，才知道合不合适呢，我不急。"

武乘风说完匆匆告辞离开黎家，剩下黎梅一个人和她满怀无法消散的情爱。

大街上的风把武乘风的头发吹得凌乱如草，他的两只手前后甩动，一点儿没有腾出一只手去理理头发的想法。反正心都乱了，哪里还会在意头发乱不乱？入秋了，风中没有寒意，也没有清爽，黏黏湿湿的，他觉得这像他的态度，他的态度给了黎梅错觉，是他的错。黎梅是个好女人，容易让人亲近的女人，他身边的好几个弟兄都曾暗恋黎梅，在他跟前明里暗里试探过，就想看看他到底有没有跟黎梅好上，他反复否认，鼓励兄弟们大胆追求黎梅。对黎梅示好的男人，在黎梅那儿得到的回复相同。黎梅说："我心里有人了。"求爱者们合计来合计去，这黎梅心里的人只能是武乘风啊。这一来大伙儿都主动回避了，武乘风喜不喜欢是他的事，黎梅是武乘风的女人，谁也不要动念头了。武乘风知道大伙儿的想法，知道黎梅的想法，有时候他也渴望一个女性温柔的怀抱，但遗憾的是他的渴望或者说是欲望一直被脑子里的一个幻象驱赶压制，他从不敢认真确认那个幻象的内容，幻象中有一句话是清晰的，刘海蓝对他说："乘风哥，我在湾尾等你呢。"

　　一次非常直白的表白与拒绝在武乘风和黎梅之间上演之后，他们大概有一个星期没有联系。认识几年下来，他们几乎每天都有联系，没有电话也有信息。沉寂下来的这个星期，让黎梅彻底死心了，如果她再想往前，她恐怕要失去一个好朋友了。她让黎道给武乘风打了一个电话，让黎道改口称武乘风舅舅。

　　"乘风舅舅，我是小道，妈妈说让你上家里吃改口饭呢，以后我要叫你舅舅了。"黎道奶声奶气的声音传来，武乘风心里软乎乎的，黎梅是个好女人，可惜，他只能把她当姐姐。

第六章

工作大半年后，刘海蓝有一项新的工作安排：由住建局抽调到市城市建设投资公司，担任海滨康养基地项目的副主任。这个职务的任命很出乎她的意料，想不到一下被放到这么高的位置上，她没有底气，她不认为仅凭学历就能胜任。陆局长在任命下达之前找她谈话，说当初到学校去面试她，就是希望有一个掌握专业知识的年轻人来给自己当助手，在各项工作中都能起到统领全局的作用。刘海蓝将顾虑摆出来，说工作自己愿意去做，但是当领导没有做好准备。陆局长说："把你放到这个位置上，很多人看到的是这个位置的权力，如果你不把它当作一个职务，就是把这看作是个要多担责任、多做事的职位，还会有顾虑吗？"陆局长眼旁堆满细碎的皱纹，眼神是慈祥的，充满信任和期待。要说刘海蓝来担任这个项目的主要负责人不是没有反对的声音，全是她大力举荐，她相信刘海蓝是一棵好苗子，放到这样的位置上去打磨，很快就能脱颖而出，将来是能扛重担的。局长的话让刘海蓝豁然开朗。对啊，如果只当作一份责任来承担，哪里还会有这么多的想法，自己格局小了。她郑重地点点头，接受了任命。

海滨康养基地项目是城港市的重点开发项目，对打造城港市旅游康养品牌意义重大。项目工程分两期，一期工程是海滨森林公园和海滨康养医院的修建，二期工程是海滨养老院和房车营地的修建。这个项目的建筑规划设计方案半年前已经通过，刘海蓝加入进来是要进入施工阶段了。她的强项是在建筑规划设计这一块，项目开工在即，她把一整套建筑设计方案带回办公室熟悉。项目的规划设计是由国内一家很著名的设计院承担的，风格中西贯通、古今融合，突显了城港市日趋国际化的格局。刘海蓝学到不少东西，很庆幸自己能参与进来，见证这个项目在城港落地造福百姓。

　　她对项目设计方案熟悉的过程用的是学者的态度，不是领导的视角。她研究得很细，把自己当作设计员，一边学习一边推敲。没有哪个设计方案是完美无缺的，只要用心总能找到优化和提升的空间，这是刘海蓝的态度。她的笔记本上记录了将近十条她对这个项目设计方案的补充和优化建议。她去跟翟主任汇报，翟主任看了她的补充方案皱起眉头说："施工单位已经全部进场，现在再去改动方案太耽误时间，何况这些补充方案我看对原方案来说并不是非得修改和增加的，最多只能算是优化。"

　　翟主任是海滨康养基地项目的主要负责人，他在城投公司担任总经理职务多年，还有三四年就退休了。临近退休，管理一个这么大的项目，不求无功，但求无过。他想，刘海蓝年纪轻轻又新官上任肯定是想表现，拿到一个方案不提点意见不显得自己没水平吗？他能理解，但不能陪着她折腾。

"翟主任，这个项目是城港的一块招牌，我们做到尽善尽美不更好吗？您想想，如果下着大雨，病人们从康养医院的大门口走到门诊部就会淋个透湿，在小花园散步就得淋着雨跑回病房，我们的康养医院是不是缺少关怀的细节？又如何体现我们的'康养'品质？再或者有人在观景阳台上滑倒摔跟头，就因为那儿没有考虑用防滑透水砖，这又是不是一个本就可以避免的事故隐患？设计单位地属北方，他们在防雨观念上可能没有我们本地人体会深。"刘海蓝说的都是她在补充方案中提出的建议。城港多雨，康养医院有多个分区，有些区域之间修有连廊，但大部分没有，她建议每个区域之间都要修建避雨连廊，这一来会大大方便病患的行动。另外康养医院将修建多个观景大阳台，这些露天阳台同样没有考虑到多雨的天气，地面没有设计采用防滑透水砖。她的补充方案主要就是落实在这些细节上，她知道很琐碎，但她没有办法把它们放过去。

翟主任听得有些刺耳，他自是认定刘海蓝好大喜功想表现，作为领导他不会直接予以否定，而是艺术地迂回了一下："刘副主任，你可以直接跟原设计单位联系沟通，如果对方同意你的补充方案，愿意修改，又不耽误工程正常开工，我们就尽善尽美！辛苦你了。"

　　刘海蓝明白如果有新的补充方案，会另外有审核的程序，这是要走流程的，要花时间。她马上跟原设计单位联系，对方在过去几年里因为这个项目跟城港方面联系密切，与刘海蓝是第一次打交道。他们很吃惊刘海蓝能提出这么细致的增补方案，一打听这可是出自专业同行之手，设计单位没有任何推诿，认为增加一个修补方案是值得的，他们还谦虚地说他们地处北方，有时是会忽略南方地域的特殊需求，这样的增补对他们来说也是很好的提升，他们感谢刘海蓝付出的劳动。双方共同努力，在最短的时间内让增补方案通过了审核，刘海蓝一直吊着的心才终于放下了，她这时候已经开始跑建筑工地。

　　翟主任没料到刘海蓝办事效率这么高。以前城投这一块的设计方案若有修改，拖两三个月是常事，还不一定能办下来。他对刘海蓝可以说是刮目相看，姑娘有水平不假，更难得的是愿意做事。

　　在施工单位进场后，刘海蓝几乎天天往工地上跑，她不让承建单位的负责人把她当领导看，说她就是来学习的。规划设计是她的专业，具体的施工她很少接触，她自己深知纸上谈兵容易，上阵杀敌艰难。无论是规划设计，还是建筑施工，她要求自己对各个领域都要熟悉，尤其是原先不熟悉的领域更要投入更多时间和心力。

工地上的人看刘海蓝那么年轻，私下里早就议论是不是什么官二代之类的，但又有人提出，如果是官二代用得着这么拼命吗？这也很有道理。项目经理、包工头没多久都一致认为这就是一个死心眼的傻大姐，不死心眼用得着天天跑工地吗？

　　到了工地，刘海蓝不是看两眼就走，单看人砌墙能看上一天，弄得那砌墙的师傅心里忐忑不安，终于忍不住问她："刘主任，你是不是觉得我年纪太大了，怕我的活做得不仔细？"这位砌墙的师傅确实年纪较大，六十好几了。工地上像这种年纪的工人不少，二十来岁的年轻人反而少，年轻人觉得工地上的活儿辛苦，还不利于他们体验这个花花世界，都不愿意干。刘海蓝笑着摇摇头说："老师傅你想多了，我是觉得你的动作很和谐很好看，没有一个动作是多余的，那些砖块到你手里都变得很听话。"砌墙师傅一听乐了，忍不住自我表扬："我二十岁不到就学泥水工，手头上这些活儿闭着眼睛都能干。"刘海蓝说："大伙儿都有你这样的手艺我就放心了，保准能把房子起得结结实实的。""刘主任你放心好了，对我就没有马虎应付这一说。"

　　刘海蓝还会站在搅拌机前看泥沙搅拌，手捏一把流进独轮车的泥浆，再看着一车车水泥浆灌注到钢筋架子上。

　　她跟着那些工人走，一趟趟来来回回。有工人问她："姑娘，这有啥看头，你不嫌眼睛累、太阳晒？"

　　刘海蓝说："有看头呀，水、沙、水泥按一定比例混合，最后与钢筋连在一块儿，钢筋有钢筋的尺寸，水泥有水泥的型号，每一步看起来简单，但不按标准来做都会出问题的，我不怕跟你们说，我就是来监工的。"工人们笑着说："你这样盯着我们，我们哪敢偷工减料，走路都要走快两步。"

刘海蓝还经常带饭去与工人们坐在一块儿吃。她从家里拿了很多咸鱼，亲自炸好，一次弄上一大包，分给工人们吃，边吃边聊天。这些工人难得见到这么漂亮随和的姑娘，都喜欢和她说话，与她亲近。刘海蓝一与工人们聊天就像做思想工作。她会说："材料是死的，人是活的，大哥大叔，你们是工程质量的保障者。""你们的工作很辛苦，这个医院起好后能救很多人的命，这些人都会感激你们的。""干活要注意安全，谁在这儿不是为了挣钱让家里人过得更好呢？家里人谁又不希望你们平平安安呢？你们要时刻记住，你们不仅仅代表你们自己，你们还关系着很多人的幸福。"

刘海蓝生怕自己说话的方式太官腔，别人听不进去，想方设法用接地气的方式去讲话，但她发现怎么说都还是有一股子指导员的味道，不过，正因为经常琢磨着怎么和工人打交道，一段时间下来，她发现自己说话的水平有了大幅度提高。跟工人们不再说那些大道理了，聊些家长里短，聊聊每个人的过去，从那些内容中找到线索，能鼓起人干劲的线索。像那些家里孩子还小的，她跟他们谈小孩的教育，鼓励他们多给孩子打电话视频交流；那些没结婚的，她叮嘱着少抽烟喝酒，把钱存好，闲暇时也不要光玩手机，学点种养的知识备用。

刘海蓝逐渐熟悉工地的每一个环节，不经意间，她会想到这些年武乘风就是在这样的流程中运转，他们现在真是走得很近了。

短短几个月，刘海蓝在工地上把自己晒成了非洲裔。别人只是看到她在工地上冒着傻气地监察，谁也看不到她内心的压力。这么大的工程，无论在哪个点上出问题，都是她的过失，这不单单是辜负领导的信任，更重要的是对建筑安全、建筑物生命的敬畏。这份焦虑刘海蓝无法向他人诉说，她把在蔚蓝广场隔三岔五的演出当作放松。吃完晚饭，没事她会去森林咖啡馆与阮青青他们碰头，喝上一杯醇浓的咖啡，没有演出就聊聊天，谈论当今世界各地建筑设计的亮点，把建筑的图片调出来，各人发表观点，兴致很高，一聊就是一个晚上。如果有演出，在夜幕降临之后，她的手指头抚在琴弦上，所有的思虑便一一清空了。

蔚蓝广场已经成为城港市文艺青年的聚集地，前来报名参加演出的团体很多，都以能排上名为荣耀。刘海蓝的独弦琴演奏是每场演出的保留节目，如果她没有时间，她新收的徒弟阮青青会替她上场。阮青青歌唱得好，她一边弹独弦琴一边开嗓放歌，独弦琴曲成为配乐，听起来又是另外一种风味。

武乘风偶尔也会过来，但他很少看演出，就是喝杯咖啡聊几句就走。阮青青取笑他女朋友都没有，这么着急走能到哪里去。武乘风说他的生活习惯和老人一样，早睡早起，养足精神，白天才有充沛的精力应付工地上的事。刘海蓝和武乘风谈论的无外乎也是有关建筑的事情，和以前相比，她只是知道他现在在做哪个工程，其他的，并没有更多的了解。

苏广玉来得勤快，骑着自行车来的，一般是在骑上十几公里后，把自行车停放好，远远地坐在一个角落里听歌。他给"防风堤美丽行动"一次性捐款五万元，还承诺每年他的公司都会捐出这个数目。他提了一个建议，说可以在防风堤上留出一些位置，给一些企业打广告，这样防风堤每年的维护费用就不用愁了。大家都觉得这个提议不错，但与武乘风一提，武乘风像受了惊吓一样摇头说："不行，不行，如果要走这一步，早就走了，不用等到现在，我想象不出来在这些画作当中插进广告是什么样子，我只想在海边有一道纯粹的风景线。"武乘风的坚持让刘海蓝很受触动，她第一次发现武乘风除了对建筑的热爱很纯粹，维护这份热爱的情怀也很纯粹，她自愧不如。与大多数人一样她觉得苏广玉的提议不错，只看到一方面的利益忽略了另一方面的利益，看来，她要向武乘风学习的地方还不少呢。

《城港日报》的记者何云歌把乘风防风堤要扩展画墙、发起人武乘风坚决拒绝商业运作的事情，写成一个很有分量的报道，文章见报以后，几家著名企业的负责人纷纷表示，他们不要什么广告回报，愿意拿出钱公益资助乘风防风堤画作的维护和扩展。这是一个皆大欢喜的结局。尽管如此，蔚蓝广场的演出还是如期进行。

有一天，刘海蓝的演奏刚结束，有人送上来一把超大的花束，真正送花的人未现身，送花来的是花店的人。刘海蓝捧着花束说："谢谢送花的观众，花很漂亮，价钱应该也不便宜，但我更愿意这项花费拿来做公益。"没过两天，刘海蓝演出完，有人从人群中走出来，把一张支票递给刘海蓝说："这是上次的送花人让我转交的，全部用来做公益。"刘海蓝看支票上的数额吃了一惊，这是迄今为止公益活动收到的最大一笔个人捐款：20万。刘海蓝看到上面的签名是覃微微，像是个女孩的名字。

后来很长一段时间，在刘海蓝的演出结束后，偶尔还是有花送到她的手上，但这个叫覃微微的人并没有真实地出现在刘海蓝的生活中。在刘海蓝心里，这就是一个热心于公益事业的人。

如果不是父亲的催促，覃微微是不会到蔚蓝广场去的。虽然经过三年的康复训练，他的两条腿还是只能缓慢移动，走路要有人搀扶，如果外出，他必须坐在轮椅上。坐轮椅是他最讨厌的事情。

　　训练走路是让覃微微极其痛苦的功课。他的保姆是个身强力壮的男保姆，除了平时开车送他上班，还负责陪他练习走路。下轮椅之后，他拄起两根腋杖，一步一挪地往前走，腋窝底下早就顶出两块硬邦邦的皮肉。走得十来分钟，他会扔掉一条腋杖，强迫没有腋杖支持的那条腿用力，走不了几分钟，汗水能把背浸湿，走得一会儿，再换另一条腿，反反复复。烦躁的时候，他会把腋杖一扔，一屁股坐在地上，这种时候，他再找不出可以埋怨的人。工作已经慢慢消化他的戾气，除了腿暂时使不上力，他觉得自己挺了不起的，连坚持练习走路这件事情都了不起。

　　父亲说那个在蔚蓝广场演奏独弦琴的姑娘有一个重要的身份：海滨康养基地项目副主任。传说这个如职场黑马的姑娘毕业于上海名校，是住建局局长陆明灿亲自招揽并委以重任的，前途不可限量。父亲又说相识于微时是与人交往的智慧。覃微微自从出了那场车祸以后，学会了顺从父亲，虽然他并不认为刘海蓝现在是在微时，但他还是会去与这个姑娘建立起一种联系。

　　那天司机把他送到蔚蓝广场，他坐在轮椅上，戴了帽子和眼镜，他不想让人认识他的脸。他的特征过于明显，一双不方便的腿，这个是没有办法藏起来的，他只有把自己的脸藏起来。到了蔚蓝广场，他第一件事是去看他的画作，他的画作在一个耀眼的位置上，广场上的人一眼就能看到。尽管面目遮住，他心中还是骄傲的，巴不得周围的人都知道——《少女骑鱼图》是他的作品，防风堤成为网红打卡点有他的功劳。

去年他偶然在网上看到有人在招募公益画师，给一道防风堤做有关海洋主题的油绘，这不是他的老本行吗？而且地点还是在城港。他按照要求画了几幅小样投稿过去，没过几天，他收到一封邮件，通知他的画作都被采用了，对方另外给了他一个主题，问他能不能在防风堤最中心的位置画一幅《少女骑鱼图》，这个主题真是很别致呢。覃微微设计了好几个小样，对方好像都不太满意，有一天给他打来电话说："我要的是一幅真实的骑鱼图，女孩自由自在地骑鱼在海上畅游，就像我们能骑马在草原上奔驰，那不是一幅漫画，不是虚幻，是一个真实的场景。"从对方急促的话语中，他能体会对方的心情，他知道对方心中就有那么一幅画，只是没办法更具体地描述出来而已。他正是通过对方这几句简短的话捕捉到一颗炽烈的赤子之心，他的心中出现一位红衣少女，少女的眼睛如墨、笑容如波浪，她骑的是一头白鳘豚，浪花翻飞，深沉的大海之上落满星辰……

覃微微的画作小样很快被通知采用，对方又问他可不可以亲手将这幅画画到防风堤上去，交给别人不放心。因为腿脚不方便，实地作画对覃微微来说很有难度，其他由他构思出来的样稿已经有人替他临摹到防风堤上，《少女骑鱼图》是他最得意的构思，他也想亲手绘制出来，所以他答应了对方的请求。他借来一台升降椅，把自己固定在椅子上，一笔一画，有时候手酸痛得无法把笔提起来，被汗水浸透的衣服换了一件又一件。用了将近二十天，作品完成。那个叫武乘风的人，在他作画的时候一直陪着他，给他递笔，给他擦汗，等他扔下画笔宣布收工，那家伙看着画像魔怔一样，表情像哭又像笑。最后，武乘风搂着他的肩膀说："兄弟，谢谢你。"后来覃微微才知道武乘风就是这个项目的发起人。

能让人流泪的画，一辈子画出一幅，够了，值了。

在蔚蓝广场看演出的过程覃微微是不耐烦的，在他看来，这种节目的水准确实只适合在街头摆摊，凑巧还能打个公益的名头，算是功德圆满了。其间他不停地翻看手机，总算熬到刘海蓝出场。在父亲的"教诲"中他把刘海蓝预想为一个成熟干练、英姿勃发的女干部，就算是弹琴也不过是装门面附庸风雅而已。刘海蓝抱琴上台的形象令他惊奇，瘦高如竹，眼神如海，姿态如风，没有惊艳，却清新自然，令人过目难忘。姑娘凝神弹琴，行云流水，独弦琴独有的音律又把时尚现代从她身上拂开，她的身上只剩下海边气息，宽厚敞开、忍耐沉默。

覃微微几乎能断定，刘海蓝是生长于海边的孩子，土生土长的海边人有一种特殊的气息。覃微微身体里流着海边人的血却自小生活在北方，正因为这一份距离和亲近，让他敏锐地捕捉到这一群人特有的气息。有些人在成长的岁月中气息会淡去，是因为内在的联结先行断裂；而有的人虽然远离故土，但又因着怀念虔敬联络葆有了这份气息。

覃微微对刘海蓝立时有了亲近感。鲜花和捐款或许都带有功利目的，但亲近感是没有功利目的的。后来，他隔三岔五会到蔚蓝广场听歌，当然还是戴帽子戴眼镜把自己藏得很严实。他没有和她说过话，只是远远地看着，他倒希望这种认识的模式不会改变，他就在别处远远地看着。

覃微微是在十一岁之后才知道他是城港人，他还有奶奶，奶奶就住在海边的一个村子里。奶奶另外还有两个孙女，她们和他有共同的爸爸，却有不同的妈妈。他不为世人所知，是父亲专门做的保密工作，因为父亲另有妻子，他的母亲不过是父亲的女伴，一个不能暴露身份的女伴。父亲姓吴，他随母亲姓覃，与母亲长期居住在北京，父亲偶尔会去探望他们，他过着富裕而缺失父亲的生活。十一岁那年奶奶病重垂危，他被送到一个小渔村与奶奶见面。奶奶是个固执的人，病了不愿去医院，怕死在外头，只愿意待在小村子里，说死也死在自家的床上。奇迹般地，奶奶见到覃微微以后身体迅速好起来。后来，每个假期奶奶都要他回到渔村。奶奶一直拒绝到城市生活，宁可一个人住在渔村。他很喜欢住在渔村的日子，他可以跟村里的伙伴去捉鱼蟹、挖沙虫、钓鱼下地笼，只是不能下海游泳，奶奶说他是吴家独苗，要好好保护自己，任何危险的事情都不能干。他喜欢吃奶奶做的鲶汁蒸鱼，一天一条，真正的生猛海鲜。奶奶说他长得像爷爷，他见过爷爷的照片，感觉不是太像，但奶奶说很像，笑起来像，哭起来也像。他奇怪地问，爷爷会哭吗？奶奶说当然会了，每个人都有伤心事，哭出来就好了。奶奶还专门强调，什么时候感到委屈就好好哭一场，哭完就放下了，不分男人女人，哭可不是什么丑事，强压着才傻呢！

他准备上高中那一年，母亲与一个男的相好，与父亲摊牌。他不知道父亲怎么处理的，后来母亲离开他很少有联络，再后来他被送到日本上学，切断了与母亲的一切联系。对母亲的牵挂让他与父亲抗争，他开始荒废学业，玩游戏、谈女朋友、花钱如流水。他觉得父亲亏欠他，他是没有身份的私生子，他还失去了母亲。他知道，他在日本的监护人会把自己的所作所为告诉父亲，他希望他能把父亲气出个高血压、心脏病、老年痴呆。父亲似乎一无所闻，每天给他发信息，鼓励他好好学习。他认为自己还是太听话了，所以在大学临毕业前突然辍学跑回国，直接回到城港，在父亲大人的眼皮底下继续他的快意人生，每日呼朋唤友饮酒作乐，直到出了一场严重的车祸。

他手术做完醒来最先看到的人是父亲。父亲脸色平静，用同样平静的语气跟他传达从医生那里听来的结论："如果不泄气，好好练，迟早能下地走路，如果怨天尤人、自暴自弃，坐在轮椅上不想动，轮椅我给你买最好的。"

他屎尿拉在床上要人伺候的时候，当然怨天尤人。他自暴自弃，还想过死。父亲经常来给他擦身子，粗大的指头在他腿上按摩，他大声咒骂，驱赶父亲，父亲还是仔仔细细地给他擦身子，给他按摩，没一点脾气。父亲还评价他的皮肤太白、腿太细、腰太长，像个女人，让他多晒太阳，多活动活动。他天天骂，能用的恶毒词语都反复用尽了。父亲开始带他外出。父亲带他外出的时间都是晚上，他又有了新的骂词："你为什么要生我，我不姓吴，姓罩，我就这么见不得人，晚上才能出门？"父亲笑着说："是啊，夜晚能遮住很多秘密，但城港市的夜晚是最美的。"

父亲亲自驾着车子，带他看码头，看高楼大厦，看大桥，看车水马龙的街道。"这就是城港，你祖辈生活的地方，也是你生活的城市。我是看着这个城市一点一点扩大，一点一点灯火通明起来的，将来，你看到的变化会比我更多。"

罩微微别开脸，不想听从父亲的讲解，却无法阻止内心对这个城市萌生出别样的情感。在北京、日本生活多年，他都没有家的感觉，如今两腿不便被困在城港，这个小城市却让他有了归属感，无论他以后还能往哪里去，这儿都是返程之地，这真是一种奇妙的感觉。

父亲的车子驶出繁华城市，驶入郊区一条荒凉的水泥路，在路的尽头，有一座破败的厂子，看上去已经多年未有使用，杂草丛生，碎砖残壁。父亲背着他走，走到那座厂子的大门，大门塌了半边，能看到门柱上依稀还有"水泥"的字样。

"三十年前，我在这里建了一个水泥厂，水泥厂刚建起来的时候只是一个工棚，用的材料是木头和油毛毡，干了三年多，我们才建了真正的厂房。我每天跟工人们一起打石头，有一次一粒石头崩出来扎到我的眉骨上，血流一脸，我还以为眼瞎了呢，把眼睛睁大看看没事，用一张创可贴贴上继续干活。"

原来父亲眉骨上的伤疤是这么来的。覃微微还是忍不住出言讽刺："你想给我上忆苦思甜课吗？""不是，我是想跟你炫耀一下，我是怎么发家致富的，跟别人不好吹，跟自己儿子吹吹是可以的。现在的水泥厂规模比这个大上十倍，刚才你一路上看到的楼房、路桥都有用我们家的水泥，从这方面说城港有半壁江山是我们南厦集团的。""你不用跟我吹了，我知道南厦是城港最有名的建筑企业，拿了很多的奖，那又怎么样？"覃微微差点就想说"你再厉害我妈还不是不要你了"，但这话太伤人，他强忍住吞了回去。

"我承认我是一个自私的父亲，不能让你光明正大地亮相，但我想目前这对你来说并不是最大的问题，你要站起来才是最重要的。如果你一辈子只能坐轮椅我能养你，这不是事儿，可我希望你快乐，希望你能成为你想成为的人，这个爸爸再神通广大也帮不了你，只能靠你自己。"

"你相信我的两条腿还能走路？"

"相信，这份信心和我当年在这儿办厂一样大。你的信心应该比我大，你才二十多岁，多好的年纪。"

"好，你要相信我，就让我到你的公司上班，我就这副模样去上班。"他的目光充满挑衅。

父亲的目光一如既往的平和。"没问题，不过，你不是到我的公司上班，你是到你自己的公司上班。"

没多久，覃微微开始到自己的公司上班，他有了两个职务：一个是江平沙厂的副厂长，一个是大美林木公司的副总经理。他问父亲："为什么都让我当副职？不是说是我自己的公司吗？""你干好了，正职会自动离职。正因为是你自己的公司，更要讲原则，能者居高位，不养闲人。"

覃微微不喜欢江平沙厂，不喜欢四下飞扬的沙尘、无休无止洗刷的声音，还有来来往往的大卡车。他认为自己是个艺术家，在日本东京的艺术学院至少上过三年学，让他的眼睛来看飞尘、耳朵来听噪声，这不是扼杀艺术细胞还能是什么？在沙厂上班不到半个月，他就庆幸自己只是一个副厂长，后来他是一个星期露一次面，全部事情还是由那个看起来精明无比的黄厂长负责。

覃微微喜欢大美林木公司，整个苗圃园占地广，规模很大，只是弄得没一点品位。这是覃微微的专长，有他可以发挥的地方。他在日本上艺术学院，专门选修了园林艺术设计课程，这个课程除了学费高昂，还不容易报上名。他一开始是冲着学费贵报的名，后来学着学着学出了兴趣。园艺在日本是高尚职业，一个小盆景可以摆弄好几个月，一个园景可以雕琢上好几年，靠的是细工慢磨出来效果。他把学到的手艺全用到自家的苗圃里，像兰花园，他亲手打造出一间间小蝶屋做装饰；在玫瑰园里，则有喷泉、情侣摇椅做装饰。

"一个卖苗木的地方有必要弄这么讲究吗？太烧钱了！"这是总经理的原话。"我们看着好看，别人看着也好看，不就像看样板房一样吗？说不定回去别人就照着我们的设计装饰他们的园圃了。"覃微微坚持自己的主张。总经理很不以为然，但覃微微没花公司的钱，全是自己掏腰包，他不能说什么。

苗圃就这么一点点建起来了，后来的事实也证明覃微微的思路超前，好多商家前来订购花木，看苗圃处处有主题有设计，纷纷说这样好，回去他们也要照样弄一个。覃微微说："这容易，我们的林木包种包活，花园也可以包设计。"

亲力亲为经营了两年，覃微微打电话跟父亲说他可以当林木公司的总经理了。父亲说："总经理已经打辞职报告了。""哦，他倒是有先见之明。"

覃微微正式成为大美林木公司的老总。刚上任的覃总很快接到市里林业局的一份通知：城港市重点推出三大林木基地，他们大美林木公司有幸上榜。上榜就意味着更多的资源，这三个林木基地的发展前景，将不仅仅服务于城港乃至广西，还会成为全国甚至整个东南亚的林木基地。

　　在政府和林业部门的安排下，这三大林木基地的负责人前往越南、泰国做了一次参观考察活动，为下一步引进国外的观赏花木铺路。覃微微几次大活动参加下来，心里更有底了，"大美"一定会成为广西的一张花园名片。

第七章

刘海蓝终于见到黎梅。黎梅果然如阮青青所描绘的那样，是个漂亮干练的女子，穿一身凸显身材的碎花短裙，大波浪卷发，明艳红唇，胸前挂一块耀眼的碧绿翡翠鱼，笑起来像怒放的大丽花。黎梅带了几个人到森林咖啡馆，其中有两个是越南人。黎梅说这里夜景好，带朋友过来看风光，还介绍说这两个越南人是做红木家具生意的，她打算开个红木家具厂，地址都找好了，过两天会跟这两个越南朋友去看货，实地考察一下。阮青青说现在内地市场对红木家具需求量挺大的，这生意前景不错，又问她原先的边贸还做不做。黎梅说做边贸成天在外头跑，孩子顾不上，现在孩子快上小学了，如果家具厂能做起来，边贸的生意会慢慢放下，争取多些时间来陪孩子。

　　刘海蓝想起苏广玉的朋友托他在这边帮看红木的事，就以这个为由头，主动和黎梅攀话。她夸黎梅胸前的翡翠鱼好看，问是在哪里买的。黎梅当场把翡翠鱼摘下来递给她说："你是青青的朋友，也是我朋友，你喜欢就送你了。"刘海蓝急忙推回去说不能拿。黎梅站起来，直接给她戴脖子上说："你长得白净，比我戴好看，算是让这块翡翠物有所值了。"刘海蓝觉得在这种场合推来推去太闹，不如过后再找机会还回去，就说"谢谢"接下了。她接着跟黎梅说有上海的朋友想买红木家具，她不懂行怕买到次品。黎梅说："这个包在我身上，只要你的朋友不急，等我的家具厂做起来，保证给他选质量最好的。"阮青青在一旁说："梅姐，这个忙你一定要帮，海蓝妹子和乘风从小一块儿长大，青梅竹马呢。""哦，真的吗？"黎梅眼睛瞪圆了，拉着刘海蓝的手。刘海蓝点点头说："是的，我和乘风哥是一个村的，从小玩一块儿，跟亲兄妹一样。"黎梅拍拍刘海蓝手说："那你就是我的妹子，你说的事我记住了。"

黎梅像是好不容易碰到一个熟悉武乘风的人，滔滔不绝地跟刘海蓝说她和武乘风相处的各种趣事，包括武乘风帮她去讨债，她多次邀请武乘风和她一块儿做边贸被拒绝的事。黎梅还下了结论："武乘风就是头牛，死倔。"刘海蓝听故事听得津津有味，再次填补了这些年她对武乘风经历不了解的空白。她点头赞同黎梅的观点："是，死倔。""妹子，不瞒你说，我就喜欢这头牛，你说要不要命？偏偏这头死倔的牛一点不领情，把我拒得死死的。不怕你笑话，我要再年轻几岁，管他愿不愿意，非死赖上他不可。"黎梅说完爽爽朗朗地笑了，刘海蓝也跟笑了。她喜欢黎梅，一个能坦然把自己心中所爱说出来的女人。

坐得一会儿，黎梅带越南人出去观景。演出时间也快到了，天突然下起雨来，演出只能临时取消。阮青青拿着麦克风喊话，宣布演出取消，让大家赶紧避避雨。雨一下，咖啡馆里进来好些人，一下子人满为患，连个空位都找不到。苏广玉骑车刚好到广场边上，他把自行车停好过来，咖啡馆挤不进去，只能站在屋檐下。刘海蓝正在替阮青青他们维持秩序，有人因为抢座位吵起来，把杯子都砸了。雨越下越大，刘海蓝瞥一眼窗外，正好看到苏广玉站在外头。她撑把伞出去，遮到苏广玉头上，落到苏广玉身上的雨是挡住了，但站在苏广玉旁边的一对男女被雨伞激飞的雨溅到。他们生气地抗议："有雨伞还躲在这儿干吗？"刘海蓝尴尬地看着苏广玉，苏广玉说："你赶快回去吧，我没事的。"刘海蓝说："要不你把伞拿着，看还有没有合适的地方避雨。""要不我们来个雨中漫步。"没等刘海蓝回答，苏广玉从刘海蓝手里把伞抢过去，另一只手搂着刘海蓝的肩膀，带着她冲到雨里。虽然头上撑着雨伞，但瓢泼的大雨仍然飞向他们，苏广玉跑起来，刘海蓝被动地跟着跑起来，跑着跑着，雨伞被吹飞了，雨水直接浇在他们身上，他们看着湿漉漉狼狈不堪的对方，都被自己疯狂傻气的行为逗得哈哈大笑。

刘海蓝说："都湿成这样，伞也别遮了，我们去看看画墙在雨中的样子。"他们小跑着前往观景点。在雨中，《少女骑鱼图》变得更为梦幻，那些流走的荧光被雨水分割又再聚合，刘海蓝大喊："哇，太好看了。我小时候最大的愿望就是骑着鱼儿在海上走，想去哪儿就去哪儿，这幅画就像是为我画的。""哈哈，我小时候想过当一名船长，开着自己的船，像哥伦布一样再发现一块新大陆，然后开疆辟土，自己当城主呢。"

人暴露在雨中，受雨水的洗礼，洗去平日遮掩在身上一些类似于伪装的内容，刘海蓝变得活跃，就像得了活水的鱼儿。她自己活跃了，发现苏广玉也活跃了。与苏广玉认识这么长时间，他给她的印象是较为严谨的，首先衣着一丝不苟，运动时从上至下运动装，工作时衬衣西裤皮鞋，休闲时 T 恤牛仔，说话经常以"我个人认为"开头，以"说得不一定对，仅供参考"为结尾。刘海蓝一开始认为这人是古板的，后来发现他不是古板，只是谨慎，审时度势、权衡利弊、老成持重，当然，这也可以是另一种古板。刘海蓝还发现，苏广玉擅长交际，经她介绍苏广玉认识的人，苏广玉每一个都记得清清楚楚，等和那些人第二次见面时，苏广玉会给刘海蓝电话，说他和谁谁见面了，他们都聊了些什么。在森林咖啡馆，刘海蓝是常客，苏广玉也变成了常客。她演出，和阮青青他们聊天；他看她的演出，参与她和阮青青的聊天。苏广玉不定时地邀请刘海蓝参加他那个圈子的聚会，她也渐渐熟悉他身边的朋友。

阮青青有一次问刘海蓝是不是在和苏广玉谈恋爱，刘海蓝说没有，他们只是好朋友。阮青青不信，问难道苏广玉没有向她表白吗，刘海蓝说当然没有。"这真是奇怪了，他肯定是喜欢你的呀，不然成天围着你转干吗？""来你这就是围着我转呀，人家也需要休闲生活呀。""我不会看走眼的。""你怎么不会？阿良不差点让你给气得跳海？"阮青青脸红了，梗着脖子说："算我多嘴，反正苏广玉是优质人选，你不上心，绿茶多的是。""你又来了，草木皆兵的毛病得改。"阮青青和阿良恋爱多年，就差领证了，可前段时间阮青青认定阿良和一个来参加公益演出的女歌手好上了，阮青青故意"钓鱼执法"，捉了两次奸，两次皆无战果。阿良气得和阮青青大吵，阮青青仍不服软，阿良驱车前往失魂台，要不是朋友们追去劝导，差点就往失魂台下跳了。失魂台是一个风景极佳的观景点，偶尔会有想不开的人从那高高的岩石上往下跳。

在雨中，在纷飞的雨中，全身上下湿透的苏广玉有一种心愿得偿的喜悦。他喜欢的姑娘和他一块儿淋雨，他希望在这场雨之后，她的心属于他。是的，他是一个谨慎的人，也是一个耐心极好的人，他不会唐突地表白，当感觉还有不确定因素，他不会行动。他宁可花更多的时间去铺垫，去搭桥，去顺畅，也不会贸然行动。他要的是水到渠成没有任何违和的效果。这和他在实验室做试验的过程是反着来的，试验是有想法就行动，不怕失败，失败了重来，一次次试验最终换来成功。也许是他经历过太多试验失败的沮丧，在感情这一块，他不想用试验方法。

"我好像很久没做过这么疯狂的事情了，苏广玉，你呢？""和你一样，好久没干了。""我刚上初中那会儿，跟小伙伴私自开船出海，在一个叫无名岛的地方，带回一个身份不明的流浪女人，那可是个风雨交加的天气，家里人全吓坏了。""嗯，厉害，佩服。我高中那会儿为了能在学校饭堂打饭菜多点油水，给打饭菜的阿姨写情书，没想到被拒绝了，情书还被贴在饭堂门口示众。"刘海蓝笑得腰快直不起来，雨水灌进嘴里。"在大学里，有个男生经常来找我，我告诉他我是同性恋，我永远记得他吓得合不拢的大嘴。""我把同宿舍一个从不洗澡的同学的被子给扔垃圾堆了。"……

　　为了盖过风雨声，他们拼命地扯开嗓子说话，最后都被对方声嘶力竭喊出来的话逗笑，笑痛了肚子。苏广玉把吹远的雨伞追回来，罩在刘海蓝头上，刘海蓝蹲下来，苏广玉也蹲下来，远远看去像雨中长出了一朵蘑菇。

　　每天早上六点苏广玉准时起床，这是学生时代养成的习惯。他用鼻腔来感受海滨城市的早晨，清凉咸湿，还有一种寂寥的涩苦。等城市的人苏醒，来往走动，涩苦的味道就消散了。马路上还没几辆车，苏广玉驱车上班，车窗敞开，充分享受涩苦的味道，他认为涩苦才是生活的底色，其他的都是浮华。

　　从繁华喧嚣的魔都来到边远的城港，很多人无法理解他的选择。他们当然无法理解。他在魔都的头五年，财富和经验积累的速度令人惊喜，后面几年开始出现瓶颈，他几乎原地踏步，这个瓶颈的存在与背景、财力关联，他的学识和勤奋变得无力，竞争变得更为残酷，时时让他有呼吸困难的感觉。当城港作为一个西部沿海城市对外界发布信息，展示宏大远景规划的时候，他敏感地捕捉到这里蕴藏着诸多机会。他初次考察城港，城市小得出乎他的意料，但早晨城市空气中弥漫的涩苦坚定了他的信心，这里有足够多的机会来承载他的上进心，也可以说是野心。在别人眼中，他可以归属成功人士之列，拥有十几项专利，好几项都上了生产线。父母破产带来的阴霾似乎早已一扫而空，该报的恩报了，该报的仇宽容放过了，但他不会让自己停下来，这些离他想要达到的境界还差得远呢。

来城港的三年，他和这个城市一块儿成长，他又找到了快步走的感觉。在这里，他的很多想法能得到最大限度的实践，他庆幸他做出了这样的选择——与其混在一个繁华的都市浇花淋水，还不如在一片荒地上开垦种植，每一锄下去都有期待和生机盎然的希望。

曾经灰头土脸的父母现在又成了亲戚朋友中的红人，他们一年到头奔忙于各种亲戚好友间的红白喜事，还在老家起了一栋房子。父母当初是反对他到城港的，上海在亲戚朋友当中提起来多有面子啊，城港跟十个人说有九个人没听说过。父母还给他介绍对象，拼命催他回去相亲，他一直推说工作忙，父母就说他们有时间替他操办。过年回家他与几个女孩见过面，见完就完了，没有后续。他心目中的伴侣不需要有温柔贤惠这些标签，他希望她和他一样有执着追求事业的心，独立而且独特。最近，他碰到了一个，心中有压抑不住的兴奋。那天晚上和刘海蓝在蔚蓝广场上肆意淋雨的情形，他回忆了一遍又一遍，每一次他的嘴巴都不知不觉地咧开，定格为笑容，有酥麻的电流在胸口上走动，是跃跃欲试，又是蠢蠢欲动。父母来电话再论及他的个人问题，他忍不住透露："就不用你们操心了，尽快满足你们的心愿。"这句话给父母提供了遐想的空间，前个星期他接到通知，二老要来看他，顺便考察城港，如果满意，他们就在这边养老了。过去很多东北人喜欢到三亚过冬，现在来城港买房定居的东北人也很多，父母早打听好了。

苏广玉知道刘海蓝出生的湾尾村是城港附近最有名的渔村，也是游客常去的地方，村里开有很多家民宿客栈。他给刘海蓝去电话告知他父母近日要来城港旅游，想到湾尾村看看，拜托刘海蓝帮忙制订一下行程。刘海蓝满口答应说就是一个电话的事。刘海蓝把电话打给武艳明，在武家订了两间房，交代武艳明安排好两个老人出游的事宜。

苏家父母很快飞过来了，在城港住了两天，周末前往湾尾，苏广玉亲自开车送去，问刘海蓝要不要顺便回趟家。刘海蓝周末无事，又想是苏广玉的父母来，她怎么也要尽一下地主之谊，就陪同苏家父母一块儿到湾尾。回到村里，她先领人到武家的客栈安顿下来。时间尚早，她特地交代武艳明这是她朋友的父母，让武艳明把午饭准备好，她带客人到附近转转。武黄氏认真打量站在刘海蓝身边的苏广玉。苏广玉的眼睛一直跟着刘海蓝转，还有苏广玉的父母，老两口看着刘海蓝喜笑颜开，一副我家儿媳的表情。武黄氏心里生出不快。这些年儿子在外游荡，刘海蓝也在外读书，她成全这两个小儿女的心思渐渐淡了，但刘海蓝分配回城港工作，儿子也有出息了，她的心又活起来了，心里还盘算着好好撮合，没想到突然这么一大家子人冒出来，杀她个措手不及。她立即让武艳明给武乘风打电话，这一次武乘风那头倒是很快接通了。武艳明对着电话喊："乘风，妈说让你马上回家一趟，她不舒服。"说完就把电话挂了。武乘风在电话那头一下着急了，马上驾车往家里赶。老妈身体一向强健，很少有说不舒服的，这开口说不舒服，肯定是很不舒服了。

村里有人专门负责一日游、两日游的专线，刘海蓝包了一只船，计划先带苏家人到红树林一带转一转，但苏广玉说既然来了就不急，要先到她家去看望她的奶奶和父母。苏家父母也在一旁说："应该的，应该的，先看望老人家。"刘海蓝推辞不过，只能把人带到自己家。苏广玉一家大包小包有备而来，让刘海蓝感到自己失礼了。她跟父母打过电话说有朋友的父母从北方到湾尾玩，她当一回向导，是有请人到家里吃饭的打算，安排在后天人准备离开的时候，不想弄得太隆重，这下却是把自己搞被动了。

看女儿带人到家里来，那么精神有礼貌的一个小伙子，那么卖力夸赞自家女儿的一对老人，刘天阔和刘黎氏笑得合不拢嘴。客人来得突然，刘天阔十来分钟前还在让儿媳妇给自己手关节上抹药酒，今年没出海就是因为手上出问题了，连毛巾都拧不了。空气中还有一股药酒的味道，苏广玉拿起药酒瓶闻了闻，说里头有防风、鸡血藤等中药成分，刘海蓝说不愧是医学博士，真有两下子。苏广玉问清楚是手腕痛，回自己车上取来一罐黑色的膏药。他把黑色的药膏抹到刘天阔的手腕上，用纱布缠起来说："刘叔叔，三小时后可以取下来，一天敷够三小时，半个月以内一定可以看到效果。"刘海蓝拿起药罐看，上面没有什么商标，便问："这是什么神药呀？"苏广玉说："海边风湿骨痛的人很多，我一来城港就关注了，这个产品研制出来有一阵了，但还没有大规模生产，我需要一些临床数据，叔叔等于是帮我试药了。"刘天阔一听苏广玉是做药的，职业高尚，手腕都觉得不那么痛了，嚷嚷着："嗯，轻松了，轻松了。"

刘海蓝说："我爸就是惦记每年的淘海，今年没去得成，成天在家唠叨，如果这药有效，他明年又可以乘风破浪去了。"苏广玉笑着说："有海蓝这么孝顺的女儿，叔叔应该在家歇着，不用出海这么辛苦了。"刘天阔笑笑不说话。刘海蓝说："我们这里孝顺的子女，就是不阻拦老人家出海，他们愿意出就让他们出。"苏广玉的父亲说："对啊，支持老人的想法就是孝顺。"

刘海蓝进里屋去找奶奶，怕奶奶误会，空欢喜一场，先跟奶奶打预防针说外面那个小伙子只是普通朋友，不是男朋友。阿奶说："那你什么时候给我带个不普通的朋友回来？""阿奶你就别闹了，我工作忙得不可开交，哪有时间考虑这些事？好歹先让我的工作打开局面再说吧。""行了，行了，知道你的工作重要，阿奶不催。"

刘海蓝搀着阿奶出来，苏广玉马上上前给老人家鞠躬，嘴里叫奶奶好，又夸奶奶气质好、精神好，海蓝身上的艺术家气质就是把奶奶的艺术细胞发扬光大了。阿奶点头微笑，抽空还冲孙女眨了眨眼睛，刘海蓝担心被苏广玉看到，装着看不见。

苏家给刘家准备的礼物是人人有份，包括刘海蓝的哥哥刘金沙的一对儿女都有礼物。刘海蓝根本不记得自己跟苏广玉说过自己有侄儿侄女的事，她只跟他说过有个大一轮的哥哥，想来对方是猜的，大这么一轮的哥哥肯定早结婚生子了。

聊得高兴时，刘黎氏说要准备午饭，刘海蓝说已经让武家准备了，苏广玉就说晚上再到刘家来吃，刘黎氏开心地说："那样好，我们好好准备。"刘海蓝不是傻子，虽然苏广玉从来没有特别向她表示过什么，但对方身上有一团热烈的气息从一个很大的范围包抄过来，把她围得水泄不通，她不认为他对她只是普通朋友的态度，这让她不得不重新审视她和苏广玉之间的关系，她会接受他吗？

吃完午饭稍事休息了一会儿，按原定的计划刘海蓝带苏家人一块儿出海，先是去看红树林。刘海蓝把嫂子覃云珠一块儿拉上。覃云珠去年考了一个导游证，闲时出去带些散团，武家的海边人家有客人也找她做导游。附近的旅游景点，覃云珠张口就能来一番头头是道的讲解。

"城港地区的红树林非常有名，全世界有这样生态的红树林屈指可数。红树林是热带、亚热带海湾及河口泥滩上特有的常绿灌木和小乔木群落，生长于陆地与海洋交界带的滩涂浅滩，是陆地向海洋过渡的特殊生态系。……有红树林存在的海域，几乎从未发生过赤潮。据中国林科院专家介绍，红树林每年每公顷能吸收 150 ～ 250 公斤的氮和 15 ～ 20 公斤的磷，对水体起着净化的作用。无怪乎有位诗人曾这样热情洋溢地赞美它们：'红树林——根的迷宫，防浪护堤的铜墙铁壁，天然的污水净化厂，海洋生物的伊甸园。'"

船上的人听完覃云珠的讲解都鼓起掌来。刘海蓝鼓得也很带劲，覃云珠不好意思了，"海蓝你真是，自家人也起哄。""嫂子，你普通话说得真好，肯定下了苦功，还有，这么一大段文字都能记下来，我不鼓掌行吗？""绝对是合格的导游。"苏广玉伸出了大拇指。覃玉珠两腮通红，讲解得更详细更起劲了。

他们乘坐的小船沿着红树林一带缓缓漂动，能看清楚水面下树木的根须，船经过处惊起林间鸟，飞出来一串白鹭。有一处沙滩可供旅游者下船参观，船靠边，五人下船。覃云珠走在前头，介绍有关红树林的一些知识，给大家拍照。后来苏家父母好像总是故意落在后头，刘海蓝和苏广玉走在前头。苏家父母已经看出儿子对刘海蓝很用心，他们对刘海蓝也是喜欢的，于是，心照不宣地助力儿子。

刘海蓝问苏广玉刚来城港的时候有没有不适应这边的天气，苏广玉说上海也是海边，天气对他来说不是问题。"就没一点不适应？""没有，真的一点也没有。""没有觉得这个城市又小又闷？""我刚来的时候大部分时间心里只有实验室，相对于实验室来说城港市已经足够大了。"

他们同时发现前边沙地有几只蟹。这些蟹长得很有特色，有一对火柴棒般突出的眼睛，还有一对大小悬殊的螯，很畸形，大的那只就像戴了一只拳击手套，巨大的钳子举着，像防范敌人来侵挥舞着盾牌。刘海蓝介绍说海边的渔民把这种蟹叫作招潮蟹，长着这种不对称螯的蟹是雄蟹，母蟹的两只螯是对称的，它们挥舞大螯的真实目的不是为了打架，是为了求偶。苏广玉对蟹的名字提出了异议。"我觉得不应该叫招潮蟹，这名字不符合实情。""那叫什么？""既然生出大螯是为求偶吓退情敌，它们应该有一个威武的名字，叫武士蟹或将军蟹。"刘海蓝说:"我们这里的渔民都朴实得很,看到这样的大螯也不会往争强斗狠上去想,最先想到的都是身边常看见的东西。他们把蟹螯挥舞看作是招来潮水,就是很朴素的想法。很多学名高雅的海洋生物,在我们当地都叫得很随意,不过倒很形象生动,像什么梭子鱼、兰花蟹。""嗯,这就是本地人与外地人在观念上的差别,我以后一定谦虚谨慎,入乡随俗。""好吧,谦虚是美德。"

苏广玉找到一只母的招潮蟹,捉来放到一只雄蟹跟前说:"给你们配个对,省得你们浪费时间。"那只雄蟹好像不买账,横走几步躲开去了。刘海蓝笑着说:"博士大人,顺其自然吧。"苏广玉说:"真是不识好人心,都送到眼前了还跑什么?"

苏广玉给刘海蓝拍了好些照片,借着拍照,他才有机会好好地看看这个女孩。刘海蓝在海边是完全舒展开来的,就像他们看到的红树林的根须,那些根须随着水势轻轻晃动,饱满浸润。刘海蓝被海风吹拂过的脸没有变干变黑,而是把水和阳光都吸收到上面,有一层水盈盈的光亮。她赤脚走在沙滩上,尖利的贝壳把脚指头划破了,她没有惊叫,移开脚,拾起贝壳扔到海里,在沙滩上继续前行。苏广玉关心地问要不要包扎一下,她笑着说:"这是在海边,海水就是最好的药。"她笑,她走,她挥手,她跑动,牵引着他的目光。他反省为何如着了魔一样,在他科研数据分析的脑袋里,得出一个结论:她的身体就是一把琴，她的一举一动、一颦一笑都是在弹琴，那琴声像是流向大海，也像是从大海流出来的。

晚上，刘家准备了丰盛的家宴。苏广玉坐在刘海蓝身边，他希望以后都能坐在她身边，成为这个家里的一员。看父亲兄长与苏广玉亲密互动，刘海蓝知道家里人一定都误解了她和苏广玉的关系，难得看家里人这么兴奋，她想她的解释工作得往后放一放。刘金沙认定苏广玉是将来的妹夫，喝酒拿出了大哥的威风。"干了"，"再来一杯"，"都是一家人，喝醉了怕什么，怕没有床睡？"刘海蓝本来不打算出来挡酒的，一挡就变相承认她和苏广玉的关系了，可刘金沙的话越来越露骨，她无法装作听不见。"大哥，你少喝点，都上头了，话太多了。""你到底是嫌大哥喝多，还是怕小苏喝多呀？他能喝，你不能拦。""我不拦，来，大哥我跟你喝，我们好几年没喝了。"刘海蓝往自己杯里倒了酒，朝刘金沙举起杯子。

武乘风就是这时走进刘家的。他两个钟头前赶到家，看母亲正在生龙活虎地宰鸭子，哪里有半分不舒服的样子？那肥大的鸭子身上的毛被一把把撸下，用力地摔在地上。他迂回地先去问大姐为什么催他回来，大姐说不知道，反正妈肯定是不舒服了，如果舒服就不会把正在换毛的鸭子杀了。武乘风心里七上八下地去给母亲打下手，拔那些细碎的毛。母亲坐着开始数落他，以前母亲从来没有数落过他，父亲数落他的时候，母亲都是大无畏地跳出来维护他。母亲手上拔毛，嘴上不停："快三十了，成天看不到人，我看不到、找不到没关系，你只要在外头有个家我就放心了，有人替我看着，我就不用管了。你大姐是当尼姑的命我认了，你再给我当和尚，我就跳海去。我反正也活够了，你们就没有让我省心过。"武乘风怀疑是父亲又跟母亲发脾气了，可不对啊，父亲这两天出门走亲戚去了，不在家呀。"妈，有什么不痛快的你就直说，跟我还拐弯打埋伏？""直说就直说，你还想不想要刘海蓝做老婆？"武乘风闻言大吃一惊："妈你小声点，什么叫还想不想，我什么时候想过？""少跟我来这套，我是你妈，你想不想我还不知道？我看刘海蓝对你也是有感情的，要是你不出事，她早当我儿媳妇了。不过现在也不晚，她回来了，这说明什么，说明她不忘本，说明她的心里还有你。""妈，我求你了，别再胡思乱想了，海蓝是名牌大学生，没工作几天就被重用，都当领导了，我就一个民工头哪里配得上她呀？你喜欢她没错，娶回来当媳妇的心就不要有了。""你也不差呀，有自己的事业，也混出名声来了。再说了，我们是你的坚强后盾，武家的海边人家客栈口碑一流，生意兴隆，你妈和你爸都上过好几回电视了，我们不算普通老百姓，应该能算名人吧？""妈耶，快别说这个了，让别人听见该笑死了。""笑，谁敢笑，你这个不开窍的，能不能脸皮厚一点，厚一点得个老婆，有什么损失？

你在外面打工这么多年，这些道理还用我来告诉你？"武黄氏拎起光身鸭子撵儿子："给我马上到刘家去，你好歹试一回能死啊？"

武乘风没有再搭话，他用肥皂把手洗净，他承认母亲说得非常有道理。昨天他刚好签下两份合同，现在不再是到处找工做的小包工头了，他有自己高素质的队伍，这个队伍还在不断扩大，找上门来的活儿干不完，可以谈条件提高价码，也可以拒绝说不了。他是可以试一试，试一试又有什么损失呢。这个念头一起，他全身热烘烘的，仿佛十年磨一剑，只在今朝。是的，十年堆积起来的某些隐而未发的东西，一经捅火，星火燎原。他大踏步走出门外，一阵风来，扬起的热气让他能感觉到自己的身体有多么热血澎湃。他稍稍冷静，思忖等会儿见到刘海蓝要说的话，要不就大胆表白一回，又不会死人！反正他会花所有的力气对她好，难道有什么比这个重要？！

刘家灯火通明，听得到刘家兄妹高声的说话，武乘风一甩头进屋了。入他眼的第一个人不是刘海蓝，而是苏广玉。武乘风瞬间后悔，心倏地一凉，吓出一身冷汗。母亲什么也没有告诉他，只告诉他刘海蓝回家了。医学博士苏广玉，他们又见面了。苏广玉身边还有两位老人，看长相，是苏家父母。父母都来了，认亲家来了，难怪母亲要发飙了。苏广玉的气质与刘海蓝是相配的，都有读书人的气质，苏广玉成熟大方，刘海蓝安静文雅。

武乘风给母亲激起来的盲目自信一下被打掉，心里暗忖母亲把他害惨了，好在还没弄个丢人现眼出来，天知道，这里还有他什么事？

武乘风的到来，让刘家人很是惊喜，将晚宴的气氛推向高潮。

"乘风，来得早不如来得巧，海蓝要和我喝，你来替我。"这能替吗？武乘风还没进入状态，刘金沙已经把杯子塞进他手里。"好久没跟你喝了，你先跟海蓝他们喝，等会儿我们喝。"刘海蓝没想到武乘风突然出现，举起的杯子就没放下。"来，乘风哥，我们还没喝过酒呢，我敬你，祝你每一单工程都顺顺利利，高质高量。"武乘风仰头把酒倒进嘴里，夸张地咳了几声说："谢谢海蓝妹子，这当领导的说话就是有水平，我是闻着菜香过来的，姨，帮我夹两口菜行不？"刘黎氏赶紧往他碗里夹菜。武乘风吃两口菜，缓了一口气，开始和苏家人打招呼："这是海蓝的朋友吧，我们好像见过的。"

苏广玉前次见武乘风没什么特别的印象，那时他的关注点全在刚刚演出完的刘海蓝身上，对穿着寒酸、貌不出众的武乘风他几乎没投放什么注意力。今晚上不一样了，刚才武乘风进来的那一刻，他看到刘海蓝的眼睛里头亮起一盏灯，虽然很快就暗下去，但是他捕捉到了，那种光芒他从来没在刘海蓝的眼睛里看到过，看来，他小看武乘风这个人了。

刘海蓝看到武乘风确实意外，她刚才也从武乘风的眼里读出了意外。他是不是闻着菜香寻过来的她不知道，但她知道如果他知道家里有这么一大堆人他是不会来的。眼下这个局面令她有些尴尬，不知道武乘风会不会误解什么。她又想即使他误解了，他会在意吗？应该不会。如果在意，这些年来，他就不会音讯杳杳，他们之间不会形同路人。一团怨气上来了，她何必在意他想什么呢！

苏广玉举起酒杯对武乘风说："见过，这次我带全家来住的就是你们家开的客栈，海蓝特别推荐安排的，我爸妈感觉非常好。来，我们重新认识一下，我叫苏广玉。"武乘风跟苏广玉碰了杯说："我，武乘风。以后要经常来，来之前打个招呼就行。"武乘风听出自己的虚伪，他才不希望再碰上呢。母亲怂恿人的力量太大，把他一下给激起来，这么巴巴跑过来看一个大型对亲家的现场，除了硬着头皮喝，他不能有别的选择。

酒是好东西，管嘴里是什么味道，酸的苦的，舌头麻木就不知道味道了。"来，叔叔阿姨，你们大老远从北方过来，我敬你们！你们太厉害了，培养出这么能干的博士，还来我们城港做贡献，我代表城港人民欢迎你们。"武乘风变得主动了，后面，是他对苏广玉的教育，说以他在工地上的经验，东北人有些大老爷们，到了南方得改造过来，海边人家，男女各有分工，我织网来你打渔，男女平等。苏广玉的父亲赶紧举手说："小伙子，你这都是偏见，在我们家我全听他妈的，广玉这点随我。"

武乘风赶紧举杯朝向苏广玉的父亲："伯父，敬你一个。"

武乘风是来助力把她变成别人的女朋友吗？刘海蓝怨念更重了。屋里的每个人似乎都有这样的念头，包括她事先打过招呼的阿奶。酒精是各种念头冲突的催化剂，她给武乘风的杯里加满酒，也给自己的杯里加满酒。"来，乘风哥，一口干了。""太多了吧，少喝点。""好不容易能在家里聚，必须喝。""海蓝，你的酒分我一半。"苏广玉说。"分什么分，你自己也倒满，一起来。"

宴会结束，刘家长辈和苏家长辈都露出功德圆满的笑容。刘金沙早早倒下，武乘风面红耳赤、目光呆滞。刘海蓝只是觉得心跳有些加速，脸有些发烫，她的酒量好像是天生的，一喝就上脸，喝多少也没事。她坚持陪同苏家人前往武家的客栈。武乘风走在最前头摇摇晃晃，打着不雅的酒嗝，还兴高采烈地跟苏家人吹嘘海边人家是这一带最有品位的客栈。刘海蓝走在后头，觉得此刻的武乘风对她来说无比的陌生，其实多年的疏离这是注定的结局，她只是不愿意承认，她和她的乘风哥已经成为熟悉的陌生人，青葱少年不再有。

送完客人，刘海蓝往回走，苏广玉追了出来，说要送她回家。"不用了，你早点休息吧。"她不容置疑往回走，苏广玉追上来和她并肩，她没再说什么，拐了一个弯，往海边方向，走了一段路，找了一个地方坐下。苏广玉敏感地意识到刘海蓝有话要说，而且这话未必是他想听的，要来的就来吧，他内心有一份笃定，以他的阅历，无论如何不会被这个比他小十岁的姑娘乱了阵脚。

村上还是热闹的，听得到远处的海上有夜游人发出的欢呼声，星火闪烁处兴许是钓上了一条鱼，或是捕到了一只蟹。

"苏广玉，你好像只比我哥小两岁，我哥都儿女成双了，你怎么一直没谈女朋友？"这说话的语气不像是为打听情况，更像是在他们之间画一条线，以局外人的方式说事。

苏广玉坦然相对："可能和少年时代经历的磨难有关系吧，我很长一段时间不允许自己分心去风花雪月，时间长了变得越来越谨慎，但是一旦碰到自己喜欢的，就不轻易放手了。"

"谨慎是对的，每个人都有自己的经历，有时候能接受的人和事就在自己的经验里。"

"每个阶段有每个阶段的生活，应该欢迎有新的体验吧，没有一个人总是活在过去。"

苏广玉不等刘海蓝回答，他把她拉起来说："走，我们走到海边去。"刘海蓝被动地被苏广玉拉着往前走。

"海蓝，我跟你说过，我小的时候曾经有过当船长的愿望，我以为当船长可以环游世界，可以像哥伦布一样发现新大陆，长大了才知道当船长可不那么美好，长年不挨家，脚不沾地，过的不是正常人的生活，你看这就是理想和现实的距离。"

他们已经看到海了，海上有簇簇的灯火，是几辆小机排载着游人在近海夜游。"虽然我没有了当船长的梦想，但将来我会买一条船，你来做向导，我们可以经常到海上去，你就把它当作你想骑的一条大鱼，你愿意吗？"

刘海蓝懊恼自己给了苏广玉表白的机会，"我喝多了，头晕，回去吧。"

依苏广玉的谨慎，表白不应该在这个时候进行，可晚上武乘风的出现让他感觉到一种危机，打乱了他从容不迫的步骤。刘海蓝是拒绝的态度，尽管她有了酒意，但是意识并未模糊。苏广玉是失落的，不过，这不算失败，只要刘海蓝没有成为别人的女朋友，他都不算失败。

"好的，我送你回家。"

远处又传来一阵欢呼，一点点收获都能令那些游客身份的垂钓者欣喜若狂。

第八章

韦高林这两天开始以景区治安员的身份在湾尾一带执勤。旅游旺季像他这样穿着一套灰色保安服，戴着大盖帽，脚蹬凉鞋在村里村外巡逻的有好几个。他黑黑瘦瘦，眉毛粗浓，眼睛细长，鼻尖稍有点倒钩，单看上半部分会给人老奸巨猾的印象。他的嘴唇救了他，他有一双厚实的嘴唇，中和了他的奸猾，让他有了沉默忠厚的形态。大家都觉得这是一个不尽职的保安，白天大部分时间人们看到他在睡觉，他躲在太阳伞下，戴着一副墨镜，斜靠在椅子上睡。他偶尔的走动，也不过是换了一个地方睡觉而已，他另外一个睡觉地点是武家的海边人家客栈。

　　海边人家客栈有一个朝路边的门脸，用来卖海货，鱿鱼、虾米、沙虫、海马、海带等干货堆放在货架上，也有大海螺、贝壳、珍珠做成的工艺品。湾尾村几乎每一家卖的都是相同的海货，价格也没有差别，这是村里开会定下来的方案，防止恶性竞争，伤了和气。海货的价位一律是统一明码标价，这一来，各家最后比的只是人气了。像海边人家客栈住的人多，来来往往的客人带走的海货相对就多。韦高林一般就在武家卖海货的门脸外头坐着，坐着坐着就睡着了。虽然戴着墨镜，睡着的姿势还是能看出来的，来来往往的游客对一个不尽职的保安当然不会在意，他们好像很能理解这类人是装门面的，真正有事还是得找警察。村民们对保安更是不在意了，各家的门锁还是得各家看好。

大家当然想不到，夜幕降临之后，韦高林会变成一只猫，他的足迹出没在码头附近、海滩沿岸，他的目标是来来往往大大小小的船只。随着这些年海关缉私工作力度的加大，大规模的走私消失了很长一段时间，可近半年海关发现来源不明的烟酒等货品又开始在市场上出现了。经过一段时间的调查，缉私人员发现那些走私货以分散接货的方式被一些沿海村民接收，最后再重新汇集起来做交易，海关给这种新型的走私行为取名为"蚂蚁搬家"。"蚂蚁搬家"化整为零，辐射面分散，加大了缉私的工作难度，而为了彻底打击"蚂蚁搬家"，海关派出一整队的缉私警渗透到沿海的村镇中，韦高林是其中一员，负责的片区就在湾尾一带。

湾尾是旅游胜地，游人多，来往人流量大，在一定程度上为走私行为打了掩护，起码半个月下来韦高林没看出什么动静。白天他不需要掩藏自己的行迹，借着保安这身壳骑着一辆电动摩托四处走动，吃饭时间他喜欢到海边人家客栈混饭吃。海边人家客栈的武艳明应该是个未嫁的老姑娘，和爸妈守着客栈。武艳明脾气比木头都要直硬，说话更是跟打机关枪一样，又快又狠。客栈除了照顾本店客人的食宿，也对外营业，比如说一碗白米饭是两块钱，鸡蛋炒饭是八块钱，加虾米是十二块，一般不会有人单点白米饭，起码会再点一个菜。韦高林就是单点白米饭的那个人，因为客栈提供免费的汤水，一大锅紫菜干贝汤或豆腐杂鱼汤随时架在灶上，吃饭的客人任意喝。韦高林脑子里没有节约钱的想法，他单纯觉得白米饭用汤水一泡就够享受了，犯不着弄别的。老姑娘武艳明可就不单纯了，她一开始觉得这个保安贪小便宜，两块钱的白米饭，他能整三碗汤，那架势，不单要赚回饭钱，还要吃出利润来。

死盯着韦高林两天后，她的看法稍有改变，她看到这个保安跟对门的张婶买海味。张婶有两个儿子，一个儿子前几年出车祸死了，一个游手好闲，还把老婆打跑了。张婶生活不宽裕，摆个小摊卖海味，韦高林没事过去和张婶搭讪，不知聊了什么，跟张婶买了好些咸鱼，那些咸鱼买来就搁武艳明这儿放着，放是放着，从没取走。过得两天他又买了干贝和虾仁，又说是先寄放在客栈里。武艳明调侃韦高林说："你吃着我家的饭，跑对门买海货不太合适吧？我给你便宜价，你从我这拿货，照顾我们家生意呗。""老板娘，你又不缺这两个钱，老人家全靠这份收入了。"武艳明才知道这个保安是想照顾张婶的生意，要说本地人有谁会在旅游点买海味呢？比外头的价格肯定是要高出许多的。

"别叫我老板娘，叫我武经理。你跟张婶买的海货要不要在我这儿寄卖，能卖出去我再给你钱。"韦高林摆摆手说："哪能这样，这不是让你吃亏了，鱼还是寄存在你这儿，不用你卖，你如果卖了也不用给我钱。"后来韦高林还是继续跟张婶买海货，武艳明没再请示韦高林，韦高林存放在她店里的海货她照样摆出来卖，有一些卖出去了。她把钱塞给他，他扔回她装钱的匣子里。她不再把钱给他了，她在他点白米饭的时候，会给他拿出一碟花生米，或是炸鱼干。韦高林也不客气，给多少都能吃光。武艳明嘴是闲不下来的，韦高林吃饭这会儿工夫，她能问出几十个问题。她问韦高林一个月能拿多少工资，听韦高林报出三千的数目，又问韦高林老婆是做什么的，韦高林说离婚了。武艳明似乎很能理解，她说："你这点工资也就够自己花，真有个家让你负担够呛。"韦高林听这大实话刺耳得很。武艳明还问韦高林是哪里人，有没有兄弟姐妹，在来湾尾之前是在哪里打工，韦高林回答的内容基本真实，除了自己的身份，他没有什么需要刻意隐瞒的。

韦高林来海边人家这么勤快，并不是为了解决吃饭问题，而是他关注的重要嫌疑人正是对门张婶的儿子张二龙。韦高林来的这些天，从没见张二龙露过面。

一天午饭过后，韦高林坐在客栈院子里打瞌睡，看到张家走进一个男人，过了半个钟头男人出来了，他认得这男人，叫刘金沙。他认得刘金沙,因为刘金沙是刘天阔的儿子。

刘天阔是湾尾村德高望重的名人,每年哈节带领全村人祭神的那一位。湾尾村的基本信息韦高林是掌握的,但怎么说那些信息是死的,信息只有和现实中的人打上交道之后才能变成活的。韦高林刚来没两天就和刘天阔打上交道了。

在村子通往码头的必经之路上,有一座小土地公庙,那天半夜韦高林就隐藏在那一带。直到凌晨四五点的时候,他才听到外边有动静,是那种拖着东西在地上走动的声音。他悄无声息地潜出去,看到有个人拉了一个板车在前头走。跟到海滩边,却看那人开始弯腰捡冲到海滩上的垃圾,有塑料袋,有矿泉水瓶子,边拾边拖着小板车走,把垃圾装车上。韦高林本来觉得这人应该是村里的清洁工,后来发觉不对,清洁工他是认识的,从来没跑到这片海滩上捡垃圾。他还在疑虑间,那人冲他躲藏的方向说:"那是谁呀?"韦高林大吃一惊,不知道自己是怎么被发现的,只能叼着一支烟走出去。"哪位大哥这么早啊?"这下他看清楚了,捡垃圾的人是刘天阔,那板车上的垃圾装满一半了。刘天阔的眼神充满怀疑:"你眼生得很。""我认得你是刘大叔,我是新来的保安韦高林,今天早上轮值,早上凉爽,我出来逛逛。"韦高林没有穿保安服,刘天阔似乎不太相信他的话。为了表明自己不是坏人,心胸坦荡,韦高林赶忙上前帮忙刘天阔一道捡垃圾。"刘大叔,我认得你的,你家在东头靠村口的地方。你怎么一大早就出来捡垃圾呀？"刘天阔听他这么说，疑虑消了大半。"人老觉少，起来锻炼锻炼，反正也没别的事，捡捡垃圾，每天都能捡满满的一车，这些人一出海就胡乱往海里扔东西，最后还都被送回来了，就堆在岸边，邋邋遢遢，我看不了这些，心里堵得慌，捡清爽了我回去还能睡个回笼觉。""大叔是每天这个时间都出来捡垃圾？""坚持差不多两年了，除非大风大雨，基本上都会在这一带转。"

韦高林和刘天阔就算是认识了。他们在不同的场合见面会互相打招呼。刘天阔每天黄昏会携老母亲在村边散步，偶尔换刘金沙带阿奶出来，阿奶这年纪，他们都不让她一个人在外头走动了。韦高林因为职业习惯很快就把这一大家人认全了。

韦高林认定刘金沙不会无缘无故进入张家，等到刘金沙出来以后，他跟上刘金沙。刘金沙又去了另外一个人的家，进去没多会儿出来了，出来以后似乎没什么特殊举动，一直走到停放着一辆五菱汽车的地方，刘金沙把车子启动开走了。韦高林决定还是回去蹲守张家。这时候，他的手机响了，来电话的是武艳明。"韦大哥，你赶快来，我这里有个贩卖砗磲和珊瑚的。"韦高林没多想，快步往海边人家客栈奔去。进了客栈，武艳明面红耳赤，气哄哄地说："你来得也太慢了，人都跑了。"

地上扔着一只编织袋，露出两枝大珊瑚。一对老人比武艳明更为气恼更为激动地站在一旁说："怎么回事，叫保安来是想没收这些东西吗？我们已经交订金了，这怎么也得把我们的订金拿回来。"武艳明说："苏大妈，这是违禁品，国家早就不让买卖了，不能让你们带走的。"苏大妈喊起来："你说是违禁品就是违禁品呀？谁知道你是不是坑我们。"韦高林认出这是昨天住进来的客人，武艳明昨天中午还忙前忙后做了一桌菜招待呢，怎么一下子闹起来了？武艳明一脸无奈，朝他使了一个眼色，拉他到一边说话去了。

这半天下来可是发生了不少故事。

为了让儿子趁热打铁好好与刘海蓝相处，苏家两老今天白天坚持自行前往金滩，请了覃云珠做导游，不让苏广玉他们陪同，说老年人有老年人的节奏，年轻人有年轻人的节奏。在刘海蓝这一方，自然是愿意陪同老人出行的，否则剩下她独自面对苏广玉，她真没有想好他们相处的距离。昨晚上苏广玉等于是表白过了，她这一方等于是拒绝了，苏广玉却像没事人一样邀她出海："海蓝，今天天气好，你陪我出海吧，我水性不太好，还会晕船。"一个一米八几的医学博士，如此示弱，刘海蓝能怎样，只能跟着去了。

他们往码头的方向去，到了码头看到有两艘船停在那儿，苏广玉过去问能不能带他们到无名岛走一趟。刘海蓝听到这个地名，心里说不出什么滋味，苏广玉怎么会起意到这个地方去呢？苏广玉说："海蓝，你前次在蔚蓝广场跟我说，在无名岛带回一个流浪女，我们去看看，看这次能不能再带点什么回来？""你不会以为我们还能捡个人回来吧？""那可说不准。"

刘海蓝无奈地跟着苏广玉上船，这里的船老大跟她都是认识的，冲她笑盈盈地点头。她问船老大，现在一天能赚多少钱，船老大哈哈笑说赚不了多少，但这也不是主业，家里还做其他生意，现在是旅游旺季才抽空赚点外快。船老大反过来问刘海蓝在城港上班是不是管了好大一群人，好些在工地上打工的都听说过她的名字。刘海蓝赶紧摇头说没有的事，她刚工作没几天能管什么。船老大说村上的人都这么说，刘家闺女出息了，当大官了。刘海蓝又是一连串的否认。苏广玉在一旁没插嘴，饶有兴趣地听着，海水飞溅到他的脸上带着凉意，他把夹克衫的拉链往上拉了拉，看刘海蓝双手抱在一起，他马上把外衣脱下来给刘海蓝披上。刘海蓝有些担心船老大张嘴问苏广玉和她的关系，但船老大没问，只是看着他们温和地笑。刘海蓝心里稍稍安定下来。这儿的人无论心里怎么想，嘴上是牢靠的。

半个多小时后，无名岛到了。船老大把船停稳，苏广玉和刘海蓝上岛，船老大在船上等他们。苏广玉脚一沾地就小跑起来。刘海蓝没什么特别大的兴致，十来年前那次上岛之后她没有再踏足这个地方，但就是因为她和武乘风在这岛上捡了一个人回去，后来船只路过这里有的就会停下来，有的人会上岛转上一圈。听说有人还在岛上捉到几条大蛇，还有人在岛上搭了小棚。

也许是因为经常有人上来的缘故，这里看得到有一条半掩藏在长草里的小路，弯弯曲曲。苏广玉走在前头，问她当年是在什么地方看到人的，她当然记得，但没有追忆的兴趣。"记不清了，走走看，说不定见到了能记起来。"他们绕着走着，很快穿越到小岛的另一面。这一面有一片不大不小的沙滩，几块大岩石露出水面，把水隔成一小块一小块，真如宝石一样的透蓝。苏广玉把身上衣服脱下来扔到沙滩上，"海蓝，这儿的水太美了，我一定得下去游一游，你要不要一起？"刘海蓝也觉得这一处的海面特别静谧纯净，要不是不想在苏广玉面前太随意，她真想下去一游。"你下去吧，我看看就好。"

苏广玉把衣裤脱下，扑进水里去了。一个矫健的身体游在碧蓝的水里是美好的，刘海蓝掏出手机，给苏广玉录了段视频，这看上去不像水性不好的样子啊。她在这段不长的沙滩上来回走了走，偶尔回应苏广玉传递过来的呼喊和手势。旁边的树丛里缠绕着一些垃圾，煞了风景，刘海蓝还看到一团白色的东西，她心里有了一个概念，定睛一看果然是，那团白东西有细长的触手。苏广玉玩着花样在海里扑腾，在这样一个晴空万里的早晨，与心爱的女子在一起，他的雄性激素化作一身的力气，突然，他右手拍打在一个软软的物体上，然后一阵针刺感袭遍右边的手臂，他瞬间警觉回身往反方向游，但为时已晚，右边的身子基本都与那东西碰到了，打眼一看海蜇伞盖大约有脸盆大小。

刘海蓝在海边喊："广玉，你上来吧，这里好像有水母出没。"她并不知道苏广玉此时已经中招。苏广玉朝岸边快速游来，等他游到岸边，她又说："我刚发现一只死水母，担心你被它们盯上了。"苏广玉从水里站起，半边脸扭曲："晚了，我已经中招了。"刘海蓝大吃一惊，上前搀扶住苏广玉。他们一刻也没有耽误，马上返回船上。刘海蓝问他痛不痛，他说一阵阵的灼痛。那被水母掠过的皮肤出现线条状红斑，有点像鞭子抽过的伤痕。船老大见怪不怪，拿出一块明矾，给他在发红的皮肤上抹了抹。"不会有事的，不过今天一天还是会有点难过。""怎样难过法？""可能会呕，全身酸痛，有时还想抓痒，痒在心里抓不到。"听这船老大的描述，多半也是中过招的。刘海蓝安慰说："等会儿下了船我带你去镇上的卫生所，输液应该能缓解。"苏广玉说："我看来要立个遗愿了。""胡说，立什么遗愿。""真的，如果我今天真的出了什么意外，我短暂的一生最大的遗憾就是没有结婚，海蓝，做我的女朋友好不好？我不想再等了，你如果不同意，我再回到海里去，我也找条大鱼骑一骑。"刘海蓝又好气又好笑："你现在是非正常状态，被水母蜇以后，出现幻觉开始胡言乱语了。""海蓝，答应人家吧，不要再让人跳海了，你们现在的年轻姑娘就爱玩这种花样，把男生弄得惨兮兮的。"船老大突然插这么一句。"我什么时候让他跳过海？是他自己下海的好不好？"刘海蓝被船老大的逻辑搞晕了，当是她逼苏广玉跳的海呢。苏广玉笑出声来："反正我刚才是跳海了。"刘海蓝生气地说："好，那你现在再跳一次。"苏广玉好脾气地闭上眼睛闭上嘴不说话了。

　　船靠岸后，刘海蓝没敢耽误，搀着苏广玉到镇卫生所找医生，医生挺有经验，说海边每年都有人中水母毒，输液能缓解，但难受肯定还是有的。苏广玉输了将近一个小时，还剩下小半瓶药水没输完，刘海蓝手机响了，是武艳明来的电话。武艳明简要说明苏家二老买砗磲的情况，让他们尽快到客栈去。刘海蓝担心武艳明大嘴巴，就没告诉他们在卫生所输液的事，只说尽快赶回去。挂了电话刘海蓝给苏广玉转述武艳明的话："伯父伯母要买珊瑚和砗磲当纪念品，不知道是什么人私下里要卖给他们，交货地点就在海边人家客栈，艳明姐逮住卖家要报警，那人跑了，现在东西要没收，伯母不干，因为他们付给卖家订金了。"苏广玉说："我爸妈是糊涂了，不过他们可能真不知道珊瑚和砗磲是国家禁止买卖的。"

　　等苏广玉他俩回到海边人家客栈，两位老人正坐在院子里，很气恼的样子，一见他们回来就忙不迭地诉苦："我们出来玩一趟就想买点海边的特产回去送人，都说海边就砗磲和珊瑚最有代表性，准备给你几个姑姑每人买一串砗磲手串，珊瑚摆在你爸的鱼池边最合适不过了。不至于这么不通人情吧，又没人知道，也不影响客栈的生意。"苏母越说越气恼，"广玉，我们回去吧，这里住不下去了。"

他们两个老人算沉得住气，一直没打刘海蓝和儿子的电话，为的是不影响孩子们谈恋爱。本来以为跟武艳明闹一闹就能解决，没想到武艳明刚得不行，软硬不吃。苏广玉还没开腔，武艳明先接上话了："我们客栈在网上风评口碑极好，客人打的几乎都是五分，从没有差评，我这里如果成了非法交易点，以后还怎么做生意？世上没有不透风的墙，做一次和做一百次没有区别。"韦高林点点头说："你们愿意买，有人就偷偷去采，采珊瑚对海洋生态的破坏太大了，国家早明令禁止了。"武艳明说："这是韦保安，他负责没收这些东西上交的。"苏广玉忙说："爸妈，违法的事情我们不能做呀，没收就没收了，别心痛那几个钱。"刘海蓝安慰说："伯父伯母，艳明姐说的是实话，不是故意难为你们。送给家里亲戚的特产你们就不用操心了，我来替你们准备。"苏家二老看儿子的样子虽然有些狼狈，手却是搁在刘海蓝肩膀上的，看来儿媳妇是定下来了，这是天大的喜事，什么礼物不礼物的，暂时没那么重要了。

刘海蓝把一家人送回房里，老两口听说苏广玉被水母蜇了，注意力完全转移到这上面，听苏广玉说打过吊瓶才松了一口气。刘海蓝也悄悄松了一口气，苏广玉体贴地让她回去休息，说不要影响第二天上班。刘海蓝想下楼跟武艳明赔礼道歉，就没推辞出门了。武艳明正在跟韦高林清点那些送上门来的货，有一枝两尺多高的红珊瑚，有一枝白珊瑚虽然就一尺来高，但造型不错，还有几串砗磲手串。武艳明说："韦保安，你要先打个收条，再把东西拿走，省得在这里夜长梦多。"韦高林说："你之前当场把人逮住，不怕过后那人来报复呀？""不怕，他怕我才对呢，我又没有违法犯罪。""说得好，佩服！"

刘海蓝从楼上下来后替苏家二老给武艳明道歉。武艳明气息尚未调匀，胸口还是堵。"海蓝，这两个老人厉害，刚才揪着我闹了好久，要不我也不会给你打电话，你要做他们的儿媳妇得考虑清楚，怕是日子难过。""姐这张嘴才是厉害呢，给你一说皮都得掉一层。"刘海蓝有些尴尬，说完匆匆离开了。韦高林说："我看这姑娘和刚才那男的挺配对的，你别坏了人家姻缘。""我是为了她好，给她提个醒。这两个老人，害得我午饭都没吃好。"武艳明盛了一碗米饭，取了小半瓶鲶汁浇上去。香味飘进韦高林的鼻孔，韦高林咽下一口唾沫说："好香。""当然香了，一大缸鱼才得一两瓶鲶汁。""大姐，我买一碗白米饭，你送我点鲶汁行不？"武艳明盛了一碗饭，把一碟鲶汁放到他跟前说："吃吧，管够。"韦高林拿着饭碗走到外头吃，他刚才看见张二龙了。

张二龙有一辆电动摩托，一出门就发动摩托，声音挺响，走远了。韦高林凑到张婶摊前，把那碗混了鲶汁的米饭让张婶闻，"张婶，你会做鲶汁不？这真是好东西。"张婶说："做鲶汁太费工了，也费鱼，好些年不做了。""你现在是攒钱娶媳妇吧？""哪有媳妇的影子，我命苦啊。""儿孙自有儿孙福，会有的，我看你儿子长得一副老板模样。""狗屁老板，不把我这把老骨头啃光算好了。"

第九章

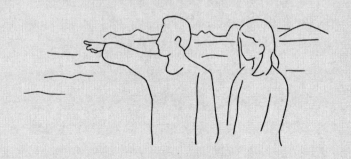

刘海蓝在离开湾尾前，留了一千块钱给武艳明，交代她准备一些质量好的海产品，等苏家两位老人离开湾尾的时候带走。武艳明让海蓝放心，说老人家没拿到珊瑚、砗磲还亏了钱，她会给他们准备最好的海货拿回去当礼物。

　　刘海蓝赶回城港上班，一个星期后前往省城参加青年干部培训班，为时半个月。这期间苏广玉天天有短信问候，问天气冷暖，问学习体会，也将自己生活工作上的事情拣些来说。刘海蓝有时回复有时不回复，她感觉苏广玉那头像是确认了他们男女朋友的关系，以男朋友的身份在交往，她这边不想被带了节奏，特别注意言辞，不亲密不疏远，过去怎样，现在还怎样，他们是朋友，不是男女朋友。

　　不仅苏广玉，苏母在加过刘海蓝微信以后，和她互动频繁，还把她拉到苏家的亲戚群里去。猝不及防的刘海蓝一入群就受到热烈欢迎，很多人表示吃到她买的海货了，夸她漂亮又懂事，刘海蓝一番应对下来，全身是汗，怎么都像是个体力活。她想立时退出去，又怕打脸苏母，便设置了消息免打扰，潜伏几天后才退了。苏母当天就发现她退群，发信息给她说表示理解，以后群里有什么重要信息会转发给她。刘海蓝差点对不上话，只推说自己不认识什么人，怕怠慢了才退的。

在省城学习结束后刘海蓝乘坐动车回城港，准备出站前接到苏广玉的短信，说已经在车站外等着她了。她奇怪苏广玉怎么知道她今天这个时候回到城港，他没向她打听，她也没提过。她一上苏广玉的车就把这个问题抛出来了。苏广玉递给她一杯奶茶说："伯爵奶茶，加了黑珍珠，半糖。"她接过来喝了一口。"苏远洋、吴云、李水方、庞天宇这几个都是你同一个班上的学员吧？他们和你同一趟车回城港。""你和他们认识？""看来你的记性不够好，这几个人我都是通过你介绍认识的，苏远洋跟我同姓，还认我当哥呢，我们在一块儿吃过好几次饭了。"刘海蓝模糊记起是有这么回事，吴云、李水方都是她的同事，应该是在蔚蓝广场搞活动的时候介绍他们和苏广玉认识的。

"你可以当外交官了。""开公司做企业没点交际能力还真不行，不过你介绍我认识的人我会更留意一些，在很多场合他们跟你打交道的机会比我要多，我应该与他们友好相处。""广玉，我们不是男女朋友关系，你对我不用特殊对待。""我单身，你单身，我在行使追求的权利，你现在没有答应我，不代表将来不会答应我，我保证不会让你难堪不舒服，你就当给我一个机会，一个让你来认识我的机会，好吗？"苏广玉把车子停靠在路边，从皮包里取出一只小布袋递给刘海蓝。刘海蓝从小布袋里倒出一只彩色的木屐，是一只右脚木屐，上头画有一艘大帆船，船上有一个男子在用望远镜眺望远方，男子脚边的甲板上竟然还画了一只大大的招潮蟹，大螯正挥舞着。"这是我送你的礼物，上面是我自己画的，画技差，但感情是真的。"

木屐是京族传统的男女定情之物，以前的风俗是互送，如果男女手中送出的木屐不配对，就说明这对男女无缘；若是配对，就是有缘。怎样算是配对呢？一双鞋子有左有右算是配对，尺寸合脚算是配对。现在不搞这种"盲测"了，这一习俗也逐渐被抛弃不用，彩色木屐变成了一种工艺品。

车子继续往前开，刘海蓝手抚着木屐，心口暖暖的，也软软的。耐心温和的苏广玉，以他的条件有太多的机会，现在他来跟她要一个机会，或许，她应该给他一个机会，也是给自己一个机会。二十六岁了，她还未曾好好谈过一场恋爱。大学里，追求者不少，她和他们看过电影，一块儿出游，但只停留在同学友谊的边缘。她也好奇爱情的真正面目，是否真有海枯石烂矢志不渝，真有不离不弃天涯海角？同学当中谈恋爱，写血书表白的有，跳河表真心的有，花前月下雨中散步随处可见，那些轰轰烈烈海誓山盟最后都现形一般褪去光彩，落入泥泞，连平常都不及。平常的例子她见识多了，像父母兄嫂，没秀过恩爱，拌嘴冷战还不少，日子磕磕绊绊过下来，过成柴米夫妻。她希望她能成为例外，既不平常也不无常，她要享受爱情的甜蜜，也愿意承担路途中的风雨。

苏广玉，你真的要和我一起去领略爱情路上的风光吗？刘海蓝偏头凝视苏广玉的侧脸，他转头冲她笑一笑，目光回到前方，他们在路上。刘海蓝的脑海里浮现出不久前武乘风在湾尾村踉踉跄跄的背影，那是一个渐行渐远的背影，青葱少年一去不再，她也不再是懵懂少女，她应该有一份理智成熟的爱情。她把木屐套在自己右脚上，尺寸正好合适。她脱下来塞回布袋里。"我可不知道你的脚有多大，送小了就等于给你穿小鞋了。""削足适履，多小的我都能穿得上。"刘海蓝抿嘴偷笑，她好像已经尝到了爱情的滋味。

"我离开工地有半个月了，现在想去看看。""这么晚了，不如明天早上再去吧。""明后天我连续有会，先看一眼踏实。"苏广玉笑她能评劳模，可以用上风尘仆仆、风雨兼程这样的形容词，手上方向盘一打，载她前往工地。

工地晚上加班是常事，但今天是周末，隔着一段距离，没有听到工地上有任何机器运作的声音。刘海蓝有点失落："好像没听到有人干活的声音。"苏广玉说："这个时间，工人也要娱乐休闲，除了你谁还想工作的事。"

有一辆大卡车在他们前头走，刘海蓝看卡车上装的是沙子，便不让苏广玉超车。"怎么这个时间运沙子？""不奇怪呀，晚上车少，方便运输呗。"他们眼看着这辆大卡车进了工地的大门，车子进去之后，工地大门又关上了。苏广玉问刘海蓝还要不要进去视察，刘海蓝说既然来了，转两圈再走。车子开到大门口，守门的看到刘海蓝很吃惊，说好久没见到她了，刘海蓝说学习去了。说话间守门的把他们的车子放进去。

离开半个月，新建楼层拔高了，路面也平整出来了。刘海蓝让苏广玉开车沿车道转一转，车子转到一处空地，前面开进来的大卡车正在卸沙子。车斗向后翻，两个工人拿着铲子在协助清理沙子。那里已经堆放了很多堆沙子。刘海蓝从车上下来，跟工人们打招呼："今天晚上就你们两个加班呀？"那两个人应该是认得刘海蓝的，愣了一下，回答说："是啊，是啊。"刘海蓝靠近沙堆立时闻到一股非常熟悉的海边的气息，她的心怦地跳了一下。她走到沙堆里，虽然是晚上，但眼尖的她很快看到沙子里有一些海螺残片，她的疑心更重了。她定了定神，跟工人说："这沙子是从哪里运来的？"工人们摇摇头说："不知道，我们只管卸货，问司机吧。"刘海蓝没有问司机，她说："你们忙，我先回去了。"她转身往回走，走两步脚崴了，轻唤一声蹲下，这一蹲把一把沙子抓到手里，头也不回地上了苏广玉的车子。一上车她急促地说："赶紧离开这。"等苏广玉的车子驶出工地，刘海蓝说："你有没有跟踪的经验？""怎么了？""等会儿你找个地方躲起来，等刚才那辆卡车从工地出来，你跟着看车子开到哪儿。"苏广玉有点摸不着头脑："可不可以透露一下，你的目的是？"刘海蓝张开手，手上一把沙子。"这是海沙，不是河沙。"苏广玉更加迷惑了。

国家禁止海沙用于道路、桥梁、军用、民用、商品房与公共设施工程建设，因为海沙含有天然盐分，具有很强的腐蚀性。用海沙搅拌的水泥，不到5年就会把钢筋锈蚀掉。海沙必须经过净化处理满足要求后方能用于建筑工程；未经过淡化处理过的海沙一般只用于体育用沙、家庭园林景观方面的建设。

刘海蓝花了一点时间才跟苏广玉这个外行解释清楚。苏广玉听完课后恍然大悟："明白了，明白了，刚才的运沙车有猫腻，我们跟踪到老巢。"

苏广玉在一个岔路口把车子开进去，关掉车灯，静静等待。大概十来分钟后，那辆卡车开过去，苏广玉隔了一段距离跟在后头。走了二十多公里，大卡车开进一个开阔的沙厂，再跟下去很容易被发现，苏广玉就没有继续往前开。刘海蓝决定明天白天再过来调查，苏广玉一听就替她操心。"要不还是我陪你来吧，我们骑自行车来，扮成锻炼的样子，别人就不会怀疑了。"刘海蓝觉得这方案不错，同意了。

第二天一大早，刘海蓝与苏广玉会合。苏广玉家里有好几辆山地车，他选了一辆给刘海蓝。两人都戴上了头盔和眼镜，除非很熟悉的人，否则是认不出他们的。他们骑了将近两个小时才到达头天晚上远远看到的那个沙厂，这时正好有好几辆卡车从沙厂开出来，上面全装满了沙子。这些沙子滴着水，淅淅沥沥流了一路。刘海蓝拿起手机拍了一段视频。

刘海蓝随后向翟主任做了汇报，翟主任立即通知海滨康养基地管理小组所有成员开会，会后工地接到停工的通知。项目监理来向刘海蓝汇报，做了自我检讨，说自己工作不严谨，没有及时发现沙子的品质问题，但并不承认是故意以次充好，解释说是因为江平沙厂的总经理刚换人，在调度上出了一些问题，这些海沙是用于海滨森林公园景观路铺设的，因为两边工程都在进行，用的都是江平沙厂的沙，所以出现了失误。这个责任应该由江平沙厂来承担，和施工方没有任何关系。全部发出来的海沙统计有 613 方，相关联的工程保证返工，施工地存放的海沙全部运走，重新运来河沙。

刘海蓝对整个事件的处理不满意，她觉得项目承建方不应该会犯这样低级的错误，检验这一关怎么可以如此疏忽大意？她提出项目承建方有故意以次充好的可能。小组成员各有各的看法，但最后都还是倾向于认为，作为承建方的南厦集团不会主观上故意以次充好。大家对承建方评价很高，说南厦集团承接这么多工程，偶尔出一些小问题正常，只要及时纠正过来就好了。确实，南厦集团名声在外，是城港市少有的土生土长的建筑单位，在省会城市做过不少项目，也得过几个响当当的行业奖项，提到南厦集团就像是有了质量保证。有的小组领导还说，在没有什么确切证据的情况下，质疑这样一个企业是不是有些小题大做？我们要保护和扶持本地的企业。

虽然在会上刘海蓝没有再坚持自己的意见，毕竟这时候让工地尽早复工更重要，但是她心中的疑虑并没有打消。她再次来到江平沙厂，沙厂空无一人，车子也没看到一辆，看上去像是停工了。刘海蓝联系项目经理，拿到江平沙厂负责人的名字，其中有一个名字竟然是她熟悉的，叫覃微微——目前为止给防风堤最大一笔捐款的支票上的签名，这个名字的主人也在她演出的时候送过不少花。虽然不敢确定就是同一个人，但刘海蓝的直觉告诉她就是同一个人。

刘海蓝拿到覃微微的联系方式，没有犹豫，直接把人约了出来。

与她想象的完全不一样，覃微微不是个女孩，而是个男生，还是个坐在轮椅上的男生。男生长得很秀气，浓黑的眉毛，清亮的大眼睛，头发留得很长，神情淡漠又透着一往情深，这就显得有几分邪性了。虽然是坐在轮椅上，但穿戴都很讲究，单手腕上那块表估计都得好几十万，根本不像是什么沙厂的负责人，更像是某位流量小明星，如果不是坐在轮椅上的话。

刘海蓝见到覃微微的第一句话是："花是你送的吗？"覃微微点点头，他没想到他和刘海蓝的正式见面是以这样的方式，在来之前父亲已经给了他预警，让他扮演好配合调查的角色。

"谢谢你的花和对防风堤的捐助。""嗯，没什么，防风堤也有我的作品，我想让它们更长久地存在。""嗯，那真是太好了，我们算是志同道合。看你年纪和我差不多，我是八八年出生的。""我也是。"说到这里他们停了下来，互相认真地看了一眼，同龄这个概念让覃微微卸下了一些防范和敌对。

"你是本地人吗？""算是吧，我在外地长大，前几年才回到城港。""知道我来找你因为什么事吗？""知道，江平沙厂的事。我虽然不是主要负责人，但也是负责人之一，我们已经同意承担一切损失赔偿。""南厦以前和你们有过合作吗？""有过，他们的信誉很好，这次是我们连累他们了。""是的，就是因为南厦的信誉很好，我才不希望这么好的一个企业因小失大。我到过江平沙厂，海沙和河沙是分开片区屯放的。海滨森林公园沙化路面的用沙量是 820 方，之前运往海滨公园的海沙已达 600 方，如果是调度出问题的话，也应该只是在 200 多方的范围内出问题，可你们沙厂运往康养基地的海沙总数远远超过了 200 方，南厦的项目经理让这么多方海沙从他眼皮子底下过，却没有发现，这可不是简单的失职。""我们沙厂一直是南厦的合作伙伴，他们信任我们，要不也不能出了这事，是我们带累南厦了。"覃微微一边说一边从包里取出一只信封递给刘海蓝，"刘主任，企业生存不易，给我们一个改正的机会，我们交个朋友。"刘海蓝接过信封，倒出一张银行卡，她拿着银行卡前后翻看了好一会儿，脸上掠过不屑。"你们不是认罚了吗？为什么还要用这个，难道有什么不可告人的秘密？"送卡这事是覃微微自己的主张，他明知道这种手段既有风险也很低级，但还是忍不住用一用，隐秘的心理就是要看刘海蓝会不会接受。刘海蓝居高临下的态度却又让他忍不住生气了。"随便你去查，这次我们沙厂可能要赔个倾家荡产，不过也好，反正我也不想管这么个吵哄哄的厂子。送卡是想交个朋友，我一直欣赏你，喜欢听你弹琴，这钱你不要可以捐出去，用在防风堤上也行。"覃微微的回答让刘海蓝觉得这个人挺幼稚的，心态像初涉商场的新手。"覃微微，你有没有认真想过，如果防风堤里混了海沙会是个什么后果？再多的钱也堵不了裂开的缝，更堵不住大风大浪。"刘海蓝说得激动，把卡扔到覃微微身上。"大道理我懂，我们江平沙厂认罚，查封更好！"覃微微摇动轮椅，不告而别。

刘海蓝看着覃微微离去的背影，心里乱成一团麻。

海沙的事情出来之后，刘海蓝每天在工地待的时间更长了，她会选择不同的时间进入工地，有时候需要出差到外地，她都是尽快赶回来。苏广玉说她把项目经理的活都干了，她要这样当主任，以后再有项目能累死。刘海蓝说："没准这样能把我较真的名声打出去，以后凡是我监督的工程，就没人敢出纰漏了。"苏广玉笑着说："行，以后那些工地上可以挂个牌子，上面写着'海蓝出品，必属精品'。"刘海蓝倒是真心希望自己的手上出的件件都是精品，她并没有把江平沙厂的事放下，从覃微微那里基本上没得到什么信息，她想来想去想到武乘风。武乘风在这一行摸爬滚打这么多年，说不定会了解一些情况。

武乘风接到刘海蓝电话的时候正在工地上，他们敲定见面的地点，刘海蓝提出找一个比较私密不容易被人看到的地方，搞得武乘风有种接头的紧张，他说那就到企沙，他这段时间在那儿有个工程，工地上都是自己人。

刘海蓝在武乘风约定的地点下车。武乘风身穿一身工服，戴一顶红色安全帽，衣服上面沾着泥灰，袖子挽了半截，那双手粗糙掉皮，脸色也是工地上特有的钢筋黑。刘海蓝说："看样子在工地上你还亲自动手吧，当了老总可以放松一些了。""我闲不下来，我是把工地上的活当修行呢。"刘海蓝莫名其妙，歪着脑袋问："怎么修？"武乘风手一挥，做了几个动作："看出来没有，你乘风哥是要修成武林高手，拿手绝技瓦刀功。"久远的往事一下被唤醒，武乘风是说过要当武林高手的，不过，那时候他可没说要修瓦刀功。刘海蓝忍不住哈哈大笑，她说一定要亲眼看看武乘风表演绝技。"有一段时间我重复做一个梦，说我是一个隐藏在工地上的绝世武林高手，绝技就是砌墙，瓦刀是我的武器，没人像我那样砌墙，像是挥毫写字，横一笔把砖头稳固，撇捺把多余的水泥抹掉，再一竖把砖块对齐。我经常被自己在梦中砌墙的功夫给帅醒，醒过来回味无穷。"武乘风说得手舞足蹈，刘海蓝听得有趣又开心。"武侠书教导我们，凡事只要做到极致便是大师，连扫地做饭都能修炼成扫地僧伙头工呢，你如何又不能修成瓦刀功，祝你神功大成。"两人相视大笑，充满童心的喜悦。

到了这里刘海蓝也不急着谈事了，虽然她在这一带做过考察，但只是一个面上粗略的了解，今天来可以深入一下。她问武乘风的工地在哪，他给她指了远处一个地方。她看一眼他身后的摩托车说："到了你的地盘，带我去好好转转呗。""只要你有时间，我乐意奉陪。这两年我都要猫在这儿了，在这地方干活特别有劲头，你猜为什么？"刘海蓝回城港是第一次主动找武乘风，虽然不知道是因什么而来，但武乘风心里憋着一股子兴奋，压不住又想和刘海蓝分享他的体验了。刘海蓝也是好久没能单独和武乘风在一块儿，刚刚她有种感觉，仿佛回到过去了，她早盼望着和武乘风好好聊一聊他们共同关心的事业。刘海蓝说："乘风哥，你先别告诉我为什么，你带我转转，说不定我就知道为什么了。"武乘风头一甩说："上车！"

刘海蓝戴上安全帽，抱着武乘风的腰。武乘风发动摩托车，沿着港区从南至北不急不缓地前进。虽然每天都在这一带行动，但是他仍然觉得每天这里带给他的都是新鲜的体验，就像那一阵阵从海上吹来的风那样新鲜。

前些年偶然的一个机会，武乘风进西湾港找人，正巧看到一艘巨大的货轮入港。这是他见过的最大的货轮，船身长就有300多米。拖船在前头鸣笛领航，货轮的螺旋桨在水底下鼓动翻起层层海浪，仿佛水底有无数奔突跃跃欲出又被震压住的怪兽，这艘巨无霸浩荡庄严地挺进，准确地停在泊位上，整个港口在夕阳的映衬下，呈现出无限接纳的胸怀，又有着沉着无比的辉煌。武乘风像陷在一个魔幻的场景当中，心潮起伏却又无法言表。虽然在海边长大，看惯大小渔船来来往往，也在各种媒介上看过大船入港的情形，可唯有今天，是立体的，让眼耳鼻舌身意一同感受，海之博大在承载中、在接纳里。他自豪自己生长在海边，也惭愧日复一日忽视了海洋的深广。他在那个时候产生了一个想法，他一定要参加港口的建设。一个大码头，每天有船进驻，就是做一块石头都会感到骄傲，若是能参加修建港口，他有一天就能够对那些驶进来的大船说："这可是我给你们开的道！"

去年，武乘风由于在市里赢得的名声，被相关领导接见，领导问他有什么愿望和要解决的问题，他说他希望能做和码头相关的工程，哪怕就是有一个泊位的底磴让他修也好。他诚恳的态度打动了领导，在这位市领导的促成下，武乘风与别的工程队联手拿下企沙南港区的一部分工程。武乘风拿下这一单活儿特别开心，很多年没有这样兴奋过了。这单工程不会给他带来多大的利润，现在他手上的工程根本就做不完，但他更想做自己想做的事，做一件能让海边人荣耀的事。

武乘风一边开车一直扯着嗓子给刘海蓝做讲解。这一带的港口区建设是大局已定，在逐步完善和扩建。武乘风将规划娓娓道来，如数家珍。

刘海蓝喜欢听武乘风的讲解，虽然那些数据她也掌握，但从武乘风的嘴里说出来，能听出他的热情和干劲，对要做的事情方向明确。最重要的是，他们能聊到一块儿去。

武乘风把刘海蓝拉到一个工地，把摩托车停放在入口，做了一个请的动作说："这就是我干活的地方了，请领导指导工作。"刘海蓝不跟他客气，大步走在前头。工地上的工人看到武乘风领了一个年轻姑娘进来，纷纷引颈探看。武乘风挥手嚷着："这是城投公司的刘主任，过来给我们指导工作，大家欢迎！"工地上响起一片掌声。武乘风笑着说："你们都打起精神，别给我丢人。"刘海蓝低声说："乘风哥，你还给我弄这个。"武乘风笑着说："我主要是想自己显摆，让你看看我手下有人，他们都接受你的检阅。"

刘海蓝纵观这整个码头的格局，码头基桩下部打入土中，上部高出水面，属透空结构。"你们这用的是高桩结构。"武乘风给她伸出一个大拇指说："果然是学建筑出身的，一看就明白了。""利用高桩结构，波浪和水流可在码头平面以下通过，对波浪不发生反射，不影响泄洪，并可减少淤积，根据企沙的地质条件，这种结构是最合理的。"武乘风说："是的，基本上我们整个南部港区都采用这种结构。"

一组工人正在装钢筋，经过的时候，武乘风停下来，指着一个小伙子说："别贪快，先把尺寸计算好。"刘海蓝目测了那些钢筋，直径 20mm 左右，属纵向拉伸性质，搭接重叠面积在 30% 左右。她转头对武乘风说："刚才谁跟我说过是武林高手的，要不要表演一下？乘风哥我知道你现在肯定不只是会砌墙。"武乘风跃到平台上，从小伙子的手上拿过工具，熟练地扳拧起来，每一下动作力道均匀，又快又好，像拿钢筋绑花一样轻松。小伙子站在一旁盯着，嘴里赞道："老大出手，就是不一样，我看我得再练五年才能追上。""你练五年的时间难道我就啥都不干了？追上我就别想了，好好把自己的最高水平发挥出来就行。"武乘风把钳子塞回小伙子手里。刘海蓝忍不住偷笑，在工地上乘风哥倒真是不谦虚。

武乘风大踏步往前走，刘海蓝小步跑追上。"乘风哥，我承认你是高手了。"码头附近风大，刘海蓝被呛了一口，咳了几声。武乘风很自然地就把头上的帽子摘下来戴到刘海蓝的头上。"乘风哥，刚才你说你在这儿干活特别有劲头，我想我能说出一部分原因。""说说看。""刚才听你介绍这一片港区我就听出来了，乘风哥很自豪很骄傲，因为你是这儿的建设者，乘风哥是不会在这么伟大的事业中缺席的。"武乘风微微点了点头，看向刘海蓝的目光明亮而澄澈。刘海蓝是懂他的。

工地参观结束，武乘风领刘海蓝进他的办公室，他知道她今天来一定有重要的事。他给她倒了一杯水，半杯水下肚，刘海蓝把海沙事件给武乘风讲述了一遍。武乘风听完后和刘海蓝的想法一样，认为事情没有那么简单，南厦不可能不知情。刘海蓝又提到江平沙厂的覃微微，武乘风的眉头皱了起来。"我认识覃微微，这人很有才情，也很桀骜不驯，我特别欣赏他，不过，如果他在沙厂里任职，更说明这件事与南厦有关系了。""哦，他会跟南厦有什么关系？""我混过很多工程队伍，最早也给南厦打过小工，后来我拉起自己的队伍，南厦的上层曾经派人来让我带队加入南厦，我想自己干，就没答应。""这和覃微微有关系吗？"刘海蓝忍不住插话。"你什么时候变得这么没有耐心了？我慢慢跟你说，你才能明白。有一年我在南宁生病住院，恰好在住院部碰到南厦集团的老总吴镇树，很无意地，我发现他是去探望一个出车祸的年轻人，我亲耳听到那个人叫他爸爸，那个人你猜是谁？就是覃微微。当时我挺震惊的，因为我们都知道吴镇树只有两个女儿，其中一个女儿还和我是高中同学呢。要不是后来我看到吴镇树亲自给那躺在床上的年轻人擦身子，我都还不能相信他们是真父子。""天啊，这说明江平沙厂的真正幕后老板有可能就是吴镇树。""也不能这么下结论，也许是覃微微自己的主张呢。虽然他们是一家人，但吴镇树也不可能事事关注得到的。""那如果南厦方面是知情的呢？""唉，像南厦这么大的一个企业能走到今天这个位置不容易，他们一直是城港建筑业的典范。我想他们如果犯了错误，制止和纠错才是对他们负责。""好的，你的意见我记住了。"

离开前，刘海蓝把帽子摘下来戴回武乘风的头上。"乘风哥，我什么时候能住上你起的房子啊？"武乘风挠挠头说："要不我们合作一把，你是专业人士，我是自学成才，保不准能弄出个震惊世界的佳作呢。""行，说定了，合作一把。"两人手掌互击，发出响亮的声音。"乘风哥，你保重，赶快给我找个嫂子。""你也是，别老搞事业，和那个苏广玉好好处，对人家好点。"

在回去的的士上，刘海蓝心上有了从未有过的新奇感受，她好像放下了一些东西，又长出了一些新的东西；在她放下的时候，以前的乘风哥又回来了。

第十章

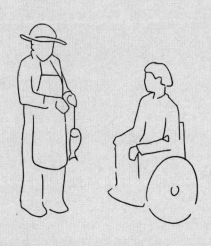

窗户只是半开，半开风已经足够大，窗帘鼓起，在空中发出噼啪的声音，更远处是海浪拍打崖壁的声音，这些声音都未进入覃微微的耳朵，他戴着耳机，闭着眼睛，躺在沙发上。屋子正中立着的画架上是一幅尚未完成的画作，画面上有一位老妇，半佝着背，正在整理面前一排晒干的鱼。老妇侧着脸，脸上的五官还未勾勒出来，那几条晒干的鱼却生动得很，鱼身上的盐碱，泛白的眼珠，曾经被划伤脱落的鱼鳞，无不细致入微，画面的主角变成这些鱼了。

覃微微不知道自己为什么就画不出奶奶的样子，他太熟悉奶奶晒鱼的样子了，可当要把奶奶作为一幅画的主角，把奶奶变成一个形象画在画布上，他的脑子便一片空白。他曾强行画过，画出来的那个人是陌生人，不是奶奶。

他出车祸那段时间，在南宁养病，奶奶几乎每天都有电话给他。后来连续几天接不到奶奶的电话，父亲也返回城港，他心里有了不祥的预感，不管不顾地，他租了一辆车子从南宁赶回城港。幸亏他赶回来了，那是他与奶奶的最后一面。就像十多年前，奶奶第一次见到他那样，一看到他奶奶就精神了，奶奶还坐起来喝了一碗粥。他当时就盼望着奇迹再次出现，奶奶会再一次生龙活虎地活上十来年。奶奶的头发稀稀疏疏，但没有白尽，凌乱地披散着，他为奶奶挽了一个简单的发髻，奶奶对着镜子搓搓脸，他听得到那双粗糙的手和布满皱纹的皮肤摩擦时发出的响声。奶奶说："奶奶这辈子没白活，受得了苦，也享得了福，嫁得好，有孝顺的儿孙，其他的都不论了。"奶奶转向他，蹲下来，摸索他失去知觉的腿。"微微，没有腿不算坏事，还有眼睛能看，还有手能写能画，你还能给奶奶喂粥，命还在你的身上，硬着呢。"奶奶看他默不作声，在他脑袋上狠狠敲了一记："心里还是有怨，还是不服是不是？奶奶有个宝贝送给你。"

奶奶找出一块白得像玉、形状像一把钥匙的鱼骨头。奶奶拿着这块鱼骨头时手是抖的，但说话的声音却非常坚定："微微，这是吴家祖传的宝物，是海神给我们吴家的，你拿着，如果哪天有机会碰到海神，他能给你兑现一个愿望。"覃微微想，奶奶又给他讲故事了。"奶奶，我已经长大了，你不用拿这种故事来诓我，我的腿坏就坏了，我认命。""哪个诓你？你长得这么牛高马大还要我来诓？我明明白白告诉你，那时我们家穷得叮当响，你爷爷本来想跟海神要钱财，后来忍住了，因为爷爷知道一旦他向海神提出要求，这块鱼骨信物就会被收回去，以后吴家的子孙再有其他更艰难的事情，就不能依仗海神了，所以他没有向海神提任何要求，咬咬牙熬过来了。"

覃微微听父亲说过爷爷的故事，爷爷吴胜军算得上一个传奇人物。1965 年 3 月，只有小学文化的吴胜军被特招入伍，因为他会说越南语，这是大部分京族人都有的特长。他和他的战友到专业的外语学院学习满一年后被派往越南，成为援越抗美的京族翻译官，参加过大大小小十来次战役。据统计当时这样的翻译官有 130 多名，多半是京族三岛的居民。1968 年吴胜军因伤归国复员，自愿到东兴深海捕捞队当队长，可惜没干几年在一起事故当中救人牺牲，尸身一直没有找到。

奶奶以爷爷为荣，说她的男人是英雄，说她的男人没有死，是被海神接走了。

覃微微想，像他爷爷这样的英雄，就算鱼骨真是海神的信物，他也不会拿着鱼骨向海神求助，他对从未谋面的爷爷生出了敬意。

"你爸爸要强一辈子，比你爷爷还能扛，他自然是用不着了。奶奶把鱼骨交到你手上，是想你可以找海神帮忙，海神能还你一双好腿。如果你用不着，可以传给你的孩子。"

奶奶的眼里闪着晶莹的泪光，带着烛光将要熄灭前的温度和温柔，还有一抹因信仰而有的神圣光环。覃微微在那一刻相信了海神的存在，或者说他希望海神是存在的。他紧紧捏着那一块玉白色的骨头，问奶奶海神长什么样子，怎么样才能找到海神。

奶奶说:"孩子,不用你去找,海神会找到你,只要你是一个好孩子。"

那天夜里,呼出最后一口气的奶奶,手仍然留在覃微微的头上。

从那以后覃微微一直将鱼骨带在身上,如一件护身符。

他与父亲的关系仍然不能公开,他仍然姓覃,叫覃微微,但父亲慢慢让他进入一些外围的公司,这些公司的股份也转到他的名下,江平沙厂、林木公司都是。在江平沙厂出事之前,他认为自己各方面都打理得不错,特别是林木公司,欣欣向荣。江平沙厂他平时关注得少,直到这次出事,厂长被开除,他被迫顶替上来。他没办法了解真正的内幕,也没有勇气去询问父亲。父亲曾经跟他说过,他打理的这些公司不会和南厦有任何实质性关系,最多只是合作伙伴。原因并不是不想让人知道他的身份,而是南厦集团的发展策略和布局,为什么要把所有鸡蛋放在一个篮子里?父亲还说,不打着南厦的名号,却为南厦做事,这有个术语叫作隐秘的战线。

反正父亲说什么都有道理,覃微微却后悔自己对沙厂的业务从来不过问,如果他像打理林木公司一样来认真管理,不会有后面的事。刘海蓝跟他见面时说的话反复在他脑子里翻腾,他知道她已经对南厦产生了怀疑,他自己也是有怀疑的,那个被辞掉的沙厂黄厂长，他知道是父亲的心腹之一。父亲曾说过想在城港盘家宾馆做成商务酒店，这个项目近日有眉目了，这个项目仍然不以南厦的名头出现，还是让覃微微做企业法人，而负责商务酒店前期统筹工作的就是刚刚从沙厂辞职的黄厂长。

覃微微想奶奶了，如果奶奶在，他会问奶奶，他是不是个好孩子，他想他应该不是，他或许是海神不愿意见的那一种人。他想把奶奶画出来，可他只能画好那几条被晒干的鱼。

手机震了震，覃微微睁开眼睛，是刘海蓝发来的微信，说想和他再谈谈。他不想见她，因为他知道她为什么而来；他又很想见她，因为她是唯一一个进入他梦中的姑娘。他没有回复，过了几分钟刘海蓝又发了一条信息过来说防风堤新扩展的路段又在征集新画稿了，问他有没有合适的作品。虽说这只不过是一个见面的借口，覃微微最终还是把自己画室的地址发过去，约刘海蓝在画室见面。

他刚起身，梳洗完毕，刘海蓝就到了。他的画室有三层，装有电梯，一楼、二楼都拿来摆放作品，三楼才是他作画的地方。刘海蓝一进门就被大厅里的画吸引，让覃微微带她参观。覃微微是乐于向刘海蓝展示他的作品的，他转动轮椅，在前面领路，刘海蓝的目光落到哪幅画上，他就做一两句介绍，是哪年画的，是哪个地方的景物，等等。真正令刘海蓝震惊的是二楼正中那幅画——《少女骑鱼图》。

"这不是防风堤正对蔚蓝广场的那幅画吗？是你画的？"覃微微点点头说："当时防风堤征稿，我投了一两幅，很快被采用了，后来又有人给我发邮件，大致说了一个主题，问我能不能画，我就画了这一幅样图。其实，防风堤上那一幅也是我亲手画的，我腿不好，可费了不少功夫。""很多画作下面都有作者的名字，《少女骑鱼图》下面我没看到。""是我故意不写的，我只展示画，与名字无关。"刘海蓝想与覃微微联系的人多半就是武乘风。"你认识武乘风吗？""当然认识，防风堤就是他的创意，这是个了不起的人。"

刘海蓝进入三楼，首先看到的是那幅未完工的画作，人物只缺了一张脸。"为什么没画脸？""画不好，画了好几稿了。""要是我猜得不错，你要画的是一位老奶奶。""我奶奶。"刘海蓝的脑子里闪现出阿奶的脸，她也看到过阿奶这样晒鱼，天下的奶奶都很像呢。她坐下来，掏出手机，很快地，视频接通了。刘天阔的脸笑眯眯地在屏幕上现出来。"阿爸，我要和阿奶说话，你让她过来一会儿好吗？"刘天阔拿着手机跑出屋外，不一会儿阿奶的脸出现在屏幕上，阿奶的两只手举得高高的，手上沾满白色的粉末。"阿奶，你在干什么呀？""你玉静姑姑做元宵，我帮她。"刘海蓝把手机往覃微微面前举，覃微微看着刘海蓝阿奶的脸，奶奶的脸和这张脸重叠了，眼睛细长，笑从眼睛里流淌出来，像水一样，细碎的皱纹像一朵一朵的小雏菊，开满整张脸。"阿奶，我有一个朋友，让他跟你说两句话吧。"刘海蓝把手机递给覃微微，覃微微被动地接过来。"奶奶好，我叫覃微微。"奶奶仍然举着两只手，笑呵呵地说："你们有空回家吗，来吃元宵？"覃微微鼻子猛地酸了，他说："改天我一定去。"他把手机扔还给刘海蓝，滑动轮椅到画布前，他拾起画笔，挥笔勾画那张他熟悉到无法展现在画布上的脸。

刘海蓝挂了电话，一直静静地坐着，看覃微微的画笔在画布上涂抹。那张脸现出来了，被海风浸润过、被岁月侵蚀过的，慈祥、睿智、忍耐的脸。"覃微微，你画得真好！""原来我画不出，是因为我怕自己画不出这份美，我不愿意我的奶奶是不美的。"

这一天，两个同龄人说了很多很多的话。他们从各自的奶奶说起，再说到自己的爸爸妈妈，他们分享了生命中许多快乐和忧伤的往事。他们也都谈到了在城港的事业，这里是他们的家乡，也是他们要建设和守护的家园。谈论这些他们之间不再有任何敌对，而更多的是对未来的期许。刘海蓝说，海滨康养基地是她直接管理的第一个工程，海滨康养医院将会是城港市最大的医院，配备先进的设备，受益的是城港人。海滨森林公园接纳的是来自全国各地的游客，他们冲着城港的好空气来，冲着这里纯朴的民风来。"我希望海滨康养基地成为城港的品牌，就像南厦是城港的企业品牌一样。为了我们自己的梦想，一起加油好吗？"听刘海蓝说这些，覃微微忽然觉得自己像个小弟弟，刘海蓝变成了个大姐姐，这让他有些懊恼，但也激发了他的傲气。他想，他怎么会比不过一个同龄的女生，何况还是他喜欢的女生。"我想南厦会有自省的能力，会比现在做得更好，我当然会更努力，你等着看吧！"

刘海蓝朝覃微微伸出手，覃微微也伸出手，用力地与刘海蓝相握。

在实验室忙了一早上，苏广玉终于坐下来了，这一坐才发现肚子空空如也，两条腿都没有站起来的力气了。大周末的窗外阳光明媚，他昨天就约了刘海蓝今天出外骑车锻炼，可刘海蓝说得去找覃微微谈事，谈完再说，他干脆跑实验室来了。以前找女朋友觉得得找个有事业心的，独立、有想法，不会干扰自己的工作；现在好，这也太有事业心、太独立了，周末也不消停。

刘海蓝离开覃微微的画室，心上放下一块好大的石头，她抬手看表已经到午饭时间了。街边一家小店门口排了很长的队伍，从飘过来的香味判断是烤海味，走近了看到队伍前头的人拿到货，兴冲冲地往外走，是滋滋冒着香气的大鱿鱼。这可把刘海蓝的馋虫勾引出来了，这么一长串顾客也间接表明了小店的味道不错，不如买两三只慰劳一下自己和周末同样加班的苏广玉。她刚要排到队伍后头，听到前头有人唤她名字，靓丽的大美女一枚，是黎梅，黎梅手边还牵着个五六岁的孩子。黎梅拼命向她招手，刘海蓝只能勉为其难地上前去，和他们站到一块儿。黎梅说："我儿子眼利，是他先把你认出来的，说那不是在蔚蓝广场弹独弦琴的姐姐吗？"刘海蓝吃惊地说："你儿子认得我？"小孩说："我妈妈带我去看过你和青青姐姐他们的演出。"黎梅笑着说："我前两个星期带他去的，看完你们演出我急着带他回家睡觉，就没上前跟你打招呼了。""好孩子，叫什么名字啊？""黎道。"

说话间黎梅排到队伍最前头了，那动作熟练的小工一手用小铲子在烤架上翻动一只只圆滚的鱿鱼，另一只手往上头抹烧烤汁，烤好的鱿鱼根须变成棕黄色，肉还是好看的白肉。黎梅没问刘海蓝要多少，直接就跟店家说："给我包十只，五只五只分开包。"对方给打包好十只，又另外打包了蘸汁。刘海蓝正思忖着好不好插队，黎梅付完钱直接拉她走，走几步远离人群才说："我帮你一块儿买了。"说着把一包鱿鱼塞她手里。"小道每个星期都要吃这家鱿鱼，我是老主顾了。"刘海蓝手上沉甸甸，知道是五只的分量，连忙说："太多了，要不了这么多。""吃呗，别想着给我钱啊，我还想有空我们姐妹聚一聚聊聊天呢，就是太忙了。我的家具厂已经建好，过几天我要到越南进货，你先前跟我说的家具的事我记着呢。"黎梅的车子停在路边，她见刘海蓝没车子，坚持要送刘海蓝。盛情难却，刘海蓝上车后给苏广玉电话问他人在哪儿，听苏广玉说还在公司，就让黎梅送她到苏广玉那儿。黎梅问刘海蓝是不是有男朋友了，刘海蓝笑着说还在考察期。黎梅说刘海蓝样貌好、性子好，找机会她得帮着鉴别一下，看对方合不合适。刘海蓝喜欢听黎梅说话，有情有义、烟火味十足，想想那位邋遢不修边幅的乘风哥，她倒真希望他们能在一块儿，这样她就能看到一对郎才女貌的凡间夫妻，过着丰味俱足的生活。

到了苏广玉公司门口，黎梅和刘海蓝说好等她从越南回来她们几个聚一聚，刘海蓝和黎道小朋友摆手说再见下了车。

苏广玉早在公司门口的大榕树下坐等着，看到刘海蓝娉娉婷婷地向他走来，他身子干脆靠到树上说再等不来人，他就要饿晕了。刘海蓝把他拉起来，把救命的鱿鱼递过去，苏广玉接过鱿鱼不客气，捉起一只蘸满汁水，一口就去了半只，再一口一只没了。刘海蓝一看大事不妙，照这速度自己还能有剩下的吗？她顾不上斯文，也捉起一只一大口咬下去，肉脆口甜美，根须部最有嚼头也最入味。她没抢赢苏广玉，等她吃完一只，苏广玉已经把第四只拿在手上了。"喂，你讲不讲武德，我才一只你就第四只上手了。""没办法，谁让你大周末的不好好陪男朋友，还搞事业呢？你这么能干，我只能吃软饭了。"苏广玉毫不客气地把第四只鱿鱼消灭，意犹未尽地舔舔手指。刘海蓝就这么看着他吃，眼泪情不自禁地溢出来，她午饭没吃，鱿鱼还是她带回来的，这男的太可恶了。苏广玉笑出了眼泪，冷静斯文、铁面无私的刘主任能为两只鱿鱼掉泪，也是里程碑的事件，她终于在他的面前露出了小女生的姿态。他把她拉起来说："走，我们骑车去。""不骑，没力气。""我们骑到南港海鲜批发市场，到那儿海鲜随你挑，然后再到附近的餐馆加工，保证让你吃个够，怎么样？""我要龙虾三吃，我要吃炸油鳝、蟹黄炒饭。""哎哟，多大点事，管够。"

南港海鲜批发市场离市区有二十多公里，是城港市向外输送海鲜重要的中转站之一，附近有小火车站可以直接装车再转运，主要发往渝贵地区。他们骑了一个小时就到了。市场里喧闹无比，批发商和进货商讨价还价，称重点数，忙得不亦乐乎。这还是到了下午，如果是早上根本没人做他们这些散客的生意。苏广玉不是第一次来了，直接走到熟悉的摊点前挑选起来。他们公司时不时搞聚餐都会到这里来买货，既新鲜又便宜。刘海蓝却没来过。苏广玉笑她家里做养殖的，连批发市场都没来过，太不体察民情了。刘海蓝无言以对。家里养鱼养虾大多时候是别人上门收货，偶尔大哥会给一些酒店送货，她是很少关心这些。都说城港的海鲜往外销的力度越来越大，在这个市场里是能看到了。

离海鲜批发市场有一里远的地方，有个叫海鲜大汇丰的地方，那里头有十来家餐馆，这些餐馆虽然也卖海鲜，但量不大，他们的主要生意是做来料加工。像苏广玉和刘海蓝这样的客人自己从海鲜市场买了海鲜过来，他们负责帮做好，收加工费。客人当然不会只吃海鲜，会在他们这儿再点上一些新鲜的时蔬或酒水主食，这照样能赚钱。苏广玉找了一家熟识的餐馆，交代好几种海鲜的做法后，又点了酸笋炒红薯叶、青椒炒黄瓜干，饮料点的是鲜榨淮山汁。刘海蓝双手捧脸，很崇拜地看着苏广玉说："到底你是城港人，还是我是城港人？连点菜都这么城港。""我不是城港人，是城港女婿，把城港的小女子伺候好，是我的责任。""可没人让你伺候啊。""反正我挺乐意的。"

菜上来了，龙虾三吃是虾肉生吃、虾头切开蒜茸香焗、虾尾虾脚煲汤，另有澄黄的蟹黄炒饭、炸油鳝、清蒸青蟹……刘海蓝用热毛巾擦擦手当热身，让嘴巴里的唾沫分泌得更旺盛些。"真对得起我骑了二十多公里的路，午饭还没吃。""敞开来吃，吃完我们还有二十多公里要骑回去。""大叔，可不可以找个车把我们和自行车一块儿运回去？吃饱我实在不想动了。"刘海蓝楚楚可怜地看着苏广玉，一只手停在虾头上，好像得不到满意的答复，她就吃不下了。苏广玉叹了口气说："只能从了。"

刘海蓝捉起虾头，首先把虾脑吸尽，再剔壳吃肉。"真会吃，擒贼先擒王，吃虾先吃脑，这一看就是地道的海边人。""本来就是，你以为呢？外乡人，学无止境啊！"

屋子里飘溢着咖啡的香气，儿子说要亲手给他做一杯手磨的咖啡，吴镇树很有耐心地等着。他坐在沙发上，前方是画架，在画布上他看到了母亲的形象。他昨天晚上还梦到母亲，母亲交代他，不要太过操劳，过了天命的年纪，要学会放手了。母亲还说微微是个好孩子，叫他放手让孩子去做自己想做的事情。他看着母亲的画像，操劳了一生的母亲，到了另外一个地方还是不放心他们。他跟母亲说他是想放手，可有时候是身不由己啊。

覃微微端来两杯咖啡放在吴镇树面前的茶几上。吴镇树尝了一口，细滑香浓，中间夹杂着一缕苦味。"是巴西的咖啡？""爸，城港人哪里要喝巴西的咖啡，全是越南咖啡。""我对这个是外行，你说说越南咖啡有什么好？""越南南部高原出产的咖啡都是精品，加工技术现在也是越来越高端，像你喝的这款在烘焙的时候就加了奶油，所以香气浓郁，但苦味是越南咖啡的特色，很多咖啡还求不来这样一份香中带苦的品质呢。""嗯，看来是做过研究的。""当然了，我们从越南进口咖啡这么便利，价格实惠，完全可以做出一个好品牌，雀巢、星巴克用的都是越南咖啡做原料。""有想法就去做呗，你今天找我来不会就是想讨论做咖啡的事吧？""不是，我想讨论南厦的事。"

刘海蓝走后，覃微微一直在想南厦的事。其实这段时间他做过一些调查，促使他下决心做一个结论的是在刘海蓝来过之后。江平沙厂在他接管之前经营了八年，无论是河沙还是海沙，不仅供给本地，还运往外地。他能确认的一点是，有些时候，加工过的海沙会充当河沙送往一些工地，其中不仅是他们卖家的行为，也有买家的默认，双方达成一种默契，建立在价格优惠的基础上。自从江平沙厂出事后，覃微微从来没有在这个问题上询问过父亲，他只是按照心照不宣的规矩在收拾摊子，今天他约了父亲前来，他预想到这将会是一次不愉快的交流。

在覃微微的引导下，吴镇树喝着带有一点苦涩的咖啡，畅谈南厦的过去和将来，在吴镇树的商业版图中，南厦被放在金字塔的最底端。"微微。以后你和你的孩子们能走到哪一步我不知道，但南厦就是你们的能源输送站。"吴镇树是自信的，也是自负的，吴镇树有自信自负的本钱和资历。"爸爸，以南厦目前的实力，我们的发展方向应该不是放在赚钱上了，我们应该做的是有品质的工作，坚决杜绝一切不正当的营利手段。"覃微微不得不冒犯父亲的自信。

吴镇树的眼神犀利地扫过来。"哦，你觉得哪些手段不正当？""类似于江平沙厂的行为就是不正当的，我相信在南厦内部也有类似的情况存在。爸，对你来说，这些都是小问题，要解决很轻松的。"吴镇树笑了笑。"我没觉得南厦有什么问题。""爸，有些问题可能你认为根本不是问题，比如说你让犯错的黄厂长离开沙厂去管理宾馆，就是认为他没有错，可能还认为他顶包有功，但在我看来他品行不端，他不能管理宾馆，如果我接手宾馆我会让他马上离职。""哦，要改革？要不你来接管南厦试试？"吴镇树把杯子重重地搁在茶几上，棕色的液体飞溅。覃微微吸了一口气继续说："爸，南厦是你一手创建的，我从来没有参与过其中的工作，以后我也不会参与。如果你想干就继续干，如果不想干就交给能干的人去干，我除了管理好林木公司和宾馆，我会重新再经营一家沙厂，如果将来还有精力，我再来想咖啡的事。""为什么还想做沙厂？""我知道许多沙厂都有违规的经营行为，我要给城港做出一家规范的沙厂来，没有合格的沙子，哪来合格的建筑？""没有南厦的资助，你又怎么能做你想做的事？""感谢爸爸前期对我的支持，我已经做好计划，林木公司目前已经开始赚钱，宾馆还正在装修，剩下的开支我会向银行贷款。""你是想和南厦断绝关系？""不，南厦正像您说的，会是一座金字塔的底座，就像我想到您，就感觉后面有一只支撑我的手。"

吴镇树拿起杯子喝了一口，冷却的咖啡喝起来更苦了。覃微微倒了一杯热咖啡，换掉父亲面前的冷咖啡。"我们父子俩是要比赛吗？""爸，我是占了便宜还卖乖，要不，你就陪我玩呗。""臭小子，你当老子这几十年是白活的，我还怕你不成？""爸，我一直站在巨人的肩膀上，要奋起直追的是我。"

风从窗户吹进来，画上的老母亲安心地晒她的鱼，她在另外一个世界也知道，血缘是一种再强大不过的力量，能使人心意相通，也能使所有的付出都不计代价。

第十一章

阿星走得很快，不时回过头催促黎梅。阿星是黎梅请的木工黄师傅的侄儿。黄师傅原本是别家厂子的师傅，黎梅用重金把他给挖过来，直接让黄师傅占有厂子的股份，这样，黄师傅当然把厂子的生意当成自己家的生意了。黄师傅熟悉越南家具的进货渠道，前阵子让阿星邀请了两个专门做家具生意的越南人过来和黎梅商谈，给黎梅吃了定心丸。厂子现在快建好了，这一趟是阿星陪着黎梅到越南实地考察。

他们现在是在越南的红木之都慈山县。这里方圆十几公里内有十几个村，大约有十来万人，家家户户都是以做半成品红木家具卖给中国人为主业，是中国国内红木商的第一货源地。按照相关国际条约规定，红木为珍稀保护植物，中国与越南都在相关国际条约上签了字，不允许双方商人从事红木原材料进出口。但是，双方国家只限制原材料的进出口，不反对家具进出口——不但不禁止，还有一定的政策予以扶持。在这一政策的推动下，从二十世纪九十年代初开始，慈山县便有人将黄花梨、红酸枝和缅甸花梨等红木材料做成半成品家具，卖给中国红木商。经过二十多年的发展，形成很宏大的规模，家家户户都成了家具供应商。

黎梅看得仔细。虽然各家各户摆出来的样品都差不多，但在工艺上还是有区别的，她当然要选那些能够把家具打制得更精细的合作伙伴。原先黄师傅推荐的两家，她也要比较过才知道优劣。阿星是不以为然的，他跟随伯父多年，基本关窍都知晓了。越南这儿家具的半成品就是将榫卯基本做好，烘干、修缮、打磨、抛光这些工艺通通不行，一定得经过精加工才能做出符合国内欣赏水准的家具。就算越南这边把成套工艺都做完了，国内人也不会买账，还是需要再打磨精加工一遍，所以根本没有必要在半成品的做工质量上纠结浪费时间。

黎梅自从动了开家具厂的念头就开始学习木工手艺。除了黄师傅，她还请了另外两名师傅。为了考核这些师傅，她先从越南进了几套家具过来，让这些师傅把整个工序流程走完，经过材料烘干、榫卯修缮、结构修改、废料修换、整体固定、连线重理、表面打磨、全套抛光和打蜡保养等十几道工序，历经差不多一个月时间的辛苦工作，才将一套半成品家具修整成一套精美的家具。黎梅自己把这一套工序了解后，也了解了师傅们的手艺，这才签了雇佣合同。

慈山县这十几个村的店面，黎梅花费了三天时间才看完。她最后还是定下黄师傅原先推荐的那两家，不过，对方给她的价格又优惠了一些，因为她手上握了好几个商家的联系方式，有出价更低的。阿星看黎梅最后把合同签下，总算松了一口气，心想女人做事就是不爽快，为省个十块八块的，能来回磨三四趟，费鞋、费口水。他们返回河内住下，阿星马上跟熟人联系，他终于能出去好好玩个痛快了。阿星精通越南话，私下替好几家厂子跑腿。他经常到越南来其实还有一个目的：赌博。这里有私人赌场，像他这样的熟客，来了包吃住，花天酒地赌上一两天。

在酒店住下后，阿星说出去找朋友玩，黎梅没起一点疑心，她总听黄师傅夸阿星在外头熟门熟路，有朋友再正常不过了。阿星走后，黎梅一个人待在酒店里，刚准备和儿子通个视频，武乘风的电话拨进来了，屏幕上出现的正是儿子胖嘟嘟的小脸。

"妈妈，你在干什么？"儿子大声喊。

"妈妈正准备给你打电话呢，你怎么跟乘风叔叔在一起？"武乘风站在儿子后面冲她挥了挥手。虽然吃过"改口饭"，黎道还是喜欢叫武乘风"叔叔"，不喜欢叫"舅舅"，黎梅也就随他了。

"乘风叔叔今天请人吃烤肉，知道我喜欢吃，所以把我带出来了。"

黎梅把给儿子买的礼物亮出来，是一张小木凳和一只漂亮的小木箱子。"以后你可以把你的宝贝放到这只小木箱子里，喜不喜欢？"

儿子点点头后问妈妈有没有给乘风叔叔买礼物，黎梅作恍然大悟状："天啊，妈妈忘了，要不这张小木凳送给乘风叔叔好不好？"儿子摇摇头说："小木凳是小孩子的东西，乘风叔叔的屁股根本坐不上去，他不会喜欢的，你再给乘风叔叔选一件礼物。"黎梅故意为难地说："现在天都黑了，我明天一大早要回城港，来不及出去买礼物了，你帮妈妈跟乘风叔叔说对不起呗。""好吧，我跟他说。"

跟武乘风挂了电话后，黎梅私下给武乘风发了一个信息："谢谢你帮忙照顾黎道。"武乘风回过来说："还跟我客气。""娶了我，你就明正言顺当他爸爸了。""他早把我当爹了。"黎梅看这回过来的信息哭笑不得。自从那一次表白被拒后，她经常用貌似戏谑的口气和武乘风说话，她知道他知道她说的是真心话，只是，他会装糊涂、当玩笑搪塞过去。时间久了，他们就开玩笑成瘾了，一来一去的，像盾牌挡子弹。黎梅不知道为什么武乘风没找个女人，如果有，她就可以死心了。不过，真有了，她一定会哭，现在这么想一想，她都有要哭的感觉了。有这么个人在，所有的男人都入不了她的眼，她像寡妇一样苦熬着呢。

洗完澡，黎梅吃了两颗药再上床。前段时间睡眠不好，医生给开了酸枣丸，吃了还挺管用。可药毕竟是药，要依靠药来睡的觉，她觉得即便是睡着了，也会发散着药的气味，是做不出美梦来的。

武乘风是和韦高林一块儿出来吃烤肉的，他专门向韦高林发出的邀请——"到城港吃烤肉，我请客"，韦高林不多话，直接应了。

武乘风这次请韦高林吃烤肉的钱是武艳明出的，谁都知道武艳明手紧，武乘风没少叫他姐"铁母鸡"。能让武艳明心悦诚服掏钱只有一个原因，饭是她让武乘风替她请的。前几天武乘风被武艳明催回湾尾，一回到家，就发现姐姐像变了一个人似的，脸上的粉打得够厚，却没想到给脖子上也匀点粉，要命的是还穿了一条裙子。武乘风记忆里就没有姐姐穿裙子的印象。他以前给姐姐送礼物有买过裙子，姐姐一脸的嫌弃。"买这干吗，你明知道我不穿，多少钱买的？我得想办法转给别人。"可眼下，姐姐身上穿的正是他好几年前买的裙子，因为是宽松旗袍式的，并不显得过时。姐姐完全没有了平时的豪爽样，眼神扑朔迷离，一向是端碗喝汤的，现在都改用勺子了；原来能吃两碗米饭，现在半碗就搁筷子了。武乘风心里忐忑不安，有一种大事要发生的预感。到这种时候他也没往感情线上去想，在他心里，阿姐独身主义的形象已深入人心，不能撼动了。

"姐，怎么了，是不是客栈的生意不好？"武艳明摇摇头。"是阿瑶惹着你了？"阿瑶是武黄氏的侄孙，刚过来给客栈帮手，呆头呆脑的，经常在柜台上给人算错钱不说，还能够玩游戏玩到忘了一切，打扫卫生时在客人睡过的床上躺下来，被人逮住还一脸懵。武艳明又摇了摇头。看姐姐这么深沉，武乘风真是没办法忍了。"姐，家里存下来的钱不少吧，要不，你带爸妈出去旅游？""旅什么游，自己家门口风光无限，还需要去看？"

姐弟俩正说着话，韦高林骑着电动摩托来了，轻车熟路地进到院子里，停好车，帮两个旅客拎行李进电梯，又进厨房盛了一碗粥，坐在花架下的石凳上呼啦啦地喝。武乘风眼光一直追随，看情形这男的相当熟悉海边人家呢。他冲韦高林撇撇嘴："新招的？"武艳明翻他一个白眼，无限幽怨地说："是啊，想招呢，就怕人家不肯。"武乘风一听有情况，赶紧把姐拉里屋去详聊。一开始武艳明还藏头去尾的，在武乘风的开导下，彻底竹筒倒豆子。从姐姐的描述中武乘风大体了解到，韦高林就像一位隐世的武林高手，无欲无求，心地善良，所以，姐姐恨嫁了。

韦高林行侠仗义在湾尾一带已经传为美谈，武乘风少回家不知道而已。前些天韦高林在景区巡视时，有两个游客起争执，后来动了手。一个长得高大粗壮，一个长得细皮嫩肉，还没开战，仅看外型已判高下，果然，细皮嫩肉那个完全无还手之力，韦高林上前拉架，壮汉教训人上了头，冷笑一声说："老子以前是保安的教练，我倒要看你有没有资格做保安。"牛皮不是吹的，他刚才挥舞的那几下确实不是花架子。韦高林轻蔑地撇嘴一笑说："看来我不出手，这份工作就保不住了。"壮汉冲上前对准韦高林的面门就是一拳，围观的人都发出惊叫声，因为他们分明看到那有力的一拳已经砸到韦高林的脸上了。可奇迹就是这么发生的，韦高林的身子向后一倒，双手撑地，来一个扫堂腿，那壮汉咣当就摔地上了。观众至少隔五秒钟才反应过来，鼓起掌来。韦高林站在一旁说："争强斗狠别上这儿来，这是我的地盘！"就是这句话，武艳明重复了至少五遍。

讲完韦高林的英雄事迹，武艳明再压不下荡漾的情波，掏出一叠钱拍在弟弟的手上说："反正姐就看上他了，姐后半生的幸福交给你了，随便你用什么方法，只许成功不许败。""姐，你不是说他对你也有意思，天天上家来吃饭吗？为什么不自己挑明了，阿姐不是那么害羞的人啊。""你懂什么，这口女方万万是不能开的，终归要男方主动，否则以后两口子吵架拿这个来说事，我就吵不赢了。"

姐姐既然对一个男的如此倾慕，一扫以往睥睨天下男子的作风，武乘风无论如何都得把事情办好了。他想到的第一招是请客吃饭。他还蛮佩服韦高林的，请了就来，来了就吃，不问缘由，不卑不亢，这确实符合一个高手的特质。韦高林大口大口吃，烤得黄嫩的五花腩送入口中，满足的油水从嘴角溢出来。他宠辱不惊，武乘风也决计单刀直入了。

"韦大哥，你觉得我姐这人怎么样？""能干能说，爽快大方。""我姐今年三十三了，说过这辈子不嫁人了。""嫁人也不见得好，一个人过蛮自在的。听说你也单身，我们都单身，挺好。"武乘风没料到话锋还能这么转，差点被顶死了。"我和你不同，我还年轻，没到三十都算年轻。""嗯，我是不年轻了，四十了。""男人四十一枝花，你刚刚好，我给你保个媒？我看你和我姐挺配的。"武乘风朝韦高林举起一大杯啤酒，韦高林也举起手边的啤酒杯说："别开玩笑了，我一个离过婚的穷保安，银行存款连五万都不到，配不上你姐。""我姐又不是看重钱的人。"韦高林把一杯啤酒全干了，打了两个饱嗝说："越是这样，我越不能害她啊。"说到这，筷子放下了，似乎再说下去，他的胃口都没了。武乘风不好再继续说，消停了一会儿。不过他是想岔了，只见韦高林剔了剔牙说："弄点酸辣汤来，光吃肉有点腻味。"

酸辣汤上来，韦高林美美喝了一碗，脸上冒出热气，武乘风又有了重拾话头的勇气。"其实两个人在一起，只要真心对对方好，还有什么值得计较的呢？离没离过婚，有没有钱，只要有心就够了，大哥，我看你不是一个俗人。"武乘风最后这句话并不是吹捧韦高林，他越来越觉得这哥们粗俗的外表下，掩藏着一种稳如泰山的气场。面对这么严肃的话题还能照样吃吃喝喝的，没几个。

"你觉得我行？""我觉得行。""其他的我不会，对一个人好还是能做到的。"韦高林很诚实地吐出这句话，让武乘风有枯木逢春、柳暗花明之感。"下个星期是我姐生日，你可以整点小节目，没准求婚一下就成了。""这个我得好好想想，有点太快了，我得好好想想。""大伯，你给女生送玫瑰花就好了。"黎道在旁边听了半天，居然能给个主意。"小朋友，那不是一般的姑娘，送花不行的。"韦高林第一次皱起了眉头，仿佛真正遇上难题了。

武乘风一听有戏，看韦高林的模样，是上心了。他心里乐，这个未来的姐夫不知道能弄出什么花样来，照眼下看，他的媒还保成了。他当然想不到韦高林弄出来的花样有这么大。

韦高林不是傻子，这一段时间与武艳明相处下来他怎么会看不出对方的心思？他现在每天都有鲶汁泡饭，还有炸得金黄香酥的小鱼、韭菜炒虾米、清蒸蟹，菜品不动声色地变得丰富起来。他越看武艳明越发觉得这姑娘长得好看，是耐看型的，还很会做生意。她给那些来住店的客人准备了一小袋的鱿鱼丝做手信，基本上拿到手信的客人都会再从货架上挑走一些其他海货。她算起账来也豪爽，零头一律抹了，来一句："自家的店，自己说了算，你们高兴就好！"有时坐在厅里，看着听着，恍惚间，韦高林觉得自己就是老板，老板娘忙里忙外，他在一旁品美食，抽抽烟，这不是神仙日子又是什么？

韦高林没有任何表示，正因为他不是什么高人，不能免俗地要考虑到自己的身份。他离过婚，光棍打了十来年，也因为职业的关系，结婚的心思淡了。他还清晰地记得前妻指着他鼻子骂："家就是你的旅店，你不配当别人的老公！"前妻说得一点儿没错，也不过分，他的职业注定了他行踪保密，作息无常，要做别人的丈夫，孩子的父亲，怎么都是不合格的。

这次到湾尾村是执行任务来的，可以说是隐藏了身份，如果武艳明知道他是一名缉私警察会怎么想呢？再说了，任务完成后，他待不了几天就要离开这儿。

那天晚上吃烤肉，武乘风算是提醒了他，他可能什么也没有，但他可以对武艳明好，他想她是乐于接受他的，否则这个有可能成为他小舅子的人不会兴师动众请他吃烤肉。他觉得这已经是很对不起武艳明了，他堂堂男子汉，怎么说都应该是他迈出第一步才对，还让女方先开口。他虽然不能预见后面发生的事，但他胸中有一团火突然被点燃了，他就想放纵地烧一把，老房子着火就是这样的感觉吧。

武艳明的生日他会好好准备，那个日子好记，那一天他的同事要在附近几个村镇同时实施抓捕行动。他不需要直接参与行动，平时干什么，那天仍旧干什么。几个村镇涉案人数超过百人，湾尾村的犯罪嫌疑人他全部摸清，一共十一人，张二龙是负责人。

　　武艳明生日那天，家里除了她和韦高林，没有人记得是她生日。武黄氏记儿女生日用的是旧历，哪里想到女儿突然要在新历过生日。武艳明当然也不想有外人知道，这个生日对她意义重大，她后半生的幸福将会由这个生日来决定，她万分期待，每次见到韦高林，小鹿撞胸是一定的。韦高林这一方因职业的本能，自然是波澜不兴，该吃吃，该喝喝。武艳明有点担忧，又不免憧憬这是一场紧锣密鼓秘密进行着的准备，她会等到一场盛事。

　　月上树梢，客栈里的客人大部分都回房休息了。韦高林走到早已望穿秋水的武艳明跟前，无比自然地拉起武艳明的手说："走，吃蛋糕去。"武黄氏不在现场，但武双力在，韦高林未来的老丈人正在让阿瑶捶背，看到这一幕第一个反应是觉得自己眼花了，韦保安怎么可以牵艳明的手？艳明怎么可以让男人牵手！武双力目光聚焦，等证实真的不是眼花，那两人早跨出门去了。武双力顾不上捶背，跑进厨房找老伴，"你知不知道艳明和韦保安好上了？""什么好上了？""好上就是好上了。""天啊,这是好事啊,终于开窍了,烧高香啰!""你别盲目高兴,后面给我盯紧了,别搞得不可收拾!"

韦高林和武艳明约会的地点在一艘船上。韦高林把船开到一个避风的地方。小船是不起眼的机排船,但提前被装饰过,拉了几串五颜六色的彩灯,一闪一闪的。船板上还铺了两块小地毯,中间摆了一只案桌,桌上放有一只看起来不太蓬松、不太好看却很巨大的蛋糕。尽管是这么简陋的布置,武艳明已经感动非常,有彩灯有地毯还有蛋糕,这是她平生第一次享受浪漫呢。韦高林说:"这是我亲手做的蛋糕,用了整整三十三个鸡蛋。这蛋糕是蒸出来的,不是烤的,吃了不上火,等会儿拿回去给家里人都尝尝。"武艳明捂嘴笑了。预料中的蜡烛点上了,是手指头粗的红蜡烛,只插了三根。韦高林开始倒腾他准备的生日礼物了。一张银行卡推到武艳明面前,他说是自己的工资卡,所有钱都在这张卡里了。他又从一只蠕动的布袋里掏出一只惊魂不定的小猫。"我听你说过不喜欢孩子,要不要孩子随你心意,没有,你就把这只猫当你儿子。"第三件礼物是一只超大的兔子抱枕。"你属兔的,送给你,我不在家的时候,你抱着睡。""真好意思,你连睡觉都想好了?""反正你只要愿意,我们随时可以领证。""那让你上门,你愿不愿意?""有孩子随你姓都可以,我又没有皇位要继承。""行，那我们明天就去领证。""你再好好想想？""想什么，早晚的事。"

两人回到村里已经是夜半。韦高林根据周围的环境判断一场抓捕已经在即。不出所料，他们刚进屋不久，外边传来隐约的嘈杂声，紧接着警笛声响起，韦高林知道收网行动已经结束。果然，他的手机上很快接到一条短信，两个字："收工。"

第二天，张二龙、刘金沙等十几个人被抓走的消息传遍了全村，大家议论纷纷，重点猜测他们走私了多少货、会被判多少年。那些涉案人员的家属都抬不起头来。听闻消息后村里不少人都去慰问刘天阔，他们知道他会是最难过的那一个。

刘天阔一生风里来浪里去，当淘海队的头领将近二十年，要说他是湾尾村的灵魂人物也不为过。平时村上有什么纠纷多半是找他出面做裁断，他说出来的结论就不会有人再反驳，当事人双方就当定论了。前些年，刘天阔提议，把淘海得来的收入和各家旅游景区分红的一部分拿来做奖学金，奖励村里读书成绩优异的孩子。他在全村大会上说，湾尾村要变得更富、更有名声只能靠年轻人，要舍得在年轻人身上下本钱，让年轻人多长见识，把那些见识带回湾尾村。每年大年初一的中午，是全村人的聚会，宴席在村里的篮球场上摆起，老老小小全都参加，刘天阔会给七十岁以上的老人发红包，给考试成绩优异的孩子发红包，他也会让在外头打工回家过年的年轻人轮流讲话，主题就是一年当中最大的收获。刘海蓝、武乘风这些孩子只要回来过年，都是要发言的。有的在外头混得不是很好，说到辛苦处哽咽，刘天阔会拍拍他们的肩膀说："能挺过去的，再辛苦也不会比打渔辛苦。你们既然选择在外头闯，吃苦是好事，吃苦让你们更懂得努力和珍惜。"有的混得好，稍稍有点显摆，刘天阔会说，人外有人，天外有天，海都没有尽头呢，好好干。

湾尾村的根脉，刘天阔一直是小心翼翼呵护着的。村子里一下被抓走十一个人，大半都是年轻人，刘金沙也在里头，这对刘天阔来说是多么大的打击，村里人都知道。村里人也知道他对刘金沙曾经寄予过的厚望，他们眼见着刘金沙在这期望的目光中摇摇摆摆地长大，显示出懒散平庸的品质，这都能接受，无法接受的是他会变成一名罪犯。

刘天阔在家门口摆了茶几，来的人越来越多，坐满了。刘天阔招呼大家坐下，分发糖果饼干。"湾尾村可以搞旅游，可以打渔，可以养鱼，偏偏还有这么多人想走偏门，你们说为什么？"刘天阔高声问。一个上高中的孩子说："想偷懒走捷径发大财呗。"刘天阔抚着孩子的脑袋说："好孩子，说得好。走捷径发大财可不是我们海边人家的生存之道，天上有太阳晒，海上有大风大浪，不出海不下网不花力气，鱼在海里不会自动跳上来。想发横财的人我见多了，有几个是有善终的？海没有边，他们的眼光怎么就变短了？如果湾尾村再出这种人，任他是谁，我当村里没这号人。"村里走私犯的家属都羞愧地说："我们也不认，丢人！"

第二天早晨，刘天阔照样如往常一般到海边去拾垃圾。那天参加拾垃圾的人特别多，武双力、武双田、阮敬平都来了，他们一路拾过去，偶尔搭一句话，说今天风不大，说现在的人越来越没有公德心，什么都往海里扔，又说青蟹涨到五十元一斤了。不多会儿，刘天阔的小板车上垃圾堆得满满的，他把板车推起来，对他的伙伴们说："下海捕鱼，上岸捡垃圾，挺好，我看我还能干二十年。"武双力说："何止二十年，我们陪你干到闭眼！"阮敬平说："大叔，大伯，有你们在，湾尾村就有一股精神气团着，做事都是一条心。"刘天阔说："敬平，不能靠我们了，以后是靠你们这些年轻人，我们能帮着捡捡垃圾已经心满意足了。"

家里出这么大的事，要不是嫂子打来电话，刘海蓝根本不知道。嫂子哭哭啼啼求她帮忙找关系，不要让她哥受苦，最后又嘱咐她千万不能告诉爸，说爸不让家里人跟她说这事。刘海蓝既恨大哥糊涂，又担心大哥坐牢，只能安慰嫂子一定尽力。牵挂着这事，当晚她让苏广玉载她回湾尾。回到家里没见着父亲，母亲说父亲在吴家办事，让她过去看看，把父亲早点劝回来。

刘海蓝去到吴家才知道父亲在办什么事。吴家晒的渔网让父亲逮到了，网眼三指，附近的村落很多年前就要求网眼要有五指左右，网眼大，能放过海里还幼小的鱼崽，这个道理谁都懂，但往往就有些人见不得网里漏出去的小利，一点也不舍得放，就要用那网眼小的网。父亲办起事来一点不讲情面的，地上堆放的几张被剪烂的网就是证明。刘海蓝看那吴家大哥脸又红又紫，显然已经被教训到位了，她拉了一把父亲说："阿爸，我和广玉都回来了，回家吧。"刘天阔这才慢慢站起来，走到门口又回头说了一句："是规矩我们就得守。"吴大哥在后头应着："大伯，知道了。"

刘海蓝挽着父亲的手往家里走。父亲说："为你大哥的事情回来的？""爸，你别急，我会找人打听看是怎么一个情况。""谁让你打听了？别浪费时间，忙你自己的事，谁都要为自己做的事负责，难道你也想去走什么歪门邪道？"父亲这么说，海蓝有点气恼，进家后不理睬父亲，和两个侄儿一边玩去了。苏广玉不明情况，还凑上去讨好地跟未来老丈人说："伯父，大哥的事你放心，公检法我还是有几个熟人的，我这两天跟他们好好联络，想想办法。"刘天阔没作声，拿起儿媳倒的热茶，缓缓喝完一杯。他示意苏广玉也喝，苏广玉坐在他下方的位置，拿起茶杯象征性地喝了两口。"这茶好喝吗？""挺好。""是你前次带来的，我喝着挺好的，我不懂茶，往杯里一泡什么都能喝。""伯父要是喜欢，下次我再给你带点，这是正山小种。""广玉，你是个博士，海蓝是硕士，我就一个初中生，没你们有见识，也没有你们通人情世故。我的天地在海上，我每年带船队出海，并不是人人服我，有的认为我胆子不够大，没能让大家捞上更多的鱼，挣上更多的钱。我不管别人怎么想，在我的船队里就得听我的，大伙儿都是冲着能打到更多鱼去的，我不是，我是要保证把一队的人完完整整地带回来。在海上漂一个多月不靠岸，我们最怕在海上遇到不测的天气，凭的全是经验，是课本上学不来的东西。你看那云，看那雾，得拿定主意，有时候一个主意错了，就会害了一队人的性命。我们是在海里，不是在岸上，那海是深不可测的，人掉到海里就是无根的浮萍。我宁可胆小，也不会让大伙冒一点点的险。鱼可以少捞一些，明年还可以捞，只要人在，海还是我们的。我这辈子最得意的事，不是我带人打了多少鱼，最得意的是跟我出去的人，我每次都全部带回来了。"说到这里刘天阔眼睛湿润了，仿佛那些惊涛骇浪的岁月浮现于他的面前，一幕幕地滑过去，抛到身后去了。

刘海蓝人在里间，耳朵一直在听外头的动静，听到这儿鼻子酸了。每年的出海季，阿奶和阿妈天天在公棚前祷告，祈求船队的平安。当船队靠岸的消息传来，全村人集体出动，丰收的喜悦，亲人平安归来的喜悦，那一份喜气能冲上云霄。村里的笑声随处可闻，大家说话声都比平日响亮，村里的鸡鸭狗都要上蹿下跳，再淘气的孩子也不会在那天被揍，或者在那天他顾不上淘气了。每当看到阿爸从船上走下来，她会情不自禁双脚离地跳起来，拼命地挥手，希望父亲能够在第一时间看到她。父亲如她期盼的，朝她站立的方向大步走来，一只手就能把她抱起，她闻到父亲身上浓郁的咸汗味，这是她最期待的味道……

苏广玉没料到海蓝爸爸会跟他说这些，他有被当作家里人的感动，也被刘天阔舍我其谁的心境所感染，他心里生出敬意。他想，面前这位长者如果冠以海王的名头也不为过。其实，在刘海蓝的身上他也看到了这一份传承，那是一种在惊涛骇浪中也要辟出一条路的劲头。

刘天阔走进自己的卧室，拿出来一只布袋，从布袋里掏出好几个本子，有两个本子还是线装的。刘天阔递一本给苏广玉说："看看，能看得懂吗？"苏广玉接过来翻开，这些本子里头的内容全是手写的，字歪歪扭扭，但主要内容是图，一幅幅手绘图，标了经纬度。

"这是航海图吗？""算是吧。老辈子出海靠的就是这些，我们没有地图，没有仪器，我们只靠一代人给一代人传的经验。哪一年哪一天在什么地方遇过险，清清楚楚地记着，这些刘金沙不爱看，讲给他听也不爱听。现在是有先进的仪器了，测方向、测天气通通有，谁都不愿意费这个脑了，可仪器就没有个失灵的时候？仪器难道比自己眼睛看到的还准？……"

刘海蓝早已经从里间走到客厅，她知道苏广玉肯定无法理解这一本本发黄的纸册有什么意义，也无法理解一个老渔民在岁月积淀中呈现的大智若愚，更无法理解在这样一个夜晚为什么会听到这些、看到这些。刘海蓝懂，她明白父亲希望他们这一代能像老辈人一样有担当，有信念，有可以守护的东西。

大哥让父亲失望了，她却也不敢说自己能扛得起父亲这份无法言说的希冀。

第十二章

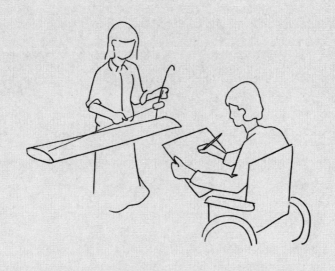

海滨森林公园的基础建设做好，开始大规模种树。有一天，刘海蓝在工地巡视，看到覃微微坐在轮椅上亲自指挥工人种树。轮椅不方便在湿地上滑动，有些地方还得让人给他把轮椅抬到树坑前。他一比一划的，好像是对土坑的深度和宽度在提要求，周围围了一群工人。刘海蓝挺奇怪的，过来打招呼。覃微微看到是刘海蓝，脸上有惊喜，他指着不远处一卡车树木说："那些花木是刚从越南那边进口过来的，都是珍贵品种，不便宜，我不亲自跑一趟不放心。"

　　刘海蓝这才知道在覃微微的名下还有林木公司，目前主要从越南进口景观树和一些花草。自从 2013 年东兴口岸被批准作为进境种苗（景观树）指定口岸，城港市的景观树产业化快速发展。覃微微信心满满，说他的林木苗圃，会成为华南地区景观树进口繁育和交易集散地，由他们公司提供苗木的海滨森林公园会打造成海洋园林景观带。刘海蓝笑着问："政府在这一块投入很大，你的林木公司不做点公益表示一下？""何止是表示一下，我们表示好几下了，你今天看到的这几株沉香、罗汉松全是我们公司赞助给海滨森林公园的，不在预算之内，后面还有一批金花茶和兰花陆续作为我们公司的礼物入驻公园。""哇，真是大手笔，那这个项目你们还能赚到钱吗？""我又不是没有经济头脑，海滨公园这一块我们不赚钱，但这里会成为我们公司的一个展示窗口，大广告呢，我们的生意会越做越大的，时间问题而已。"刘海蓝点点头："是很有经济头脑，不过，还是非常感激你和你父亲的支持，谢谢你们。"覃微微有些促狭地笑了："如果你同意我的一个请求，我再捐三十棵有五年龄的秋枫树。""同意。""问都不问就同意，你就不怕我给你出难题？""你这个大善人，能有什么出格的请求？我受得住。""行，那我得好好考虑给你出一个什么难题了。"

到下午稍晚的时间，运来的罗汉松和沉香都种植妥当了，覃微微邀请刘海蓝到他的林木苗圃去看看，刘海蓝欣然前往。林木苗圃离市区有一个多小时的路程，占地面积还真不小，算得上是个小公园了。这个林木苗圃还跟别的林木苗圃不一样，在苗圃里头做了景观格局设计，有小桥流水假山，各处配上不同的花木。刘海蓝说："这肯定是你自己设计的，有日系风格。""是的，我当时在日本艺术系上学的时候，选修了一个老师的景观设计课，我特别喜欢做景观小品，包括这些步道，我也喜欢选择日系的风格，不固化，用沙石来铺。""我如果是你，就把画室搬到这里来，累了就出来看看花草，多好啊。""你的提议很好，我考虑一下。"

覃微微带刘海蓝去看他的金花茶园，覃微微说城港号称金花茶之都，他这个小园子把全广西能找到的金花茶品种都引进了，现在还处于试验阶段，想将金花茶大面积种植，又想保住它的药用价值，在不断地进行亲本和杂交的试验。金花茶属于国家一级保护植物，刘海蓝心里盘算着在城港市是应该有个金花茶公园才对，看来将来这个光荣的建设任务得交由覃微微来完成。刚才他说要捐献三十棵秋枫树，有交换条件的，到现在仍没有说出来，刘海蓝也猜不出来。离开时，覃微微送了一盆兰花给刘海蓝，说这款兰花看起来不起眼，他到现在也查不出叫什么兰，把照片发给专家鉴定还没给出结论，花朵带有柠檬和薄荷的香气，最适合放在窗台上，到了晚间香味会越来越浓。刘海蓝接过那盆兰花，忍不住打趣："花我收了，我会好好护理，争取过两年还能分盆，没准专家鉴定出是什么稀世兰花，我就大发了。""那你最好早点给我分一盆，这么大的苗圃，这是独一无二的。"刘海蓝听了赶紧把花盆推回来说："只有这么一株啊，那我可不敢拿，还是等你分盆了再给我吧。""已经送了，哪里有收回来的道理，送给你的礼物必须是独一无二的。"覃微微说这话的时候眼睛是直视刘海蓝的，刘海蓝仿佛看到一只飞鸟的影子，这只飞鸟的影子让她心里一阵发慌，她赶忙把头偏过一旁，花也不再推托了。

刘海蓝看时间不早，就说要走。覃微微让司机送她，自己并没有跟上车。坐在轮椅上，俊逸的覃微微在优美园林的衬托下，像一位王子，只不过是位折翼的王子。刘海蓝想，如果他能站起来，走在这园林里，那该是一幅多么美好的图景呢。车子开动了，他朝她挥挥手，她看到他眼中的飞鸟还在。

一条短信息发到她的手机上："三十棵秋枫半个月后会送过去。""你的交换条件是？""做我的模特，我要好好给你画一幅画，弹奏旦匏的。"

半个月后，三十棵五年龄的秋枫入驻海滨森林公园，刘海蓝一一过目并签收，还象征性地给每棵树都培了土。刘海蓝说："这条百米长的步道，有了这三十棵秋枫，以后不知道会有多少浪漫故事要在这儿上演呢！""可不，我做的就是成人之美的好事，以后那些情侣们得感谢我。""要不我去申请一下，这条路前边挂个牌，叫微微秋枫路？还挺好听的。"覃微微摆摆手："不敢当，要叫也只能叫海蓝路，这是你跟我换来的。"

这笔交易刘海蓝认为不过是个形式而已，当个模特就换来三十棵秋枫，覃微微跟她做的是大大亏本的生意。接下来的一个周末，刘海蓝如约前往覃微微的画室，一身行头照着在蔚蓝广场演出时的样子打扮，道具龙女旦匏抱在怀里。刘海蓝坐在画室里是不自在的，就像摆拍一样，她干脆就当在这里练琴，把琴铺放好，静下心，一曲曲弹下去，累了就歇一会儿。覃微微对这种方式赞不绝口，说自己虽然手上忙着，但耳朵享福了。

覃微微没有占用刘海蓝太多时间，不到两个小时，整个基本草底就出来了。覃微微把画笔一扔说："后期我再加工一下就好，你解放了。"刘海蓝凑过去看那幅画，她觉得覃微微把她美化了，她不认为她有这么好看。"如果我想要这幅画，你会送吗？""不会。""还真敢回绝啊！我就奇怪了，你不是经常去广场上看我演出吗，看了这么多回，凭记忆应该也能作画的呀。"覃微微说："那种环境乱糟糟的，我记忆都跟着乱糟糟的。"好像也能说得通，刘海蓝没有再深究，完成任务她就要走了，今天跟苏广玉还要去看房子的，苏广玉的爸妈动了过来定居的心思，苏广玉想给二老买套房。

刘海蓝接到苏广玉的电话后告辞离开，她不让覃微微送，说他行动不便就不用送她下楼了，这句不经意说出来的话很重地打在覃微微的心上。他没有坚持送她，只将轮椅靠近窗外，看着刘海蓝跑过马路，上了一辆车子。尽管不知道那是谁的车子，但覃微微知道刘海蓝不是一个人，这么优秀的女孩子肯定早早被男生追走了。刚才，刘海蓝问他看过这么多次演出，为什么还需要她来这里做模特，他的回答不是真心话，他真心所想是：只有这个时候，你才会真正属于我。

刘海蓝抱着琴上车，苏广玉看她一眼，脸上化了妆，还穿着演出服，他心里泛上一阵酸："做模特换三十棵秋枫？这是什么奇怪交易。"刘海蓝来这儿给覃微微做模特的事没有瞒他，作为男人，他敏感地捕捉到覃微微的隐秘心理，根本就是想通过这种方式接近海蓝！他想说破，但忍住了。他不忍打击刘海蓝的积极性，刘海蓝说三十棵五年龄的秋枫，种满一条百米长的步道呢。还说，以后他们每个周末都可以骑车到那儿去，多拍几张照片发朋友圈。苏广玉淡淡回应："这送秋枫的内情你自己知道就行，可不能往外说，人家当你炫耀呢，明面上你一定得说树是覃微微自愿捐的。""你小看我，也小看覃微微了，他这人孩子气重，就喜欢搞这种噱头，其实即使我不答应他，他也是会捐的，沙厂的事他一直有愧疚。"苏广玉听了更不舒服，刘海蓝好像挺了解覃微微的，能把他的醋劲稍稍压制住的唯有一条，覃微微是个残疾人，他想海蓝怎么也不至于对覃微微产生爱意，最多就是同情。

　　他们首先到的小区在东城区，小高层，最高只有十一层，大户型，以四房、五房和楼中楼为主。小区环境不错，房源所剩无几。因为明年就要交房了，等于是准现房，如果不是大户型，早就抢光了。苏广玉看中的是一个复式的结构，上下两层五房四卫。刘海蓝对房子本身没什么意见，她是觉得没有必要买这么大一套房子，两个老人住起来打扫卫生不容易。苏广玉说："爸妈这几年身体还好，自己住没问题，可以后我们都要和他们住一块儿的，方便照顾，我的目标是三代同堂呢。"刘海蓝从来没有考虑过这个问题，她一直听苏广玉说是替父母买房，脑子里转的就是小两居，老人够住，做卫生也方便，其他没多想。苏广玉这么一说她一下子不知道怎么应对了。她如果支持就是支持苏广玉三代同堂的计划，她相信，接下来，苏家爸妈的催婚马上就要来了，这到底是苏家爸妈要住的房子还是要买婚房啊？如果她反对，更加不合适，一不是她出钱，二不是她父母，怎么由她来反对呢？

　　苏广玉看刘海蓝好像打不起精神，以为她是看不上这一处，没再耽搁，带她前往下一处。这套是精装修的现房，可归于南城区，苏广玉看中同一层挨着门的两套房，说是既可以跟父母分开住，又挨在一块儿，可以相互照应。到晚饭时间，两人一共看了四套房。刘海蓝应付式地看，都说好。苏广玉兴致挺高，拉着刘海蓝去吃海鲜火锅。热气腾腾的火锅上来，苏广玉点了一瓶红酒，刘海蓝说开车过来的喝什么酒，苏广玉说高兴就喝点，大不了叫代驾。苏广玉给刘海蓝碗里夹得满满的虾和蟹，他说在海边住久了，隔几天没吃海鲜就受不了。刘海蓝的感受可不是这样，她想起小时候他们特别反感吃鱼虾，反倒是家里做上一顿红烧肉、炖猪脚才觉得是人间美味。现在长大了，不挑食，什么都可以吃，但如果在她的面前同时有一盘红烧肉和一盘虾，她的筷子会伸向红烧肉。她不敢保证海边长大的孩子都如她一样，但她知道至少武乘风会和她一样。她从没想过告诉苏广玉这些，有时她真觉得他们两个人的心就隔了那么一层。

苏广玉的公司最近有一款新产品拿到了生产批号，这是努力了将近两年的成果，他当然高兴。这份高兴让他喝酒的速度加快了，他不是能喝的人，红酒也能上头。他说："海蓝，今天看的这些房，我觉得翡翠冷小区条件最好，你觉得怎样？""是不错。""要不就定下来吧？""这一套复式拿下来得花不少钱吧？""不缺这点钱，再说了，如果你出马，房子可以省一大笔钱呢。""我出马？我又不认识开发商。""开发商不用你认识，你在这个位置上他们会认识你的。"刘海蓝脸一下沉下来。"苏广玉，你是喝多了吧？想让我找人打折的事想也别想。""现在有关系的谁不用啊，你别这么严肃好不好？房子又不是你买的，你怕什么？"刘海蓝扔下筷条，拿起包起身就走。苏广玉一块鱼刚放入口中，等咽下去能出声喊刘海蓝，人早走出门去了。他赶紧追出去，实在不知道她哪来这么大的火，让打个折不至于这样。他脑子一直在转，回溯刚才说的话里头是不是有问题，看刘海蓝挥手招的士，情急之下冒出一句："你放心，房产证上会写我俩的名字。"

这句在酒精作用下蹿出来的话彻底将刘海蓝激怒了，她心头火烧得旺旺的，一点不停留，上的士直接回了宿舍。在车上，她还习惯用平常的工作方式让自己反省是不是火发得有点过头，本来说好的，晚上好好给苏广玉庆祝庆祝，一下就翻脸了。她再反省仍然觉得自己翻脸是有理的，苏广玉太不体谅她的处境，她现在管理这么大一个工程，心力交瘁，只求不出差错，他那里倒好，变相逼婚不说，还有让她利用职务谋取私利的心思，根本不尊重她的工作，最可气的，他竟还以为她在乎这样一份房产。

刘海蓝回到宿舍没多会儿，苏广玉叫了代驾过来，她出门拿回自己的龙女琴，挡着不让苏广玉进屋。苏广玉在门外说了一筐好话，最后把自己说得气哄哄走了。后来的几天，苏广玉的电话刘海蓝不接、信息不回，苏广玉也是有脾气的，觉得刘海蓝小题大做，两人进入冷战。刘海蓝发现冷战挺好，她的心情没有受太大影响，还好像有点作秀的味道，最大的好处是不用谈婚论嫁了。

第十三章

武艳明和韦高林之间的窗户纸捅破，那上来的速度绝对就是高速公路上才有的速度，快速领证，快速搬到一块儿住了。

　　在湾尾村人看来，保安韦高林命水不错，艳福不浅，有关他是高手的传说又沸扬了一阵。很快，韦高林换工作了，调到城港海洋局下属的巡查支队。这当然是面上给出的说法，让韦高林能顺利离开湾尾回到城港。不知情的自然又说韦保安有前途，一身的本事总算被赏识了。

　　武艳明不赞成这个调动，她觉得韦高林在湾尾旅游区做保安挺好的，离家近，一日三餐都能回家吃，去城港上班就不一样了，周末才能回来，有时候周末还回不来。韦高林当时说服武艳明是把重点放在城港市海洋局上，说这个单位神气牛掰，比做保安至少强十倍。两三个月下来武艳明就不满意了，闹着让韦高林回湾尾上班，韦高林说换来换去没那么容易，搞不好饭碗就丢了。武艳明客栈生意做得红火，根本不把韦高林那四千来块工资看在眼里。她说："家里的生意正缺一个壮劳力，你最合适了，要是你的申请通不过，干脆辞职，我们开夫妻店。""家里不是还有爸妈和玉静姨帮忙吗？阿瑶也不错啊，我看比刚来的时候好多了。""哟，你还挺会推事儿的，我们家客栈生意这么火，以后会更火，爸妈年纪大了，别老想指望他们。像阿瑶那样的笨孩子，阿妈请来就是照顾亲戚，给口饭吃，指望不了。""要不，再雇一两个小工，钱是赚不完的，能做多少做多少。""实话跟你说吧，我打算要孩子，如果我怀上了，这店里的重担你指望让谁来扛？除了你，没别的人选。"这下韦高林可真没话说了，他内心一阵激动，一向说不喜欢孩子的武艳明都要为他生孩子了，他还有什么不知足的。

不单武艳明劝韦高林，连武双力、武黄氏都齐上阵劝韦高林，在他们眼里，韦高林就是个上门女婿，既然是上门女婿，当然是"住家"最好。武双力说："高林，在我眼里女儿和儿子没什么差别，现在我们这个家全由艳明主持大局，乘风在外头做事，回湾尾等于是做客，他也不图这份家业，你娶了艳明，将来就是一家之主，这家客栈肯定是由你们夫妻共同担起来。"武黄氏说："对啊，你就跟乘风一样，我们当儿子看，你想办法调回来，一家人待一块儿不好吗？"

这种老婆孩子热炕头的日子韦高林不是不想，他非常非常想，他只是放不下身后走过来的十来年岁月。

他永远忘不了他参加执行的第一次任务。那次大家都以为是一个非常小的行动，所以派他们几个新手上场。他与同一批进入缉私队的李化最要好，两人分在一个小组。缉私队接到线报，会有几辆载着洋酒洋烟的小卡车从虎岭入境，他们分别设卡拦截。他们对前面几辆进入的车辆没有马上扣押，以防后面要进入的车辆察觉逃逸。行动顺利，在头几辆小卡车顺利过关后，后面的卡车陆续进入他们的监视范围。他们没预料到的是，有一辆看起来正常载人的面包车也载有部分走私货，面包车司机身带武器，当看到同伴的车子在山道上被截之后，以为自己也被发现，惊慌之下开枪射击。在司机射出的那几枪里，有一枪正正打在李化的胸口上，血飞溅到站在李化身边的韦高林的脸上。韦高林那一瞬间惊呆了，他连躲都忘记了，李化倒下前拼命推了他一把，让他躲过后头射出来的子弹。原来肉身被子弹穿透就这么简单，一条鲜活的生命扑倒在尘土里就几秒时间，韦高林的耳边一直响着李化最后跟他说的话，他用了很长时间才能相信李化已经走了。

那名司机很快打光子弹，被其他缉私警察拿下，经审问才知道司机有吸毒史，这次是头回运走私物品过境，自己还夹带了一些毒品。

现实给韦高林上了残酷又刻骨铭心的一课：作为一名缉私警察，在执行任务时，时时刻刻都要绷紧神经，要把周遭风吹草动一呼一吸听入耳里，要把走卒贩夫男女老少都看在眼里，自己却要化为凡夫不落痕迹。他们的工作没有万一，不谈失败，万一和失败都是死亡的同义词。在这一行干了十几年，他没有什么显赫的成绩，唯一一次集体二等功是配合缉毒警察缴获了一批毒品，缉毒警察的队伍里有两名战友牺牲了。他在简历上从来不提那次成绩，他觉得自己不配，别人是用命换来的荣誉，他太幸运。

如果要让韦高林离开缉私队伍，他真割舍不下。现在他是队里的老人，开始带新人了。队长跟他说："干我们这一行，经验最重要，你多带带新人。"他不好为人师，他只是希望有一些场合，他能挡在那些年轻人的前头，他担心经验不足的他们，会遭遇如他当年第一次执行任务碰到的突发事件。如果他在，他会像当年的李化一样，就算死，也要让别人活下来。但让他放下这些回来做一个客栈老板，他的经验全浪费了，这是用一天天日子熬出来的经验呢，就像做鲶汁，经过一道道工序熬到最后才得到的最纯正的味道。

周末，韦高林回到湾尾村开始变得忐忑不安，他害怕武家人再跟他提换工作的事，他觉得没准有一天他就扛不住答应了。温暖的地方，总会让一个人软下来的。

韦高林度过一个不眠之夜，天还没亮就起床出门去了，他往风吹来的方向走，天色依然灰暗。一个人推着小板车从远处走来，又遇上收捡垃圾的天阔大叔了。刘天阔披着一件蓝色的棉布衣，脚上一如既往蹬着一双塑料凉鞋。"天阔大叔，早啊。""高林，你不是调海洋局去了吗？""是的，周末都回来的。""你喜欢看电视不？"两人走近了，刘天阔突然来这么一句。"不经常看，有好看的也会追着看。""你应该喜欢看《潜伏》《暗算》这一类的片子吧？"听到这一句，韦高林觉得应该和天阔大叔好好聊几句了。他现在总算明白像岳父大人那样脾气暴躁、死倔的一个老头，为什么对刘天阔毕恭毕敬、言听计从，为什么村里人都把刘天阔的地位看得比村支书还要高。这位老人，竟然是第一个发现他身份的人。

他想和老人家谈谈心，毕竟，刘金沙是他送进牢里去的，村里一共十一个人走私都是他查出来的。

"大叔，来，抽根烟。"刘天阔放下板车接过烟，选了一处有几块干净石头的地方坐下。韦高林先给刘天阔把烟点上，自己也衔上一支。"大叔，我对不起你老人家，对不起湾尾村。""说这话，是要讨骂了，我是六十多了，可还不糊涂。我捡垃圾是为了让咱们这片海干干净净，你这小子，不是湾尾村人，但也过来帮湾尾村打扫卫生，我得跟你说声谢谢。""你是怎么看出来的？""你没出海捕过鱼吧，有时候在近海能捕到深海里的鱼，你会怎么想？"韦高林确实没有出海捕过鱼，他真不知道在近海捕到深海鱼会怎么想，那应该就是一条深海的鱼不小心游到近海来了呗，但这个答案太可笑了，他说不出口。刘天阔吸完一支烟，起身推起小板车说："对我侄女好点。""大叔，我老丈人他们成天劝我回来当客栈老板呢。"刘天阔哈哈大笑，朝他挥挥手说："当客栈老板那真是委屈死你了。"刘天阔走了，韦高林待原地又抽了一根烟，他还在想刚才天阔大叔说的那个问题，近海捕到深海鱼也不是没有，有时台风过来，就能把深海鱼带到近海来。

又一个周末到来，韦高林回到家中，客栈多了两个小姑娘，武艳明说是父亲亲自招来的服务员。韦高林心想，招了人这是不是表明他就可以不用回来当老板了？但他不敢问。晚上，听武艳明唠叨："阿爸说，男人有男人的天地，你做了上门女婿，再把你困在客栈，你会很没有面子的，不让我把你往回弄了。"韦高林心想，这肯定是刘天阔出面跟他岳父说的，否则武家人哪能这么快就转个大弯。"爸真是体贴，我得赶紧给他生个外孙来孝敬他。"韦高林把武艳明搂在怀里，他觉得他只有以身报恩了。

武艳明检查出怀孕了，抱怨每天只想睡觉，腰痛、腿酸，全身汗不停。韦高林从武艳明抱怨的话语里觉察出一个孕妇的抑郁。武艳明这年纪已经接近高龄孕妇，初孕安胎是关键，韦高林四十岁才有这么一个孩子，心中期待，他请了一个月的假回湾尾陪伴妻子。

韦高林在家里闲不住，早上加入天阔大叔拾垃圾的队伍，和阮敬平还有岳父大人几个经常拾完垃圾，碰头吸根烟，聊聊天。天阔大叔没少在他岳父大人跟前夸他有大将风度,夸得他很不好意思。出于职业习惯,韦高林每晚睡前会在村里转上一圈,顺便把烟吸足了,回到家里就不能吸了。武艳明在客栈墙上都贴上了"禁止吸烟"的启事,闻到他身上的烟味都要唠叨几句。

韦高林转到村东,喉咙发痒,咳嗽一声,眼睛余光看到一个人影闪到一棵树背后去了。明显的,这人刚才是没看到韦高林,听到动静才闪的。这时间如果没做什么见不得人的事躲什么?韦高林没有停下脚步继续往前走,又咳嗽了两声。等他转过前头张家的院墙后,马上蹲下来,偷偷往回摸。果然让他看到一个人影,蹑手蹑脚蹿进武家大伯的院子。韦高林尾随着,他跟武艳明来过大伯家几次,地形是熟悉的。这人却也不见进屋,站在檐下吹了几声口哨,不多时,一个人从屋里出来,顺手把门关上,不是刘玉静又是谁?

韦高林突然想起武家大伯和自家岳父这两兄弟今天去乌头村的亲戚家吃生日宴,看望他们武家目前年纪最长的一位老人,据说都九十来岁了,要玩上两日才回呢。"你怎么摸上家来了?"刘玉静的声音带着愤怒。男人说:"我今天一直在这转,看到你男人出门了,这么晚了应该是不回来了,你不请我到屋里坐坐?"听这男人的口音,像北海一带的。刘玉静说:"我跟你说了,我没钱。""当年你从山东带了五十万过

来，怎么可能没钱，我不多要你的，给我五万就走。""我没
钱！""别给脸不要脸，那我只能等你老公回来跟他说，你在
山东还有一个老公，我也会跟你山东的老公说，你在这里又找
了一个老公。""你当年怎么没死？想不想再死一回？"刘玉
静冲上去掐这男人，这男人两下把她手抓住，一脚踹开门，把
刘玉静往屋里拖。"你想喊，尽管喊，我可不怕有人来听。"
刘玉静踢蹬着，却自始至终不发一声被男人拖进屋里。

　　韦高林看到这自是不能等下去了，那男人刚想把门关上，
韦高林已经冲进来，一抬脚把男人踢翻在地。这男人身体确实
不错，好像也练过几招，迅速爬起来扑向韦高林。韦高林把对
方手扣住，再给他一摔，屋里发出好大声响，男的是暂时爬不
起来了。韦高林掏出随身带的证件，在对方眼前晃了晃："我
是警察，负责这一带治安的，你私闯民宅是违法的懂不懂？"
男人说："对不起，警察大哥，我马上走。""先把事情讲清楚，
想来就来想走就走？"

　　男人看着刘玉静，一副欲言又止的样子。刘玉静从刚才被
揪进屋，慌乱过后已经平静下来，她不看任何人，坐到凳子上
只盯着自己的脚。"高林，要不，你把他放了吧。""静姨，
过了今天还有明天，事情不解决是过不去的。"刘玉静全身颤
抖，十几年前那不堪回首的一幕幕又浮现在她的眼前，她躲避
了这么多年，可今晚也许是躲不过去了。"好吧，高林，我来

说。我是山东人，二十岁那年就嫁人了，嫁的男人是做生意的，喜欢赌博也喜欢打人，我身上的肋骨被打断过两条，门牙也被打掉了。后来我遇到了在我们当地卖海货的他，"刘玉静手指向地上那个男人，"他叫陈东升，他答应带我回广西好好过日子，我就把我妈留给我的房子卖了，带了五十万和他一块儿来到广西。没想到他有老婆孩子，还想吞掉我的钱。当时，我心灰意冷，假装同意，约他出海想同归于尽。可惜，他没死，我也没死成。不知道他怎么打听到我在湾尾，昨天到海边人家客栈找我，我没理他，今天就找到这里来了。"

韦高林点点头对躺在地上的男人说："陈东升，她说的是不是事实呢？"陈东升说："我可没有贪她的钱财，我们还是有感情的。""你是怎么知道她在这里的？""海边人家客栈在我们这一带很有名的，我在网上看到沈静在客栈里干活的照片了。"说到这里刘玉静和韦高林都明白了，海边人家客栈为了生意，武艳明没事就拍照放到网上去，也不知道是哪几张照片把刘玉静拍进去了。

"把你的身份证给我看一下。"陈东升不情不愿地掏出钱包，把身份证递给韦高林。韦高林掏出手机把身份证拍下来。"以后沈静有什么事，我会通知当地派出所找到你的，你来这里，你老婆知不知道？还想靠恐吓人吃软饭？这是要坐牢的知道吗？""大哥，我来只是想吓唬吓唬她，我保证什么都不会说的，山东我十几年都没去过了，也不可能再去，现在她跟谁过，我祝福她。"

"陈东升，你跟我保证没有用，我也不想听，今天你想离开这里，得写一个说明书，说明你曾经上门来找过沈静，向她勒索过五万块钱的事，写完签名，我就让你走。"陈东升哭丧着脸说："大哥，我写了，你不会拿去告我，让我坐牢吧？""你做过写不写都会坐牢的，这事主要还得看沈静想不想告你。""沈静，求你了，饶我这一回吧。"陈东升转向刘玉静拼命作揖。刘玉静脸别一边不出声。韦高林说："别废话，先写了再说。"陈东升不情不愿地写了一份说明书，韦高林检查后说："你现在可以走了。"陈东升看一眼沈静说："沈静求你了，我不会再来了。""快滚，再不走我就带你走了。"陈东升一听，蹿出门去。

韦高林把说明书递给刘玉静说："静姨，我保证这家伙以后不敢再来诈你了。你安心和大伯过日子，这事我不会和任何人说的。"刘玉静说："谢谢你，难怪我们家艳明会看上你，你真像一个警察。"这话让韦高林哑然失笑，他本来就是警察呀，他交代刘玉静几句就告辞出门了。

刘玉静拿着那份说明书想了一晚上，她可不想靠这张纸过日子。

两天后武双田走亲戚回来了，兴奋地跟她讲这两天碰到的人，喝过的酒。刘玉静安安静静地听着，武双田比她大一轮，他们在一起这些年，他从来都是宠着她、让着她，对她过去的事是从来不问一句。经过几番思考的刘玉静下了决心，她今晚要跟他坦白了。"大哥，我老家在山东，我结过婚，我想回老家把婚离了，你能跟我跑一趟吗？"武双田认真打量了一会儿刘玉静，女人的脸有一种沉静的光芒，她在他的眼里从来都是安静如玉的。虽然刘玉静的话来得突然，但他能看到一份修成正果的决心，这样的结果是他乐意看到的。"去，当然要陪你去。"

两人一个星期后动身，差不多一个月后回来了。刘玉静还是回到客栈帮忙，做的面食总是得到客人的赞扬。看刘玉静脸上洋溢的欢快，韦高林猜想一切圆满，果然，刘玉静给他送了一条烟。"高林，再给你看件东西。"刘玉静给的是一张离婚证。韦高林说："好，真好。""谢谢你。""一家人，不客气。"

没过多久，武家大伯办了一场宴席，宣布他和刘玉静正式领证了。武艳明说："你说过了十几年，为啥我大伯突然领证了？""领证了就是正式夫妻了，多好。""反正在我心里，刘玉静早就是大伯娘了。"

第十四章

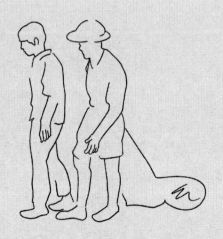

苏阿奶九十岁生日来临。刘苏氏的生日已经不仅仅是刘家的节日，作为湾尾村中德高望重的高寿老人，这一天属于全村人庆祝的节日。四乡八里的亲戚也在那一天赶来给老人祝寿。

苏广玉和刘海蓝冷战持续了一段时间，苏广玉一直是主动联系刘海蓝的，刘海蓝这方表现得不冷不热，除了电话里说上几句话，基本不碰面。这倒不是她故意不给苏广玉好脸色，主要是工作忙，工作之外的业余时间除了参加蔚蓝广场的演出，还和大家一块儿为新防风堤兴建的事情在做计划。她私下觉得不谈恋爱可以空出好多时间做事，所以就和苏广玉这么淡着。不过阿奶生日临近，刘海蓝知道如果生日那天苏广玉不出现，阿奶肯定会多想，又要担心她了，但让她张口提醒苏广玉阿奶的生日，她又放不下架子，毕竟端了这么一段时间。她没想到苏广玉早知道阿奶的生日。

苏广玉前个星期自己开车到南宁谈业务，结束后特地到关押刘金沙的监狱去探视刘金沙。他不是直系亲戚，费了一番周折才见着人。刘金沙在走私案中是个小角色，只参加了两次销赃行动，判了十个月。刘天阔是禁止家里人探望刘金沙的，刘海蓝在这事上不敢违逆父亲，怕更惹父亲伤心。苏广玉听刘海蓝说起哥哥，语气里既有担忧也有气，他早就想替刘家来看看刘金沙。

刘金沙见到苏广玉吃了一惊，马上问起妹妹，苏广玉说自己代表刘海蓝，刘金沙脸上悻悻。"我知道，我爸肯定不让家里人来看我，他肯定恨死我了。""没有爱就没有恨了，你是刘家长子，大伯的期望啊。""哎，说什么也没用了，我只能出去才能给他老人家磕头认错了。""我们都等着你，大伯也等着你，借着这个时间你好好想想，以后做什么。"刘金沙点了点头。刘金沙后来跟苏广玉说最遗憾的事情是不能为阿奶祝寿了，让苏广玉无论如何去给刘家撑门面。

苏广玉非常乐意担起这份责任，刘家女婿的责任。苏广玉在人情世故方面有不一般的领悟力，这是他的经历给他的财富，他知道阿奶大寿是一件大事，寿宴不由他来考虑，他会在别的方面让刘家风光。他特地让公司赶制了一批保健品礼包，包括血压计等小器械，除了阿奶有一个最大的礼包，村里上七十岁的老人都可以拿到礼包。那些礼包上赠送人的名字写的是刘金沙和刘海蓝。

苏广玉没打算拿这些去跟刘海蓝讨功劳，他知道刘海蓝与奶奶的感情，他真心希望他能在这份感情里付出。他比刘海蓝大了十岁，这十岁让他经常提醒自己，凡事包容，即便有些事情上他认为刘海蓝太死板，太守规矩，但这不是错误，这更应该是他包容的范畴，毕竟这种品质越来越不被人珍惜了。他们如果因为这个闹别扭分手，那真是笑话。苏广玉笃定刘海蓝一定会告诉他阿奶生日的事，只不过要等到哪天以一个什么方式告诉他就不知道了。他决定还是把这个难题揽到自己身上，理由同上。苏广玉还要想一个特别充分合理的理由，能让刘海蓝和自己之间那层隔膜捅破，和好如初。骑自行车不新鲜，吃饭更老套了。苏广玉还没想出高招，刘海蓝来电话说黎梅那里留的两套红木沙发加工出来了，问他要不要去看看，如果决定要就赶紧定下，好多人等着呢。苏广玉听刘海蓝说过这事，赶紧应下。

黎梅给刘海蓝打电话说沙发的事，刘海蓝庆幸她得了一个特别好的理由跟苏广玉联系。她先到黎梅的厂子，看那两套沙发确实做工精细，大气高档。黎梅还说最后两道工序没有做，得再打磨一遍，再上一次油。苏广玉晚半个小时进门，看了沙发也很满意，给上海的朋友拍了照片发过去，对方马上回复多多益善，把订金都转过来了。苏广玉说："我朋友说，有多少要多少。"刘海蓝把话头截住说："先拿这两套吧，黎梅姐是照顾朋友才特地留下来的，卖给别人能赚得更多呢。"黎梅说："海蓝妹子说的是实话，我给的是朋友价，现在这些货都不够卖。""明白了，跟我不用客气，以后卖给别人多少价，就给我多少，不能让你亏了。""朋友还是要优惠的，就是得等等，先紧着一些客户。"黎梅是初次见苏广玉，对他的表现还算满意。刘海蓝说："苏广玉，你是不是要请黎梅姐吃个饭表示感谢？"苏广玉说："当然要请了，请黎女士赏脸。"黎梅高高兴兴答应下来。

黎梅说想吃川菜，苏广玉就找了一家川菜馆。席间黎梅真是把刘海蓝当自家妹子一样，她没有对苏广玉刨根问底，反倒是专门拿刘海蓝说事，说刘海蓝脾气倔，做事认死理，却又再单纯重情不过，让苏广玉多理解多包容。刘海蓝听得都有些吃惊，照理她和黎梅并没有深入的交往，几次见面都如蜻蜓点水，想不到黎梅能把自己看得这么明白，似乎比苏广玉都还了解自己，看来黎梅虽然豪爽但不代表没有见识，相反的，这是个见多识广、人情练达，有着一双慧眼的女子。

苏广玉听黎梅说的话，也有点心惊，因为他在刘海蓝那里并没有听到有关黎梅的太多信息，这个女人和刘海蓝的家里人显然是不一样的，不是殷切盼望，而是托付和交代。他频频点头，他喜欢海蓝有这样的朋友。

饭局结束，刘海蓝拉着黎梅的手落后几步。"黎梅姐，谢谢你，谢谢你这么帮我。""有什么好谢的，我说过，乘风的妹子就是我的妹子，我希望你一切都好。"看着刘海蓝他们离开，黎梅心中有一种羡慕，这是一对多么般配的情人啊。

她记得前次带黎道去看刘海蓝他们演出，意外地碰到武乘风。武乘风显然喝了一点酒，眼神迷离，嘴里吐着酒气。她说她是来看演出的。他指着台上正在演奏的刘海蓝说："来，好好看看，弹得多好！海蓝妹子就该像这样弹琴，和我一样搞建筑多累啊。她想做什么都做成了，我心里却有愧啊。"

　　黎梅一颗玲珑心，就那么几句话，她碰触到了一段往事，淡淡感伤，却呈现着美好的画面，就像那幅《少女骑鱼图》一样美好。谁不拥有一段美好的过去呢？而谁又能停留在原地不朝前走呢？她相信成全别人就是成全自己。

　　苏广玉和刘海蓝肩并肩走着，他拉起她的手，他们有一段时间没有这样亲密了。"海蓝，我今天跟黎梅学到东西了。""学到什么了？""爱一个人那个人就没有缺点。我太自负，一直没有学会好好爱一个人。""我也不好，黎梅说的毛病我都有，请你担待。"苏广玉把刘海蓝揽过来，轻轻地说："感谢你把这个机会给了我。"

　　阿奶九十岁寿辰那天，全村像过节一样，前来祝寿的人络绎不绝，从别村赶来的亲朋好友也不少。客人吃的是流水席，热闹一波又一波。苏广玉准备的礼包可出了大风头，拿到回礼的老人们都夸刘家周到有礼数，又夸阿奶子孙孝顺，有福气。阿奶身穿紫色裙装，脖子上戴一串珍珠项链，素净却不失雍容地向大家致谢。刘海蓝对苏广玉的用心给了奖励，她逮着一个无旁人的场合，抱着苏广玉的腰叫了一声哥哥。苏广玉的心麻酥酥的，这样的女人要温柔起来，真能席卷一切。

夜里，客人散后，阿奶拿着苏广玉特地为她准备的大礼包，呆呆看着，刘海蓝说要替她拆开，阿奶摇摇头。阿奶的手抚过礼包上头写的赠送人之名，刘海蓝看到哥哥刘金沙的名字，她知道阿奶是想哥哥了。"阿奶，大哥很快就出来了，你不用担心的。"阿奶的目光扫过苏广玉："你有心了，谢谢你的礼物，以后金沙出来，你们要好好扶助他。阿奶希望每个生日儿孙都齐全，个个在身边，人老了，就这么个愿望。"苏广玉拉起刘海蓝的手，站到阿奶跟前说："阿奶，你放心，大哥将来会好好的。"

刘金沙出狱是苏广玉去接的，刘海蓝到南宁开会，没空接哥哥。苏广玉把人接到直接送回湾尾村。刘金沙养得又白又胖，气色很好。苏广玉忍不住取笑两句："看来劳教所是个养人的地方呢，有没有想再多住半年？"苏广玉是医学博士，刘金沙摆不出大舅哥的架子，讪笑着说："不想再住了。"

他们回到家门口，覃云珠早听到消息，带着老二在门前玩耍，眼睛一直睃来睃去，看到刘金沙立马推一把孩子叫起来："阿青，赶快，你爸回来了。"孩子犹豫着向父亲小跑而去，刘金沙抱起刘木青，覃云珠跟在后头抹眼睛。突然，刘天阔执着一条两尺长的竹条，从门内出来，挡在门口。"阿青，去给你老太捶捶背。"刘金沙听得这一句，全身一抖，赶紧放下刘木青。刘木青跑进屋内，往老太的屋里去了。刘天阔大喝一声："跪下。"刘金沙双膝一软马上跪下，覃云珠站在男人身边，也跟着跪下了。"在这里想清楚，给老祖宗说清楚，否则就不要再进这个屋了。"

苏广玉站在一旁有些尴尬，但也不好劝。他早就听刘海蓝说过刘家有家法，刘金沙没少吃苦头。这次犯事老人家把刘金沙的面包车给卖了，还说以后人再往外跑，腿都给他打断。

刘金沙苦着脸，好像不知道说什么。刘天阔的棍子往他背后连续抽了十来鞭。刘金沙一边求饶，一边磕头赌咒发誓再不做违法乱纪的事，否则天打雷劈，死无葬身之地。苏广玉听这誓言不伦不类，有点滑稽，但刘天阔一脸冰冷，刘金沙又叫得凄惨，他还是被震撼到了。刘天阔望着远处，像是对在场的所有人说："你们都听好了，这个家容不得坑蒙拐骗、违法乱纪的人，无论是谁，犯了都要领家法。"苏广玉觉得这话也是说给自己听的，在这一刻刘天阔身上散发的是任你是谁，我都敢抽的气势。

阿奶拉着阿青出来了，阿奶的背有些佝了，脸色还带着光润的白，眼窝深陷，眼神差了些。她步出大门，走到孙子跟前，挥手在孙子的脑袋上拍了两巴掌。"进屋到公棚前面跪，跪到晚饭时间再起来。"刘金沙赶紧连滚带爬进到堂屋，跪在公棚前。

覃云珠跟着爬起来跟公公说："爸，我做饭去了。"苏广玉这才有机会跟刘天阔正经说上话。"叔叔，我给你带了点保健品，我公司自己的产品。"刘天阔微微点头，似乎还沉浸在刚才那个愤怒的情境中。"走，把东西放了，陪我出去走走。"

　　十二月的海边，穿着过膝的毛呢大衣，苏广玉仍然感到透骨的冷，特别是脸和脖子。早知道戴条围巾就好了，这一冻，鼻涕都出来。刘天阔穿了毛衣，但外衣是敞着的，脚上穿着一双胶鞋，裤子有点短，露了小半截腿。他好像一点儿也不觉得冷，相反的，全身有热气要往外放，要不就是怒气。他稍快苏广玉一步，在前头领路，好像是哪里风大就往哪里走。"你和海蓝处得还好吧？"刘天阔突然问了这么一句。苏广玉赶紧点头："我们很好啊。""海蓝是个好孩子，和她哥不一样，她哥耳根子软，人又懒，听人怂恿几句就跑歪了，海蓝从小就主意大，虽然不爱说话，但自己能给自己做主，不用我们操心。""是，海蓝是挺有主意的，现在单位的领导给她压了不少担子，她做事很认真。""广玉啊，海蓝有时候可能是倔了些，你多包容包容。她虽然不圆滑，但心正可以避免很多祸事不是？你有时可能都要听听她的意见。""叔叔，你放心，这个我懂的。"苏广玉心里有些犯疑，未来的老丈人说这些，难道是刘海蓝把他们前段时间闹别扭的事说了？他马上又否定了这想法，刘海蓝从来是报喜不报忧的性格，感情上的事更不可能和家里说。

"我这辈子只懂得打渔，只懂得海上的事，其他的没什么主张，海蓝只有金沙一个哥哥，金沙也只有海蓝一个妹妹，以后我们这老一辈不在了，他们就是相互的依靠了。金沙再不争气，为了他这个妹妹，就是赔上命也是可以的；海蓝再有出息，她也不会看不起她哥哥，为她哥哥，她的心也不会少操。我说这些，就是想告诉你，一家人都好，才是真的好。""叔叔，你放心，以后金沙大哥的事就包在我身上，我不会让他走弯路的。"

刘天阔找了个稍微避风的地方坐下，从这儿能够看到从码头上往村里走的人。他们没再说什么，纯粹看风景。武家大伯拿着一条钓竿，斜挎着一只竹篓蹒跚而行。刘天阔扯开嗓子喊："这天气，你还出去。""在屋里待久了，闲得慌，出去转转。"刘天阔过去掀开他的竹篓看："咦，怎么还让你钓到这么大一只，这不是在深海才有的嘛。""我也不知道呢，它怎么就跑来了。"刘天阔把竹篓拎起来说："金沙刚回来，这个我就拿回去蒸一盘了。""全给你，我也要来吃，金沙侄儿我好久没见了。"

晚上一家人吃得高高兴兴，刘天阔父子还频频碰杯，几个小时前发生的那一幕好像没有发生过一样。苏广玉也跟着喝了不少，他现在多少能感觉到这个家里氛围了，打断骨头连着筋，赏罚分明。武家大伯教训刘金沙比刘天阔还起劲，在骂过一通之后，说乘风也坐过两年牢，出来照样好汉一个，让刘金沙向武乘风学习。刘天阔也说："他能有乘风一半的心性，我就放心了。"刘金沙频频点头说他会跟武乘风多讨教的。

苏广玉觉得武乘风就是个外人，有他在这儿，轮不到武乘风上场，他是认认真真把刘金沙的事情放在心上了。他让刘金沙夫妇带他去看他们承包的海虾养殖场，那个养殖场面积不大，养殖的质量也不见得好。苏广玉问刘金沙有没有扩大养殖场的打算，刘金沙不好意思地笑笑，说他以前基本没管事，全是媳妇管，如果他专心来弄，再扩大几亩是没有问题的。苏广玉摇摇头说："要做就做大的，几亩不作数。"苏广玉新上马的项目，需要大量的生蚝，他计划让刘金沙养生蚝，这样养殖生产一条龙，刘金沙这里有事情做了。刘金沙听了苏广玉的计划却兴奋不起来，一会儿提出资金问题，一会儿提出人手问题。苏广玉说："这些都不是问题，你只管考虑各个环节把好关，养出优质的生蚝，其他的事情由我来解决。"刘金沙还有什么说的呢，一个劲儿地点头表决心。

等刘海蓝从南宁开完会返回湾尾，看到的是一家人和睦相处的画面。苏广玉在家里住了两日，都学会腌咸鸭蛋了，打开一坛咸蛋向她献宝。刘海蓝看一眼说："你有没有严格精确地计算盐分呢？""没用秤来称，跟阿姨学会了心算，用碗盛盐，好像这样做出来的咸蛋会更有灵魂呢。"刘海蓝忍不住笑了。

苏广玉看那一笑久别重逢，春暖花开，嘴凑到刘海蓝脸上亲了一口，海蓝转头四下看，只有阿奶一人在附近，正拿着一只碗举得高高地对着光看。刘海蓝伸手捏了一下苏广玉的胳膊，苏广玉趁势把姑娘的手抓住，他们手拉着手走向阿奶。

刘海蓝说："阿奶，你怎么拿只碗当宝贝一样，还照太阳呢？""我眼睛不好，难道你们眼睛也不好，没看出这只碗是古董？"这话倒真是震惊到刘海蓝了。"不会吧，这种花瓷碗小时候就看家里有，还不止一只。"苏广玉懂点行，看出这是一只青花瓷碗，但是哪个朝代的，是不是真品他就不知道了。"这只碗是你爷爷年轻时从海里打捞出来的，对着太阳光能看出有一条裂纹，我们就没用过，收着。以前有专家到我们家来，我拿出来让他们看过，有人说是明代的青花碗，说要不是有条裂纹能卖大价钱呢，我是不会卖的，所以就一直收着了。昨天我梦见你爷爷了，你说奇怪不，他就特地来跟我说这只碗有条裂纹，我这才想着拿出来看一看。奇怪了，这条裂纹我早知道，不用他说呀。""阿奶，你赶紧把宝贝收起来，就一个梦，别想太多了。"阿奶双手紧紧捧着碗说："你爷爷打啥哑谜呢。"刘海蓝知道奶奶肯定是想多了，老人家听说什么裂了碎了，心里就不舒服。她把阿奶搀回里屋，和阿奶一起把碗收好，再把阿奶搀到堂屋吃饭。

大嫂是主厨，大哥帮着大嫂做菜，整出一大桌香喷喷的菜品。

苏广玉也端出一锅甜糯米粥，说是刚知道大家都爱吃这道甜食，他特地在里头加了红枣、枸杞子、百合、莲子，保证吃起来更香甜。在他的大力推荐下，这道甜品成了大家品尝的第一道食品。阿奶率先夸赞："合我胃口，又软又甜。"众人齐齐附和，苏广玉望向刘海蓝："就差你的金口没开呢？""天啊，还非要我说好。""当然了，你说好，以后经常熬给你吃。""那你就熬吧。"

　　一家人就这么和和美美的，真好！没来由的，阿奶刚才说那青花瓷碗上有一道裂纹的话突然又在她耳边响起来，她赶紧驱散这个乱入的念头，一只有裂纹的碗又怎么了！

第十五章

刘金沙的生蚝场开始投放种苗。前一阵子请了七八个工人来插竹打水泥柱,验收合格后,苏广玉帮预订的蚝苗就发过来了。这个生蚝场原来苏广玉说由他全额投资,刘金沙听是好事满口答应,但刘天阔不同意,刘天阔说如果别人投资,刘金沙就是个打工的,打工的哪里还有什么责任心。按照计划这一片生蚝场有300多亩,投资数额不小,刘家拿不出这么一大笔钱,除非是贷款,但这些年家里就没有贷款的习惯,刘天阔是最反对贷款的,他的观点是,有多大的肚子拿多大的碗。这不行那不行,刘金沙挺郁闷的。苏广玉知道涉及刘家事,决定权牢牢地掌握在刘天阔手中,他就找刘海蓝帮忙,说明把生蚝场做大也是为自己的医药公司提供原材料,自己参与投资合情合理。刘海蓝听起来也是合情合理,就去跟父亲说明情况,刘天阔这才松口让苏广玉投资一半。

　　苏广玉投资生蚝养殖场不是盲目的。生蚝生长期是一年到一年半,他们公司以蚝为原料的保健产品再有一年的市场培育期,销量达到现在的两倍不成问题。他计划等这一片自家的生蚝长好,推出生蚝精华粉,产品升级,会有更好的销售前景。

原材料的供应必须事先做好计划，海边类似的养殖场不少，但为什么要让别人赚钱呢？苏广玉知道刘家最让人操心的就是刘金沙，他把刘金沙扶起来就是给刘家解决了大问题。

养殖场根据实际情况同时采用了几种养殖方式，这是苏广玉主张的，说任何一种养殖方式都有优劣，掺杂着使用，既可以互相弥补，也可以观察到底哪一种方法最适合。首推插竹养殖，就是将竹子插入海底，竹子长度控制在 1.5 米左右，直径在 10cm 以上，接触海泥的地方用绳子围绕起来进行加固，每 6 根竹子为一堆，整体为漏斗形状扣在海泥上，蚝就吸附在竹子上生长。另外一个方法是延绳养殖，材料为绳子与漂浮物，适合在比较开阔的海域使用。绳子两头需要固定在海底深处，中间用来养殖生蚝，宽度为 40～50 米，两边可根据所选地址的海深，一般每隔 2 米放入一根绳子并配上漂浮物，就成了蚝生长的附着点。另有小部分场地使用水泥柱养殖，水泥柱成本低、附着效果好，笨重不容易被海水冲动。水泥柱在放入海底前，需要先将它们放置在淤泥地一段时间，称之为养柱，能够为刚出生的生蚝提供很好的营养成分。

刘金沙跟随几个养蚝大户学习，学得很认真，蚝苗投放后成天猫在蚝场里，是下了决心要做出点成绩来。有苏广玉做技术顾问，刘金沙心里稳当，而且这蚝也不愁销路，照苏广玉的说法是"我全包了"。刘金沙每天巡视蚝场，早出晚归，充实得很，也有以前的雀友来撩拨他，他也偷偷跑出去玩过一两回。到了那桌上浑身不自在，看雀友们的脸泛着毫无生气的油光，屋子里烟味脚味臭气冲天，他不知不觉就想到坐牢的日子，好像和这场景有某些无法言说却令他胆战的相似性，他哪里还坐得住，哪里还敢去？如今他每天划一只小竹排在蚝场转悠，蚝场的水域散发的是一股子咸湿的腥臭味，这里头有生长的味道，有他等待收获的心情，腥臭味能让他愉悦，如沐春风。

弄这个养蚝场，刘天阔是把家底全掏出来了，刘海蓝怎么都是挂心的，不是担心投出去的钱收不回来，是担心大哥干不好，又伤了父亲的心。她分不出心关照蚝场，就反复交代苏广玉要多费心，带好大哥。苏广玉拍胸脯保证这本来就是自家的事，他隔三岔五往蚝场跑，在刘家吃饭的次数比刘海蓝还多。

苏广玉在刘家进进出出的，刘天阔经常一晃眼以为是自己儿子，再一想女婿可不就等于儿子，他知道自己是认这个女婿了，但女儿那里好像完全没有嫁人的意思。再怎么说海蓝27，不小了，他不好问，让刘黎氏去问女儿到底打算什么时候和苏广玉领证。刘海蓝知道家里迟早有这么一问，家里人天天与苏广玉打照面，肯定想让他们早点把事情定下来。刘海蓝让母亲不要操心，她自己的事自己能处理好，这两年想把精力多放在工作上，暂时没有结婚的计划。刘黎氏把刘海蓝的原话转给刘天阔，刘天阔心里的一点搁置马上清空了。"我这个姑娘有主见，我们得配合她。""你变得还挺快，我出门前还担心得很，我一回来就让我们配合了，我们怎么配合？""你不要见了苏广玉就一副丈母娘的样子，还是要当客人来对待，要注意保持距离，这样就算是以后女儿要抽身也不难堪。"刘黎氏说："老阔，你什么意思，抽什么身，难道你不看好他们两个？""我们看好有什么用，现在的年轻人早上和晚上的想法都不一样，我只有一个原则，尊重海蓝的意见。""我反正看苏广玉人不错，再拖下去拖丢了也不一定。""是你的甩都甩不脱。""行，就我着急当丈母娘，你不急，你当女儿奴。"刘黎氏碎叨叨的，刘天阔不还嘴，脸上是大家长包容的笑。

苏广玉的父母和刘海蓝的父母走的是两个截然不同的方向，他们认为苏广玉已经三十大几，耗不起了，何况还是个博士，公司的事业又蒸蒸日上，没有什么配不起刘海蓝的，可看着两个年轻人就是不谈结婚的事，问苏广玉只说不急。他们是看出来了，苏广玉不是不急，是刘海蓝不急。两个老人商量之后，觉得还是尽快搬到城港居住，他们住在城港就没有干不成的事。年轻时他们也是阔过的，是最先富起来的一拨人，虽说后来整破产了，只怪时运不济，他们如果用心来促成儿子的婚事，小菜一碟。

原先苏广玉想借父母买房顺便把跟刘海蓝的婚房一块儿买了，变相地向刘海蓝逼婚，在刘海蓝那里碰了好大一个钉子。

虽说引起不愉快的发端是他让刘海蓝找开发商打折，但他自己清楚，刘海蓝不是想嫁的状态，他能理解这种状态，他在这种状态里就待了好些年，如果不给刘海蓝时间，对刘海蓝是不公平的。但父母好像一刻也等不了，天天跟他唠叨要搬到城港住，他没再跟刘海蓝提找开发商打折的事，直接买了一套四房的大户型精装现房。他不打算跟父母同住，怕听唠叨，但预留出足够大的空间，如果以后结婚与老人们住在一起房子也够大。为了不让房子显得太空，他在其中一间房里给父亲装了一个乒乓球台。老人家爱打乒乓球，拿过省内业余界亚军，有这个室内乒乓球台高兴坏了，完全忽略了儿子没有搬来一起住的事实。

苏广玉没想到的是父母根本也没打算和他住一块儿，他们来到城港以后注意力全放在刘海蓝身上，仿佛不需要儿子他们也可以把媳妇娶回家一样。首先他们每天都打电话邀刘海蓝到家里吃饭，不是买了螃蟹，就是买了虾，要不就是炖了牛肉炖了鸡，刘海蓝的办公室离两位老人的新居就两站路的公车，不能说远，老人邀请多半都会去，因为老人经常还提一点小要求，"你给我们带一斤牛奶过来"，"过来帮我拔个火罐"，这些要求刘海蓝是没有办法拒绝的。

离刘海蓝单位一百多米有个新鲜牛奶的出售点，每天下午五点以后出摊，就两桶牛奶，卖完就走。刘海蓝单位的同事经常买，说牛奶的质量还不错，刘海蓝就给老人买过去，老人家喝了都说不错，托刘海蓝去家里吃饭就带牛奶过去。刘海蓝想牛奶对老人家的身体好，所以有时就算是有事，也会买了牛奶先到苏家去走一趟。苏家二老却很少让苏广玉到家里吃饭，摆明就是爱来不来的态度。有一次苏广玉去得稍晚，菜全吃光了，只剩得半碗汤，苏妈妈理直气壮地说："我们平时没准备你的饭，做多了不来，剩下的第二天谁愿意吃呀，能赶上就匀你一口，赶不上只能吃方便面了。"刘海蓝看苏广玉可怜，带他出去吃夜宵。苏广玉说："我怎么感觉你和我爸妈才是一家人呢？我哪里有半点像是亲生的。"这点刘海蓝不得不承认，她每天来，二老好吃好喝的全端上来，吃饭的时间聊的全是苏家亲戚的事。刘海蓝虽然退出了苏家的群，但在苏妈妈的密集型信息轰炸下，刘海蓝对苏家亲戚关系心中已经有了一个树形谱。这个树形谱上的半数人员都在苏妈妈的邀请下，有计划到城港旅游。按苏爸爸苏妈妈的原话就是"来了吃住全包"。

苏广玉后来又发觉父母还有把家里当作旅馆的打算，亲戚来了铁定是住在家里的，有一次同时来了两家人，家里住得有点紧张，苏广玉想在外头订宾馆，被苏爸爸坚决拦着，说这样会让亲戚觉得生分，苏爸爸毅然让苏广玉把乒乓球台运走，再腾出一间房来接待亲戚。苏广玉向刘海蓝大倒苦水，说他爸妈现在是膨胀到了极点，还不能提意见，一说就嚷着要去养老院，不拖累年轻人。刘海蓝倒觉得老人家有这份待客的心不错，总比一天到晚就两个老人面对面要好，而且老人家也不是不会想，像这些亲戚来，他们就没要求她去陪，还跟亲戚们解释说她工作忙。本来这样相处下去刘海蓝是没有什么压力的，可后来她慢慢发现这是一个温柔乡，苏妈妈把一间房子整理出来，专门给她用，天下雨好留下来过夜，聊天聊晚了留下来过夜，她渐渐适应了。有一天，苏妈妈说："海蓝啊，你和广玉什么时候要个孩子？趁我们老两口还年轻，能给你们看孩子，早点生，生完扔给我们，不耽误你们搞事业。"苏妈妈这一招真是别致，没问他们什么时候结婚，直接就跳到生孩子这一项，打她个措手不及，慌乱间只能应答："我们还没有这个计划。""哪能没有计划，赶紧一步一步落实。""好的。"

苏广玉对父母的套路是看得清清楚楚的，他懒得去掺和是怕刘海蓝说他是同谋，日后落下埋怨，所以，装聋作哑居多，偶尔还会说："两个老的闲得没事，你不用惯着他们。"刘海蓝说："你这么忙，我再不关照他们，他们在这儿又没什么熟人，该多孤单呀。"苏广玉心想，一个愿打一个愿挨，皆大欢喜，他当然希望父母能套路成功。

刘海蓝接到覃微微的邀请，在他的画室搞周末沙龙，邀请以前给防风堤作画的那群画家聚一聚。刘海蓝欣然前往，到了那儿才发现，只有她一个到了。她以为只有她一个准时赴约，其实是覃微微邀请她的时间比别人早了一个小时。

覃微微没有坐在轮椅上，只撑了一支腋拐，他的腿好像恢复了一定的活动能力，倚着那支拐杖能在屋里缓慢活动了，只是每走一步都得花不小的力气。刘海蓝问覃微微是不是一直在接受康复治疗，覃微微苦笑着点点头说："是的，很辛苦，支撑下来的信念就是早一天能把拐杖扔了，和正常人一样走路。""我看用不了多长时间，你下决心要做的肯定能做到，到那个时候我们一块儿到秋枫步道去散步，拍美美的照片。"覃微微笑了说："你还记得这事。""当然记得。"覃微微很想告诉刘海蓝，不为别的，就是为了她，他也要甩开拐杖自己走路，他会以一个正常男人的形象出现在她面前，他希望她不用等太久，他也希望她能给他一点时间。

覃微微把刘海蓝带到一幅用布遮盖的画作前，遮布揭开，是几个月前刘海蓝给他做模特画的画。刘海蓝当天看到的只是一个粗糙的底稿，经过后期的加工和装饰，画作变得富丽堂皇。画面上的人温婉纯净，形神都与刘海蓝相似，特别是人物的那双手，一手摁在琴弦上，一手拨杆，细致入微处仿佛能听到琴声。刘海蓝喜欢得不得了。"取什么名呀？""我给这幅画取名《琴女》。""可不可以送给我呀？""这可不行，这是我的镇室之作，今天我约你来的时间比别人早，就是想让你看看这幅画，然后我要收起来，不让其他人看的，以后有时间我再给你另画吧。""为什么不让别人看呀？""我自私呀，太美好的东西就不想和别人分享。"这话说得坦然磊落，却又深情款款，刘海蓝一下不知如何应对，只能佯装听不懂内涵，指着旁边那幅晒鱼图说："这幅画你后期的处理也不错，奶奶的皱纹里都能看到笑。""海蓝，我想办一个画展。""好事情啊。""我还缺几幅像《琴女》这样水准的作品，希望得到你的帮助。刚才我跟你开了玩笑，如果要办画展，《琴女》肯定是压轴之作，一定会让所有观众一饱眼福。我想画一系列的作品，希望你能再给我做模特。"

刘海蓝觉得自己应该支持覃微微做画展，但这一来她和覃微微好像会变得太过亲近了，她越来越能感觉覃微微对自己有超出友谊的东西，她并不想让他有更多的机会去加深这种误会。有这种矛盾的想法，对覃微微提出的请求，她一下就没有合适的应对。覃微微马上捕捉到了她的犹豫，抢着说："如果为难就算了，我跟阮青青他们也打过招呼了，他们都答应来做我的模特。"刘海蓝松了一口气说："没有为难啊，找不着人的时候你跟我说，我替补。"覃微微有些失落地点点头。

阮青青他们很快到了，这次聚会有将近三十个人。覃微微点了外卖，聚会在一楼举行。除了刘海蓝，大部分人都是第一次来，大家参观完几层画室，纷纷感叹用豪宅来当画室太奢侈了。覃微微当场宣布以后这个地方可以变成大家公用的场所，一楼能隔出五个画室，需要的直接来用就行。大家鼓掌表示感谢。覃微微说："我今天把大家召集来，就是想广而告之这个场所，以后这里可以定期做一些沙龙，给美术爱好者一个交流的机会，活动大家组织，我一定做好接待。"

覃微微的大方很快赢得大家的喜爱。过去覃微微是在武乘风的引见下进入这个圈子的，大家对他并不是太了解，现在看来是既多金又有才华还有气场，连阮青青都跟刘海蓝说，覃微微要不是腿不好，简直是完美化身。有一个漂亮姑娘盯着覃微微，两眼发光，散发着毫不掩饰的倾慕。听覃微微宣布要准备画展，需要几个模特，这位姑娘第一个举手说："我行吗？"覃微微摇摇头说："不合适，你太漂亮了，我的模特不用太漂亮的，但一定要有海边的味道。"姑娘对这样的答复生不起气，坚持说："当不了模特我就来给你打下手，我是正规艺术学院毕业的。"覃微微说："我这水平哪敢请助手啊，我还想给人当助手呢。"阮青青促狭地问："什么样的人才算是有海边的味道？"覃微微的手指向刘海蓝："像海蓝这样的，最有代表性，你们不觉得吗？"刘海蓝被推到台前，迎接那个漂亮姑娘略带敌意的目光。刘海蓝说："覃微微觉得像我这样又黑又瘦的，才是海边女，难道海边女就不能有白白净净漂亮的吗？偏见！"这话一出，那姑娘的脸色缓和下来。

刘海蓝突然有一个想法，她提出大家共同来准备画展，把自己得意的作品都拿出来参展，她会去协商，将画展的地点放在海滨森林公园里，画展就作为海滨森林公园正式开园日的一个重要活动推出。这个提议得到所有人的支持，大家都开始讨论自己可能参展的画作，手头上画少的，就在计划多画几幅。覃微微更是赞成这个计划，他说海滨公园里有现成的展出场地，以后也可以作为永久性展馆，这一来也是给海滨森林公园积攒人气。

刘海蓝后来没有再去给覃微微当模特，覃微微也没有再跟刘海蓝提要求。覃微微准备画展用的是业余时间，平时他除了看管林木公司，还逐步接手装修好的新港酒店，做好正式的开业准备。他还重新将江平沙厂开起来了，换掉原来所有的管理人员，换上一批新招聘的员工。忙起来的时候他有些体会父亲的不易了，这么多年来，父亲一个人打拼出南厦的局面，这需要付出多大的心力和智慧。他敬重父亲，要和父亲"较量"，他真得花上全身的力气。

画展之前，刘海蓝收到了邀请函，邀请函制作精美，看来是覃微微出钱印刷的，所以他才可以较为个人主义地将自己的画作印在封面和封底的显要位置，里页才是其他画家的作品。这多少符合他的风格，高调张扬。封面正是《琴女》画，而封底是一幅叫作《金花茶姑娘》的画作，看来是新作品，刘海蓝从来没有见过。画中的白衣姑娘捧着一只花盆，眼微闭，脸倾向盆中盛开的金黄色花朵，似乎她在花里嗅出一个迷人的世界。刘海蓝想起覃微微送她兰花的情形，这仍然是以她为模特吗？看上去有几分像，与《琴女》相比，又似乎不是同一个人。刘海蓝发现自己纠结于这个问题有点可笑，覃微微的画用谁做模特又怎么样，模特并不能提升画面的美，相反，是画的意境让人物变得更美，白衣女子身后的背景是层叠的绿，像一团绿色的梦。

　　第二天覃微微竟然把这个"梦"给她送来了。拿到画作刘海蓝有些吃惊，她问他此画不参加画展吗，他说参加画展的是这幅画的双胞姐妹。刘海蓝说："第一次听说画还有双胞姐妹的。""我当时画完一幅之后，还有画的冲动，就马上再画了一幅，那感觉就像做了一个美梦，还想再做一次。""谢谢你的画，我挂在自己房里，希望也能做个美梦。""我前次送你的兰花长得还好吗？""挺好的，我前段时间尝试着分盆，没有成功，不然早送你一盆了。""不急，迟早能成功的。"

第十六章

黎梅的家具厂生意很火爆，一是因为她朋友本来就多，互相推荐，二是因为几个师傅的手艺确实好，那些半成品的家具过他们手，原来粗糙的底子一点都看不出来，全变成精工打磨的高档样板。

　　八月份，黎梅打算到越南再多订一些货，因为从八月到春节前都是销售旺季，很多人专门等着新家具过年。黎梅想加大订单数量，给厂子供货的那个越南商家说再拿不出更多的货了，黎梅分析这两家供货商是了有别的主顾，因为她当时压的价低，这两家只要供给她原先订的数目不违约就行了。她不想向这两家妥协，这会影响以后长期的进货价格，所以她计划再找另外一两家供货商，算是临时补货，给高一些价格都是能接受的。

　　听说她要去越南，黎道一定要跟着去。黎梅想反正孩子放暑假了，正好带他出去玩玩。她让母亲一块儿跟着去，母亲却说不太想去，想趁她带孩子出去这几天回一趟老家，家里好些亲戚结婚的结婚，生孩子的生孩子，她都没有参加活动随礼，想回去走动走动，还还人情。黎梅听母亲这么说就不勉强了，母亲成天帮她带孩子，难得回老家一趟见老朋友，她得让母亲玩高兴了。"妈，你回去想住几天就住几天，不用急着往回赶，我和黎道从越南回来我也能带他的。"母亲点点头，高高兴兴准备回老家的礼物去了。

出国那天，阿星照例跟着黎梅一块儿出行。本来一天就可以到达慈山县，黎梅没有急着赶路，在河内住下来，带黎道好好出去玩了一圈。小孩子对风景不太感兴趣，觉得比城港差远了，黎梅只能在吃食上让孩子提起兴趣，对螃蜞虾、春卷、鸡肉粉、木瓜糖水这些当地小吃孩子表示满意。吃饱喝足了，黎道牢记着给武乘风买礼物，又跟母亲在小巷子里钻来钻去，母亲给的建议像皮带、拖鞋、钱包这些黎道都觉得不合适，最后他决意要买一瓶法国香水。黎梅说香水一般是送女生的，黎道说他买的是男士香水，又说乘风叔叔身上有这个味道会更帅，黎梅闻那是一股松香味，还不错，夸儿子有品位。

阿星又是自己找朋友玩去了，一天不见人影，黎梅没放在心上，母子俩玩尽兴吃饱了回酒店早早歇下。阿星那一天晚上根本没有回酒店，有将近四个月没出境，他原先经常玩的赌场老板已经易主。新老板对阿星比旧老板还要热情，但阿星很快输光带来的钱，新老板说他既然以前是这儿的熟客，要交他这个朋友，愿意免利息给他借笔钱。阿星很快又把借来的钱输掉了，输光才发现他借的钱数目比他认为的多了一个零。阿星感觉被人算计，在赌场里闹起来，不到两分钟，他就被赌场保镖打翻在地，鼻子嘴巴全是血。这只是开始，他被带到一间屋子里继续接受教训，当两根手指头被折断的时候，痛得死去活来的阿星很配合地说可以把钱连本带利还上。他告诉对方他是陪老板来订家具的，老板带了一大笔钱，就住在河内大酒店。他献计说可以把老板的儿子绑了，逼老板交出钱。这些开赌场的当然不傻，说绑人的事他们不干，让阿星自己想办法把孩子绑了，他们只管打电话拿赎金。到了这个时候，阿星根本顾不上什么，只想赶紧脱身。他也不觉得把黎梅的钱骗来让他了结债务是多大的事，最多以后好好报答黎梅就是了。

阿星艰难地挨到天亮，他给黎梅电话，说已经订好去慈山的车子，约好时间让黎梅带孩子下楼会合。黎梅带孩子下楼，看酒店前边有一辆车子的司机向他们招手，她想当然认为是这辆车，一手拖着行李箱，一手拉着孩子的手往那辆车走去，车门打开，她让孩子先上车，阿星没下车帮她提行李箱，司机伸出头示意她自己把行李箱放到车后厢，她拉着行李箱走到车后。就在那一会儿，司机朝她扔出一封信，冲她喊了一句越南话，黎梅莫名其妙，弯腰拾起信封。车子突然开动，黎梅的惊呼还没有发出来，车子以最快的速度开走了。黎梅扔下行李箱边喊边追，路人纷纷侧目。车子向前一拐弯，她就看不到车子了。黎梅的心脏快从嘴里跳出来了，她停下来，掏出手机拨打阿星的电话，阿星那一边是淡定的。"梅姐，你再等几分钟，我们的车子马上到了。"这句话让黎梅彻底崩溃，她哭喊着："我认错车了，黎道刚才被一辆车子带走了。"阿星故作惊慌地说："别急，我马上到。"

阿星沿路找到黎梅的时候，黎梅已经瘫软，头发湿淋淋的，脸色灰白，阿星有点不落忍，但一想到自己的赌债，硬起心肠说："姐，你先别急，会不会是人家拉错人了？"黎梅摇摇头说："不会的，那司机是故意的，明显是故意的。""难道是想绑架孩子跟你勒索钱？没你的联系方式他们也做不到呀？"黎梅突然想起了什么，她的右手还捏着刚才那个司机扔下来的信封，信封里有一张纸，上面写了一行蹩脚的中文：想要孩子请付赎金三十万，报警孩子就没了。阿星按照信上提供的电话打过去，接电话的人告诉他一个交易地点。阿星跟黎梅说交易地点并不太远，大概离他们所在的地方有二十公里，问她要不要报警。黎梅六神无主地说："报警有用吗？"阿星说："按理说应该报警，可这地方我们不熟，对方是什么来头我们也不知道，我就怕是一群亡命之徒，黎道就危险了。"黎梅的眼泪又下来了，她抱着头说："不能报警，这钱我有，我们马上去交赎金吧。"听黎梅说出这句话，阿星心里一阵舒展："好的，我们马上出发。"

黎梅想不到，阿星也想不到，在他们赶往交赎金地点的时候，黎道已经失去他年幼的生命。黎道看母亲没有能上车，追着车子跑，就知道遇到坏人了。他哭喊着要打开车门，车门早已经锁死，他拼命地捶打司机的后座，叫嚷着："停下来，我要妈妈，我要妈妈！"车子自然不会停，一口气开到目的地。赌场的人已经布好局，交易地点是在一条乡村公路的岔路口附近，这个地方车子不多，也方便逃逸。他们把黎道绑了手、堵了嘴，转移到另一辆小卡车的后车厢里，给他披上一件衣服，把半边脸和手都遮住了。换小卡车是方便交易，老远就能让交赎金的看见人。赌场只派了两个人来做交易，一个负责开车，一个负责收钱。这两人知道孩子的家属已经在赶来的路上，还是个女人，彻底放松警惕，他们说笑、看手机、抽烟，当然料不到坐在小卡车上的孩子已经紧张到了崩溃的边缘。当孩子看到远处有一辆车子驶来，一下站起来跳了下去。那经过的是一辆拉水果的卡车，根本躲闪不及，朝突然跳下来的孩子撞了上去。那两个赌场的人惊觉时，车子已经把孩子撞飞。他们在短暂的惊吓之后，立即跳上车发动车子快速离开现场。

黎梅再见到黎道，是在警察局的停尸间，那个小小的身子血污冰凉。她抱着孩子，胸口如撕裂，痛得她大叫一声。她想，让她也死了吧，孩子这么小，他不能一个人离开。有人在拉她，她全身颤抖，最后她眼前一黑，身体全部沉沦在黑暗里。

武乘风赶到河内，第一站去的是警察局，了解完情况他才去医院。躺在病床上的黎梅根本变了一个人，她那乌黑漂亮的卷发泛起丝丝灰白，整张脸像被吸过血一样瘪了、干枯了，那个美丽如花朵的女人迅速变成一把在寒风中摇摆的黄草。武乘风叫了一声黎梅，黎梅没有应，他再叫，她看他，眼中空洞无物。他紧紧地抱住她。在他垫付不起工程款的时候，只有她轻轻松松把卡拍到他手上。他拿下每一个工程，无论大小，她都会为他弄个庆祝仪式，一定有啤酒有烤串。当年她大着肚子，担下男友债务，清清爽爽没皱半分眉头。今天，她的心已经碎成破絮，她垮得那么彻底、那么绝望。武乘风后悔了，如果他早点把这个女人娶回家，他们一家三口会在一起，他不会让她和孩子单独出行，悲剧就能避免。他没有把她照顾好，让她失去了那样一个可爱的孩子。她这么优秀的女人，又有哪里配不起他？他心痛得紧紧把她抱住，让他做什么他都愿意，只要能把她的心缝起来。

刘海蓝从阮青青那里听到噩耗时，离事件发生已经过去月余。她几乎不敢相信，打电话向武乘风确认后，一时也不知道自己该做什么。跟苏广玉在一起，她忍不住多愁善感起来，说像黎梅这样长得美又心善的女人怎么就这么命苦，遇人不淑未婚生子，现在又痛失爱子，任谁能挺得过？她最恼的是自己不敢去见黎梅，因为不知道自己除了一起哭还能做什么。苏广玉也为黎梅的遭遇感到难过，自从前次把在黎梅家具厂订的家具给上海的朋友发过去后，另外有几个朋友都跟黎梅订了家具，他还替朋友们跑了几次腿去验货。他对黎梅的印象不错，是个豪爽能干的女人。

刘海蓝心情不好，苏广玉的周末也等于是白过了，他积极地给刘海蓝出方案，他认为陪伴安慰这些手段对黎梅是有些效果，但都不能快速地在根部解决问题，他的方案就是在根部解决问题。他把自己的方案一一道来，刘海蓝听着有些道理。"我现在就去找黎梅，如果你的方案有效果，回来我们骑自行车去吃海鲜，我请你。"苏广玉很有把握地说："我时刻准备着。"

刘海蓝一刻都等不了，带着苏广玉的根部方案去找黎梅。房门打开，消瘦了许多的黎梅立在门口。家里就黎梅一人，清冷和潮霉占领了屋子。黎梅没敢把黎道的事告诉母亲，怕老人家受不了，只能骗老人家说黎道参加夏令营，要在外地住一段时间才能回来，让老人家安心在老家住下去。黎梅努力对刘海蓝挤出一丝笑，刘海蓝把黎梅抱住说："姐姐，你放宽心，挺住啊。"黎梅的眼泪顿时下来了。刘海蓝搀着黎梅往里走，黎梅嘴里弱弱念叨："海蓝，姐姐真的很难受，每天眼前都是黎道在说话。"刘海蓝鼻子酸了，但她强忍着，这个时候她不能哭，再哭，两人就是抱成一团了。

姐妹两个走到阳台上，阳台上放了一张茶几，刚才黎梅应该就坐在这儿，茶几上的烟灰缸满满的烟头。"姐姐，烟还是少抽点，身体重要。"两人落座。黎梅说："以前我也偶尔抽抽烟，像做贼一样，刷了牙黎道还能闻出来，他说，'妈，你又抽烟了，嘴好臭，不要亲我了'，他这么说，我就不好意思抽了。""多好的孩子，他是为妈妈的健康着想呢。""是啊，这么懂事的孩子，怎么死的不是我？""姐，你千万不能这么想，你好好活着，珍惜自己，对在另外一个世界的孩子才是最大的安抚呀。"

刘海蓝来不是为了陪着黎梅释放这种悲伤情绪的，要这么聊下去，伤痛中的人只会在一个旋涡里打转，这可不是她来的目的。她把带来的一大包东西搁到茶几上，掏出其中一只纸盒拆开，里面是一瓶瓶的粉状物。"姐姐，这是广玉公司刚推出的新产品，特地让我拿来送给你，你必须得按时吃，对你有好处呢。"黎梅看一眼，出于礼貌接了一句："什么好处，美容？""姐姐够美了，这东西最主要的功效不是美容，是提高女性的激素水平，说白了，能提高女性的生殖能力。"黎梅瞥她一眼，脸上掠过一丝不快说："我吃这干吗？""姐姐，你可能不知道，你一直是我的偶像，漂亮开朗，我希望你仍然能和过去一样。你还会遇上爱情，还会有爱人，还会有自己的孩子。我现在跟你说这些好像挺不懂事的，毕竟黎道刚走不久，可生活就是这样，我们都只能朝前看。"黎梅沉默了好一会儿，拿起一瓶药粉看了看说："这些药真有效？""苏广玉说保证有效，原料可贵了，牡蛎、珍珠粉、阿胶，专为高端消费人士定制的，我都舍不得吃，送你了。"黎梅微微一笑：
"谢谢你们了，我会按照说明吃的。你和苏博士什么时候结
婚？""早着呢，我要先看着姐姐好好的，我才能放心呢。"

在高楼上远眺，一阵凉风吹来，她们都看向远方。黎道喜
欢高高的阳台，能看得远远的，黎梅很多时候都会陪着孩子在
这儿看风景。黎梅想，再有一个孩子，她也会陪着他在这里看
风景，她会告诉他，他曾经有个哥哥，一个特别懂事、特别聪
明的哥哥，他的哥哥就喜欢站在阳台上看太阳落山，指着天上
的云说，今天又有火烧云了。她的心被一份突然涌起来的希望
暖暖地充溢着，她愿意有多一个人来回忆黎道，来把曾经拥有
的美好记住。

武乘风为黎道的事跑了好几趟越南，越南方面涉案人员陆
续落网，阿星是早就回到城港投案自首的。等官司理出眉目，
武乘风替黎梅做主，把家具厂转让了。这事他没和黎梅商量，
他是无论如何也不会让黎梅再奔波做边贸生意了。家具厂里的
存货在朋友圈一发布，纷纷被人订走。苏广玉上海的朋友一下
就订了五套红木沙发，说放着都能升值。还有些人惋惜这家具
厂生意这么好，不继续做可惜了。武乘风说有什么可惋惜的，
不做就不做了，大把事情可以做。

原来的黄师傅想接手厂子，但一下拿不出这么大的一笔转

让费，武乘风同意他分期付款。黄师傅对侄儿阿星犯下的大错很是惭愧，想找黎梅认个错，武乘风拦住了，说事情过去就过去了，再提无益。黎梅在伤心期根本顾不上厂子的事，等她缓过劲来，武乘风已经把厂子处理得差不多了。说实话，她也不想再弄厂子了，她怎么会有心情再到越南进货？不过，她还是得找武乘风的麻烦，他凭什么大包大揽替她做主？

武乘风这两个月比以前更邋遢，胡子好几天不剃一次，衣服也几天不换，擦身而过一股酸臭味，最可怕的是他还未老先衰地长出了两只大眼泡。黎梅不会忘记在很多个夜晚，正是这个男人，守在她的床边，等着她睡去才离开，有时，她醒来，发现他趴在她的身边睡着了。她知道，当她不管不顾往下跌落的时候，这个男人是会伸出手拉住她的，她一度又进入了情爱的旋涡里。他是爱她的，但她不情愿她是因为被同情才换来这样一份界限不分明的感情。她想靠向他，又想把他推开，她已经不再有向他表白的勇气。

她为他炖了一锅菌汤，他积极地盛饭盛汤，把汤和饭放到她的面前，她什么时候变成孩子了？"武乘风，我这么大一个厂子，刚刚做起来，很赚钱的，你凭什么替我做主转让了？""我不替你做主谁替你做主？""你少逞能，我自己能管自己的事。""以后你没机会做自己的主了，只能听我的，你做好准备在我后头给我做帮手。""做什么帮手？""我要砌砖你就给我搬砖呀。""不干。""不干就待家里享福，像今天这样，你炖了汤，我给你盛汤。""我没这么好的命。""嫁给我算不算好命？"

本是惊涛骇浪的对白，却难与以往习惯的玩笑区别开来，黎梅想哭又想笑。"乘风，饶了我吧，我一个老太婆，开不起玩笑了。""我从来就没跟你开过玩笑。""你是可怜我吗？""我不可怜你，我全是后悔，我后悔没有早点把你藏在我的身后，都是我的错。以后不会了，我半点苦都不会让你吃，你这辈子的苦已经吃完了，我也不要你哭，只要你笑。""骗子，你看，我现在就哭了。""哭完以后就给我笑一个。"武乘风张开双手，黎梅看着那个怀抱，是熟悉的、盼望的、永远托底的，她义无反顾地投入进去。

武乘风给自己放了一个长假。这么多年来，他一直在工地上忙，闲不下来，就是碰上大过年的，也巴不得有需要赶工的工程，能赖在工地上不回家。回家他面对的就不是工友，而是家人。家人与工友不同，家人对他寄予厚望，充满关怀，每次与家人面对，他不想承受这份东西，他觉得永远不能成为他们希望的那一个。还有，他不愿意回到那个盛满回忆的村子，距离可以让他暂时遗忘，可以让他逃离。可是，黎梅这事出来，他发现他错了。他的逃离对这些爱他的人都是伤害，伤口或浅或深，最可怕的是，有时候他都没有机会去弥补这些伤和痛。

他假期的第一站是带黎梅回家去。他给黎梅详细地介绍了父亲、母亲、姐姐的光辉过往。黎梅对未来公公倒没觉得有什么特别的，却对武黄氏钦佩得很，问武乘风她可不可以把那一手助产的本事学到手。武乘风说："现在的人都是到医院生孩子，你学来干什么？""这种功夫不学失传就可惜了，再说了，说不准什么时候就能用上了。""那你自己去跟我妈说吧，看她愿不愿意传你，这事我可做不了主，我姐要学她根本不传，说没有道根，把我姐气坏了。"黎梅听武乘风这么说，好胜心上来了，她觉得她与未来婆婆的关系处得怎样，首先就从学这门手法开始。

　　武乘风突然带回一个漂亮女友，武家上上下下喜气洋洋。武双力不再像以前那样一见儿子就板着脸，这会儿主动给儿子递烟。儿子推回去说戒了。黎梅接过来啪地点燃叼嘴上说："叔，我陪你抽一支，烟我早戒了，初次上门敬你。"武双力胖了不少的脸上浮起笑意，这姑娘是个爽快人，能有这波操作肯定比傻儿子强。武黄氏本来心目中的媳妇一直是刘海蓝，这两年看苏广玉和刘海蓝出双入对，心渐渐死了，只恨自己儿子不争气。现在儿子带回来这么时髦漂亮的一个，顿时让她扬眉吐气，恨不得向全村人广而告之。黎梅逮住婆婆，就夸婆婆替人接生，好有功德，旺整个家，所以武乘风才这么有出息，家才会这么兴旺。武黄氏听完更是心花怒发，当黎梅问能不能跟她学习助产手法的时候，武黄氏满口答应好好好。武艳明抱着猫站在一旁，冷冷一句："哟，儿媳妇就是比女儿亲。""姐，我学这个没别的，就是想替武家把这功德传下去。姐，这家里你最辛苦了，照顾爸妈应该是乘风的事，全摆你头上了，以后该我干的，你就交给我。"武艳明对黎梅也挑不出毛病来，人啊，嘴甜太重要了。

第二天晚上，武家举行了隆重的村宴，摆了将近十桌，从院内一直摆到院外。现在是旅游淡季，客栈有七八名游客，被邀请到一桌。武家本来就是想向村里人宣告武乘风把媳妇带回来了，席上可没有这么说，武双力特别的谦虚，说这些年全村人一直在关照武家，武乘风多年在外闯荡，船都不碰，哪里还算得海边人。黎梅总算是知道武乘风不爱回家的原因了。武乘风笑嘻嘻的，拉起黎梅的手一桌桌敬过去。武乘风喝多了，黎梅也喝多了。客人走后，他们俩一块儿上到天台。风吹得很大，武乘风搂着黎梅。海上旦匏放在案上，黎梅走过去拨弄了一下说："我小时候学过一点。"黎梅坐下开始拨动琴弦。武乘风一瞬间模糊了视线，这里坐着的是刘海蓝还是黎梅？不连贯的曲调，如海浪般的笑声，当然是黎梅。

在湾尾村住了半个月，黎梅走那天改口叫武乘风的爸妈做爸妈了。"爸妈，我会一辈子对乘风好的，会好好孝敬你们。"武双力点点头，武黄氏抹了一把眼泪说："你们好好过吧，孩子，那些手法你都学会了，生孩子就一支香的事。"黎梅握着武黄氏的手说："妈，你放心，我连一支香都不用。"

　　黎梅一直跟苏广玉拿那款牡蛎珍珠粉，还问苏广玉那里有没有适合男人吃的产品，苏广玉跟她说，这牡蛎珍珠粉男女都适合。苏广玉看黎梅的气色有了很大转变，心情看起来也是舒展开了，他拿这个向刘海蓝邀功，刘海蓝给了他适当的奖励，比如给他煮爱心夜宵。苏广玉认为自己建立的功德比得到的回报要大上几十倍。刘海蓝说："你这人，品德教育是怎么学的，难道不知道做了好事不留名吗？"苏广玉说："我不单单是抚慰了一颗受伤的心，还为新生命的孕育创造了条件。"刘海蓝知道真正让黎梅复活过来的当然不是苏广玉的这些保健品。武乘风带黎梅回湾尾村见家长的那段时间，黎梅经常跟她视频。黎梅告诉刘海蓝，她跟武艳明学独弦琴了，她见到刘海蓝的阿奶了，她说得最起劲的还是她了解了武乘风的过去，她乐于跟刘海蓝分享，因为刘海蓝是那个知情人，她愿意把她满溢的爱分享出来。终于，有一天刘海蓝听黎梅说："我和你乘风哥在一起了。"说这句话时，黎梅的脸又如花一样盛开了。刘海蓝像是听另一只鞋子落地的声音，等到了。她为黎梅高兴，也为武乘风高兴，有些爱情虽然迟到，但以饱满的姿态盛开着，也许过往的一切都是养分，是蓄势。

黎梅的家具厂转让，刘海蓝看到武乘风发朋友圈后，帮着转发了。她还和苏广玉一起到家具厂挑家具，苏广玉挑了一套沙发和一张床，还拍了不少照片发给上海的朋友，上海那边一口气拿下五套。无论是黎道案子的落实还是家具厂的转让，刘海蓝看到忙前忙后的都是武乘风，她从武乘风疲劳的眼神中看到一种作为顶梁柱的坚定。她心疼武乘风，心疼这份担当里的付出，这份用来覆盖悲伤的爱有一些悲壮，武乘风果然是可以依靠、可以信任的乘风哥。

　　刘海蓝跟苏广玉说："黎梅姐和乘风哥是我见过最配的一对了，我希望他们以后可以平平安安，白头到老，也希望他们赶快有个孩子。"苏广玉很高兴从刘海蓝的嘴里听到这样的话，他对武乘风是有防备的，刘海蓝与武乘风青梅竹马，他们有一段他无法窥见的过去，还有几分他隐约感受到的心有灵犀。现在，他已能释然，尘归尘，土归土，海蓝是他的。

第十七章

"三月三"刚过完,湾尾村哈节的各项准备工作便紧锣密鼓地推上日程。

　　对湾尾村一带的村民来说,每年农历六月初十举办的哈节是一个最重要的节日。"哈"是京语译音,含有请神听歌的意思,京族人以海洋渔业生产为主,信奉海神,每年都要到海边把海神迎回哈亭敬奉,祈求人畜兴旺,五谷丰登。

　　传说四五百年前,北部湾岸边的白龙岭下,有一只巨大的蜈蚣精,吃人掀船,兴风作浪。一日有位神仙化作乞丐,搭船过海,船驶到蜈蚣精洞口,神仙把事先煨得滚烫的大南瓜塞进蜈蚣精口里,蜈蚣精吞下大南瓜,被烫得直打滚,尸断三截,附近居民才得以安居乐业。于是京族人把大仙尊奉为"镇海大王",立庙祀之,每年都到海边迎接"镇海大王"来享祭,这就成了一年一度的哈节。

　　每个村的哈节都有自己的领头人,湾尾村是刘天阔,这个没有委任状的职务在他四十岁那年落到他头上,一晃过去二十多年了。刘天阔前些年想辞了这个身份,但大家都说湾尾村找不出第二个和他一样德高望重的人,何况他的身子骨硬朗,还能随船队出海打渔，没人能替代。不过，刘天阔还是打定了主意，在这届哈节上他将会卸任，湾尾村是需要年轻人来带领了。他看中的接班人是阮敬平，阮敬平十七岁开始随船队出行淘海，一晃也二十年过去了，这孩子从来没有离开过湾尾村，虽不能说有多能耐，有多大的见识，却是年轻一辈中最识大体，最忠厚稳重的淘海人。

这些年湾尾村出了不少有出息的年轻人，武乘风、刘海蓝都不错，还有一些在外面读书、工作、做生意的，他们都让刘天阔备感欣慰。同时，他也有一些淡淡的失落，那些离开故土的孩子们不再像他们这辈人这样有一份故土难离的心境。他们离开，他们回来，或者永远不回来，湾尾不再是年轻人魂牵梦绕的地方。他希望湾尾永远有一种如磁铁的吸力，能把离开的人紧紧地吸住，无论走多远，都还记得回来。湾尾村需要阮敬平这样的人，深深扎根，稳稳地站在这儿，像一面领头船上的帆。

前些年过完六十大寿，刘金沙和刘海蓝都提出不希望他出海了，让他安安心心养老，种花种菜，带着他们的母亲出去旅游，看看大好河山。刘天阔对孩子们的提议一笑置之。刘金沙说："阮大哥做领队七八年了，难道你还不放心他？""我哪里不放心他，我不放心你才是！"刘金沙一脸尴尬。当年让阮敬平做船队的领队时，也有人提议让刘金沙来做，刘天阔连连摆手："说笑了，他哪里做得了，他连阮敬平的一半水平都没有。"刘金沙平常在家比较散漫，但到了船上他是半点也不敢马虎的，他自我感觉干得不错，未必就做不了领队。平时父亲教导阮敬平的时候，他都在场，但他感觉父亲主要面对的对象是阮敬平，根本不是他。哪有连自己儿子都不信任的父亲？刘金沙心早有不满，听到父亲的评价更是气急败坏，觉得自己在船队里的名声是让父亲给唱衰的。刘金沙跟父亲起了正面冲突，他质问父亲他到底是不是亲生的，为什么从来就瞧不上他，说到激动处声嘶力竭、号啕大哭，把多年积压的怨气通通甩到台面上。刘天阔眯着双眼看儿子发泄，双手微微颤抖。他没有想到儿子会有这么大的怨气，所以，他会等他全部发泄完。刘家的女人这个时候都自觉地避开去，父亲与儿子的交战，若有旁人参与多半会快速失控，女人们都有经验了。

"说完了没有？"刘天阔问。刘金沙恨恨地抹一把脸，把上头的泪水抹去，头扭一边并不回答父亲。刘天阔回卧室拿出他的宝贝铁皮盒，铁皮盒里的东西刘金沙是知道的，不就几本祖上传下来的航海日志吗？字写得歪歪扭扭，不清不楚，图画得粗陋，难道又想让他学习？刘天阔果然把那几本日志拿出来，搁到桌面上。"金沙啊，你比敬平小两岁，十年前，我把这几本册子交给你，没几天我看阿青画书玩耍，你根本没认真看两页，随手扔桌头让孩子拿来乱写乱画。我那时没有骂你，我知道骂没用，你是我儿子，天天跟着我，如果这样都还不能生出一份带骨血的责任心，我说再多又有什么用？后来，我也把日志拿给阮敬平看，不到一个月，他还回来给我了，他已经把所有册子全部誊抄了一遍，当时阮敬平跟我说，他一边抄一边画那些图时，就像看到老祖宗们在海上漂流，看到船前进的方向，每画一笔他都很开心，像是在水上开了一条路，他要把这些路都印到脑子里去。孩子，知道吗？这才叫有心，有尊重和守护我们祖辈心血传承的心，这才是能扛起领队大旗的人。"刘天阔动情地说出这番话，眼泪夺眶而出。除了在爷爷的葬礼上，刘金沙何时见过父亲流泪？他为自己的自大感到羞愧，为向父亲发难感到无地自容。其实他对阮敬平是服气的，因为他知道自己永远做不到那样的踏实专注，他的目光不仅仅在海上，他还想好好看看岸上的花花世界。领队人的重担没有压到他身上，他偷偷松了一口气，却又忍不住出来争一口气，这是多么幼稚的举动！刘天阔在父亲面前双膝跪下："爸，我错了。"

刘天阔一直坚持跟着出海，不是不放心刘金沙，更不是不放心阮敬平。他心中所想儿子不明白，明白就不会乱扔那几本日志；女儿也不明白，女儿最多以为他是闲不住，干了一辈子的活舍不得抛下。他们都不知晓他有一个隐秘的愿望——他想生命能终结于海上，他希望他能淘海淘到最后的时刻，他的最后一口气息是在海上呼出的。他再想不出有比这个更好的归宿。

如果有一天让他躺在床上奄奄一息等死，他先得窝囊死。他不怕被狂风大浪卷入海里，他不怕沉入深邃的海底，不怕被鱼虾分食他的身体，他觉得这是一个淘海人最正常不过的人生，会比百无聊赖地躺在床上等死要幸福百倍。

刘天阔期待这一届哈节的到来，就像他每年期待着捕鱼季的到来。在一个村民会议召开之后，大家分工明确，开始一系列的准备工作。

武乘风负责修整哈亭。哈亭是哈节活动的重要场所，以往都是由村民们集资修建起来的，选用的是上等木料，亭内的柱子上雕写着具有京族特色的楹联或诗词，顶上加盖瓦顶，屋顶的屋脊正中塑有双龙戏珠的吉庆形象装饰。哈亭内分左、右偏殿和正殿，正殿设有京族人信奉的诸神神座。较大型的哈亭内，祭祀场地两侧设有阶梯形的宾客座席，这是专为村里辈分最高、为修建此哈亭和筹办哈节捐资捐物者所设。

沿海地区潮湿，空气水分和盐分都大，哈亭每隔一两年都要重新刷新漆，将一些朽坏的木条进行修缮，再没有比武乘风来负责这项工作更合适的人了。他从工地上抽调了几个木工，先检修哈亭殿内的梁柱，再重新刷新漆。他自己亲自爬到屋顶，重新给哈亭换了新崭崭的青瓦顶。这笔钱是武乘风自己掏的腰包。他在拿下这项工作之前就告知全村人，这个哈节非同一般，要过得热热闹闹，隆隆重重，因为他武乘风会在哈节的第三天举办婚礼。全村人看到武乘风在换新瓦的时候，已经提前感受到这份喜气，路过的人没事都跟他开玩笑："乘风，忙着布置新房呢？"武乘风站在屋顶上笑呵呵地答应："哈亭刷光亮，我就等于住进新房了。"

黎梅成了武乘风的小跟班，武乘风在忙，她除了帮忙递水擦汗，还拍起了视频。不久前她在某平台注册了一个号——"工地之花"，又买回一整套设备。平时她给工地上的工人拍各种小视频传到网上，谁在哪项工作做得特别出色的，她会做专题系列片。比如说力气特别大的杨姓小工，她给其封号"杨搬砖"，杨搬砖不仅仅是搬运工，负重两百斤还能跑起来，抡锤一砸，一锤能把半堵墙砸掉。杨搬砖打赤膊挥动铁锤，胸部和两只手臂上的肌肉浑然现形，匀称健美，连续挥锤如猛虎下山，气贯长虹，系列视频播出后赢得粉丝点赞纷纷，称杨搬砖为工地健美先生。另有张钢管，切割钢筋是本职工作，让人惊叫的是张钢管跳的钢管舞，他能在搭好的钢架之上，单腿勾转，屈腿正转，单手后反转，双手飞转，视频在短短半个月内浏览量就突破百万。黎梅给武乘风封号"带头大哥"，展示武乘风的砌墙神技，油漆神工，但这些视频的点击量远不如杨搬砖和张钢管的。武乘风对此颇有微词，怪黎梅没有把他的光辉形象生动地表现出来。黎梅说这不怪她，只能怪他的"神技"没能给观众的视觉和审美带来冲击。武乘风在黎梅的谆谆教导下，明白了视觉冲击是个什么玩意，他与杨搬砖和张钢管一较高下的心立时放下了。他说："干我们这行玩不出花哨，外行看热闹，内行看门道，我的活是展示给内行知音看的，不要流量。"黎梅笑着说："'工地之花'推送的视频就是要满足各种欣赏品位的人群，你的是高雅的那一档。"武乘风点点头表示满意："就是这个意思。"

工地之花黎梅在视频中穿着工装，素颜，以主播的身份进行讲解。她落落大方，生动活泼，从失去孩子的悲伤中走出来，真的开成了一朵工地之花。

有一些民工看了"工地之花"推出的视频，跑到城港来投奔武乘风的工程队伍；还有一些品牌找"工地之花"合作。黎梅想开一家文化传媒公司做对接工作，担心武乘风不同意，又觉得这是自己不太了解的领域。武乘风后来陪她去把公司注册下来。他说："想做的时候就做，哪怕做不好将来还有后悔的机会。"

武乘风发现生活总是有这样那样的出其不意，意外的事故，令人伤感的分离，还有意外的转向，令人欣喜的重生。他是这样，黎梅是这样，覃微微是这样，在不太远的将来，他还发现刘海蓝也是这样。

哈节交给刘海蓝的任务是独弦琴演奏，这是重头戏。在整个哈节的活动中，独弦琴的演奏经常是不间断的，所以像武艳明这些会弹奏独弦琴的都有任务，大部分场合是合奏，请神的祭典仪式上是独奏，刘海蓝负责这一项。刘海蓝没有特别需要准备的，演奏的曲目她早烂熟于胸，每天挤一点时间过过就好。她担心的是哈节的那一天，海滨森林公园的开园仪式暨城港旅游节开幕仪式也同时进行，她在海滨森林公园这头也有很多工作要做。每年的哈节，到城港来旅游的人数倍增，海滨森林公园定于哈节开园，其实就是想借哈节的势头搞旅游节开幕仪式。刘海蓝跟陆局长请示了，陆局长同意她不需要等开园仪式结束就可以先行离开回去参加村里的庆典。"开园仪式上你可以邀请大家都去参加湾尾村的哈节，那同样是促进城港市的旅游发展。"刘海蓝得到陆局长的支持，马上给父亲去电话告知她的演奏没有问题了。

哈节在大家的盼望中终于到来。这天早上没有人睡懒觉，按照分工各忙各的。准备食物是一项重要的工作。头天晚上泡下的糯米会架到灶上煮成糯米甜粥，会被磨成米浆烤成风吹饼。还有起得更早的，已经把几头猪放倒，一扇扇猪肉用热油炸，炸成金黄色的烧肉。一桶桶大小基本在一斤左右的鱼也炸好，垒在盘子里。祭神的猪是有讲究的，只有前一届有资格听哈的人（能进入哈亭吃席的人）才具备养猪的资格。这些人家各养一头大猪，养时要把猪洗得白白净净，不得弄脏，也不能打骂，称为"养象"。到了节日，看谁养的猪最大就选那一头，这头猪用完祭神之后，分出八斤猪肉分给众人吃，其余的由"养象"户自行支配。

有人专门负责卫生，会全村巡查一遍，把路上看到的垃圾都清理干净，督促各家各户把放养的鸡鸭狗关起来。哈亭是一直派有人看守的，里头一排排的桌椅板凳摆得整整齐齐，果盘陆续摆好。准备工作完成后，所有人返回家中认真沐浴，穿上早就准备好的节日盛装。男性穿的是长没膝盖、无领无扣窄袖袒胸的上衣，配宽而长的裤子，腰间束着彩色腰带。妇女的下装与男性无异，既宽又长，遮过脚背，上衣却紧身窄袖，衫脚仅至腰间，也是无领胸开襟，但有三颗纽扣，不束腰带。不过，妇女们往往要加穿一件类似旗袍但下摆较宽、矮领窄袖的长衫，其颜色大多是黑、白和薯莨染成的红褐色。最富有特征性的是，上身的袒胸处都缝有一块绣有美丽图案的菱形遮胸布，俗称"胸掩"。不同年龄段的妇女对衣裤颜色的要求有所不同，青年人一般喜欢白、青或草绿色的上衣，配以黑色或褐色的裤子；中年人是青色或浅绿色上衣，配以黑裤；老年人多用棕色衣或黑衣黑裤。京族妇女很讲究发饰，头发是正中平分，两鬓留着"落水"，结辫于后，用黑布或黑丝线缠着，再自左至右盘绕在头顶上成一圈，状如一块圆砧板，故俗称"砧板髻"。

大部分人会在祭神仪式没有开始之前，以哈亭为中心，有秩序地行走在海边，跟海神做祷告，等待祭神仪式正式开始。

海滨森林公园的开园仪式是在上午九点正式举行，舞台搭建在公园大门口。刘海蓝是主持人之一。陆局长是官方的代表，覃微微是承建方代表，他们分别做了发言，陆局长介绍了这个项目的意义，覃微微给大家介绍园里的林木种类。当象征正式开园的红绸带由陆局长和其他领导剪断之后，公园的大门正式向公众敞开。第一群涌进公园的人有本地人，也有外地游客。园中另外设有表演的舞台，开园的第一天从早到晚都有演出的节目。刘海蓝换下主持人的装束，变成表演嘉宾，她用一曲《山歌好比春江水》迎接客人。

演出结束后，刘海蓝直接穿着演出服走到大门外的停车场，苏广玉的车子早在那儿候着了。他们赶回到湾尾，祭神仪式还没有开始，苏广玉跟刘金沙要了一身当地的服饰换上，除了个头比较高大，看起来也是一个本地小伙子了。

祭神的具体时间为下午三点钟左右。祭祀仪式开始后，首先由作为主祭者的刘天阔带领人们迎接来自海上、天宫各位神灵和祖先进入神位，读祭文，紧接着是向诸神敬酒和献礼。舞者在劝慰神灵饮酒的《进酒舞》中，反复以双膝微颤的三角步进退往复于神案前，同时双手在胸前表演从小指依次轮指带动手腕转动的"轮指手花"，两手互绕、手指轮转拉开的"转手翻花"，以表达对诸神的爱戴和崇敬。刘海蓝的《龙女赞》和

《敬神曲》一直作为背景音乐在演奏。她不是第一次参加哈节的演奏，每一次都能让她感觉她的演奏必须要把海边人的感恩和祈祷说给海神听，她必须全心全意地演奏，成为那个传声者。

祭神毕，入席饮宴与听哈，称为"坐蒙"（又称"哈宴"），每席六至八人，边吃边听"哈妹"唱歌。唱哈是哈节的主要活动项目，唱哈的主要角色有三人，一个男子叫作"哈哥"，又称"琴公"，两个女子叫作"哈妹"，又称"桃姑"。主唱的哈妹站在哈亭的殿堂中间，手里拿着两块小竹片，一边唱一边摇摆着敲，伴唱的哈妹坐在旁边地上，两手敲打竹制的梆子和之。哈妹每唱完一句，哈哥就依曲调拨奏三弦琴一节。如此一唱一合一伴奏，直到主唱的哈妹困倦了，转由另一个哈妹出来主唱。唱哈要连续进行三天。

由于沿海村落都有游客，唱哈会从哈亭里扩展到哈亭外，除了唱哈还有舞蹈表演，像《采茶摸螺舞》和《对花屐》都是经典的节目。歌舞中桃姑们用各种模拟采茶和捕捞螺蛳的动作在歌声陪伴下翩翩起舞，把人们的思绪带到绿茵葱茏的茶林，又引向碧波喧嚣的海边，共同分享姑娘们摸螺捉虾的喜悦。按京族古老习俗，未婚的男女青年若各自制作的木屐大小、样式和花纹都同样的话，那么这对青年男女即被认为是获得天意撮合的夫妻。为获得"天意撮合"的名分，恋人便私下"串通"

花屉的大小式样与花纹，使巧合成为现实，《对花屉》舞蹈演绎的就是这样一个生动喜庆的故事。到了晚上会有《灯舞》。在《灯舞》中，舞者头顶瓷碗，碗上叠盘，盘子里点燃蜡烛，同时两手端着酒杯，杯中也各有蜡烛一根。载歌载舞时，三根蜡烛闪闪不灭，若是群舞，一片烛光闪烁，煞是好看。《灯舞》的结束开启了亭内外人们与歌咏队歌声的闸门，如潮的歌声此起彼伏，连着一片。

为期三天的唱哈临近结束，最后的仪礼就是由主祭师念《送神调》送走神灵。在这个仪式进行之前，刘天阔带着阮敬平给所有人鞠了一个躬。刘天阔说："我今年六十六，带领大家祭神二十多年，海神看我这么大年纪了，希望我能换个年轻力壮的，念祭文能响亮些。阮敬平早就是淘海船队的领队，海神看着他每年出海呢，把主祭的担子交给他，海神最高兴了。我今天在大家跟前做个见证，一会儿的《送神调》由阮敬平来带领，以后的祭神都由敬平带领了！"

几位站在前头的老者带头鼓掌，锣鼓跟着敲起来。阮敬平站在一旁，神情肃穆，高声唱念《送神调》。周围的人都跟随发声，形成和声。走唱的队伍稍稍有了变化，走在队伍前头的不再是刘天阔，阮敬平走在最前头，送神的队伍延绵着。刘天阔跟在阮敬平的身后，他全身一阵轻松，一副担子交出去了，走在前面的人不仅仅是淘海的领头人，是哈节的主祭人，也是湾尾一面迎着海风猎猎响的旗帜。

哈节结束后，湾尾村还有一桩盛事，武乘风和黎梅的婚礼紧接着上场了。

武家的海边人家客栈早在两个月多前就在网上打出广告，预告这儿将要举行一场传统的京族婚礼，想要来观看婚礼的游客得提前订房。武艳明越来越有商业头脑，弟弟要办婚礼，她说办就大办，要办得像客栈过节一样。武乘风觉得姐姐的建议不错，他和黎梅也想要有一个传统的婚礼。武艳明担当婚礼策划，联合村里其他家开民宿的，各有分工，一起参加活动。广告效应还真不错，想来观看婚礼的游客很快把村里的民宿客房抢光了。

为了让整个婚礼的流程圆满，黎梅一家早被接到村里，安排在一家客栈住下。早上祭拜完祖宗，新郎武乘风带领他的迎亲队伍浩浩荡荡地出发，这迎亲队伍当中除新郎之外，最重要的人物当数"助攻歌手"。什么是"助攻歌手"？这"助攻歌手"得有男有女，他们除了歌技了得，还要有现编歌词的对歌能力，要助力新郎这方战胜女方那边的"助攻歌手"，否则根本进不了女方家的大门。女方家此时大门紧闭，在新郎来的路上设了三道彩门，每道门都用彩带或红绳之类的东西来阻拦接亲队伍，并派歌手把守，这是婚礼中的"歌卡"。在第一道"歌卡"里，全由歌童把守，见迎亲队伍到就放声歌唱，不为难新郎，只图把场子暖起来，把势造起来。新郎这边也配合地进行大合唱，其乐融融。第二、第三关则由得力歌手把守，是要为难为难新郎了。等新郎方的接亲队伍来到，女方歌手唱起"盘歌"向客人盘问，接亲的男方歌手必须一一以歌作答，直到对得让对方满意，才能通过"歌卡"。武乘风这一头请的自然是歌王级人物，任凭对方如何"盘"，这边都能从容应对。

　　南风海上来，南风在海上，
　　月亮天上来，月亮在天上；
　　问声天上月，阿妹乖不乖，
　　阿妹来不来？哥在妹心上！

　　鱼儿水中游，鱼儿游水中，
　　鸟儿云上飞，鸟儿飞云上；
　　问声水中鱼，阿哥乖不乖，
　　阿哥来不来？妹在哥心上！
　　……

　　一唱一和的，周围的游客都大饱耳福，很多人都用手机把迎亲的过程录成视频发到网上。三道"歌卡"全通过后，女家敞开大门。新娘黎梅由她的哥哥背出门外，武乘风送上一大捧红色的玫瑰，牵起黎梅的手。武乘风和黎梅都身着京族服饰，男方一身褐色及膝长衣，束有金色花边腰带，女方粉色长袍，白色拖地长裤，前胸手腕都挂满了金灿灿的黄金饰物，头发没有梳髻，依旧长发及腰，上头缠着金丝带。人群中不时传来"新娘好美"的赞叹声，武乘风与他的新娘对视，一脸甜蜜的笑容。京族婚礼，女方并不坐花轿，女方在男方的带领下，步行走向自己的新家。迎亲队伍和送亲队伍变成一支队伍，歌声不断，一路给周围的客人分发喜糖。

武乘风牵着黎梅的手步入武家大厅。他们在一同跪拜祖宗和父母之后，迎来京族婚礼的最高潮，新郎新娘合唱《结义歌》。武乘风和黎梅面对面跪着，武艳明在一旁提醒，不用跪着，坐着就好。武乘风说跪着才够庄重，黎梅点点头，他们手牵着手，跪着唱："有海就有船，无风不起浪，夫妻同心共白头，风吹浪打不飘移。有水就有沙，无心不成家，夫妻携手共患难，风平浪静万年长……"

婚宴从中午开始，一直持续到夜半。宴席从武家的海边人家客栈向两旁延伸，那些有游客参加婚宴活动的客栈也都开了席。除了本村人，还有很多从城港赶来的客人，大部分是武乘风的工友。阮青青、阿良、覃微微也都来了。

爱美的黎梅准备了好几套衣服，迎宾时穿的是白色的婚纱，与之相匹配武乘风穿了一身黑西服，婚宴待客的环节黎梅换了一身红色旗袍，武乘风换了一身黑长褂。这场婚礼没有伴娘伴郎，刘海蓝和阮青青暂且充当伴娘的角色。大家都夸黎梅漂亮，婚礼办得隆重，武艳明在一旁说："我这个弟媳什么都好，就是太能花钱，婚纱旗袍可以租的，偏不租，就要买，花了一两万呢。"刘海蓝说："一辈子就一次，该花就花呗。"武艳明说："我和韦高林结婚啥也没弄，上民政局领个证就完事了，日子该怎么过还是怎么过。"刘海蓝看武艳明手指上分明多了一枚镶钻的戒指。"姐，这枚戒指是高林哥送的吧？""是呀，他的所有积蓄都搭这只戒指上了。""这也是个好隆重的仪式了，该花还是要花的。"武艳明不得不承认："仪式是要有的。"

武乘风的工友们特别能闹，武乘风喝了不少酒，喝到后面耍赖说自己还要入洞房，再喝就对不起新娘了。黎梅一点套路没有，看武乘风躲酒，自己就挺身而出，武乘风没奈何，只能又杀回战场护他那豪爽派的新娘。

那一晚上很多人都喝多了，新娘子是最早躺下的，武乘风随后也倒下了。刘海蓝替新娘挡了一些酒，头有些晕，四下找苏广玉，看到苏广玉和覃微微坐到一块儿好像很亲热的样子，两人你一杯我一杯地敬酒。那时她还看不出端倪，觉得这两人坐一块儿喝酒真是好和谐的一幕。

前两天海滨森林公园开园，苏广玉也在现场，他在现场发放的宣传册里看到几张宣传园中画展的画作，他能确认有两张是以刘海蓝为模特，画一定出自覃微微之手。苏广玉胸口发闷，覃微微真是个有心人，随时找机会给海蓝献殷勤。他找覃微微喝酒只有一个想法，让覃微微离刘海蓝远点。"小覃，湾尾这儿人情真浓，到时我和海蓝也要回来办酒，热热闹闹办一场。"

覃微微在今天这个场合是第一次认识苏广玉，他当然看得出来这位男士和刘海蓝的关系不同一般，但他并不认为他和他有这么熟的交情，值得他找上他大谈未来。他对苏广玉的敌意和苏广玉对他的是对等的。

"婚礼都是办给别人看的，我要结婚，就带上我的新娘在海边给天磕头，给海磕头，有天地作证就够了。"

"清新脱俗，不用讲究人情往来，也好！"

"两情若是久长时，又岂在朝朝暮暮，真爱其实连婚姻都不需要，更不用说婚礼了。"覃微微主动举杯与苏广玉相碰，一饮而尽。

第十八章

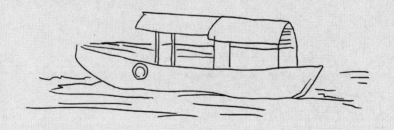

刘海蓝回住建局向陆局长汇报康养基地一期工程中自己工作上的收获和认识。虽然在工作中两人有过多次交流，但这是一次正式的汇报和总结。陆局长在听取她的汇报后，充分给予肯定和鼓励，也指出她尚有欠缺的方面，像在处理一些问题时，没有和其他相关工作人员充分沟通，有些大包大揽，没能调动项目组其他成员的协作精神，相反还增加了自己工作的压力和难度。"年轻的优势是干劲足，思路新，如果能向有经验的同志请教，听取多方意见，可以避免走弯路，也会得到更多的支持和助力。"刘海蓝完全同意陆局长对自己的评价，在前期的工作中，陆局长并没有指出她的这些问题，是想让她独立承担工作，有切身感受和体会；在工作告一阶段之后再来给她建议，能让她的认识更到位，提升更快。

　　"局长，您什么时候把我调回来呀？"刘海蓝撒娇了。

　　"别跟我装了，看得出你现在干得起劲得很，翟主任对你也很信任，奋战在第一线有意思吧？我真把你调回来坐办公室不知道该怎么埋怨我了。"

　　刘海蓝笑着说："局长真乃神人也，我有什么念头你都会知道。"

"工作归工作，身体要注意，我看你瘦多了，多喝点鱼汤，补补。"

"知道了，多喝鱼汤。"

从陆局长那儿出来，刘海蓝念着局长说喝鱼汤的事，她掏出手机给嫂子打了一个电话，说周末回家要喝鱼汤，让嫂子给她准备一下。嫂子问她想喝哪种鱼汤，她说就要杂鱼汤，加上几只虾蟹炖一锅，把汤给炖得浓浓的。嫂子在电话那头发出爽朗的笑声。"杂鱼汤你随时回来都有，不用提前打电话。"刘海蓝也笑了，这郑重其事地要求一锅杂鱼汤，哪里像海边人，其实她是想家的味道了。这阵子应付工作上的事，她有些超负荷运转，连回家看父母的心思都没了。

她连续三四个周末回湾尾，家里总有一锅浓得起油皮的鱼汤等着她。饭后她一手挽着阿奶，一手挽着母亲，小侄儿在前头带路，父亲兄长落后几步，糯米一家前前后后奔跑，一大队人马缓缓绕着村子散步。这是海边一个普通的人家，享受着海洋的风，守着海，世世代代。

散步的时候若被武家人碰上，他们多半还有一场夜宵。老一辈的喜欢喝两口，祛寒去湿，但是睡觉有规律，看差不多十点，自觉告辞归家。年轻人喜欢吃烧烤，总是人越聚越多，桌子喜欢搭在户外，边聊边吹海风，看星星……

在这样清闲的时光里，刘海蓝偶尔也会想，她如果没有外出读书，没有见识外面的世界，她会不会像父母兄长一样，安安心心一辈子住在村子里。多少人就这样平平淡淡地过了一生，她未必就不会。这样的念头是很难停留下来的，因为，完全休闲下来的时光并不多。

翟主任给刘海蓝传达了一项新任务，说这个项目由她来牵头最合适。城港市决定在离湾尾村不足二十公里的地方打造一个老渔村小镇，这个项目既要承载和表现海边人家传统的民俗风情，又要有现代因素，成为集旅游餐饮购物为一体的小镇。这两年多方征集设计方案，现在开始进行最后筛选，方案确定后就要进入实质性的招标建设阶段。刘海蓝听完翟主任的简单介绍，没有半点推辞，她一个湾尾村人不来负责这个项目，还想推给谁呀？对家乡来说，这可是大大的福利。

在诸多应征的设计方案中，最被看好的有两个，两家都是外地著名的规划设计单位，按计划就是要在这两家中确定一家。刘海蓝认真研究这两家的方案，它们的设计都很专业纯熟，但没有惊喜和满足感。她静下心来思考，发现这两份设计中看起来能代表海边人家的元素太过标签化和华美，作为一个在海边长大的孩子，这些设计不能打动她，反而让她觉得陌生和疏远。她重新在那些未能进入终选的方案里寻找，一份出自城港当地设计团队的方案引起她极大的兴趣，设计人正是她熟悉的阮青青和阿良他们。阮青青他们的设计方案较为粗糙，但在细节构思方面却有自己的独到之处，刘海蓝想，这份独到之处，来自本土文化的浸润，阮青青他们都是海边长大的孩子，血肉里就有一份外人无法拥有的品质。刘海蓝有了一个大胆的想法，用本土设计师的设计打造本地的渔村文化小镇，做成一个地地道道的本土文化产业项目。

这次她有经验了，她先做了一份材料，发给所有相关领导，收集意见反馈。收集来的意见，有支持的也有反对的，反对意见主要是质疑这个新操作会使这个项目设计审核的结论提交时间变得不确定甚至延后，还有就是对本地设计团队的水平有一定的质疑。支持方和刘海蓝的思路一样，就是希望能由城港出产一个全方位本土化的产品。既然有支持的声音刘海蓝就有底气了，她把阮青青他们找来，指出他们方案中存在的一些问题，又谈了她对老渔村这个项目的期待。她问阮青青他们有没有信心和别的设计团队竞争，把老渔村的项目拿下来。阮青青他们原来把设计方案投出时根本没抱多大希望，因为这个项目太大了，他们知道自己竞争不过那些大团队，只当练练手，现在听刘海蓝这么说，他们一下子打足了气。

阮青青说："我们经验是不够，但对老渔村灵魂的把握，我们这些土著不输谁，我们有信心把方案改好。"阿良说："一辈子能参加设计这样一个项目才能对得起自己的专业，我豁出命去也要把它弄好。"刘海蓝笑着说："没那么悲壮，不用豁出命，只要把祖祖辈辈传承下来的东西充分融合到这个方案里头，不埋没我们的出身，就能把方案做好。我这里会给你们最大的支持，但竞争是公平的，最后还要靠你们的方案说话。"

刘海蓝筹划开一个接地气的意见征集会，把京族三岛的村民代表集中起来，听听他们对老渔村小镇规划的看法，几个有希望的设计团队都邀请来参加旁听。刘海蓝和同事下到村里去，请村干部帮忙联系了一批渔民。一开始很多渔民听说是什么意见征集会，都表示自己没什么文化，不会讲话，不想参加。刘海蓝耐心地跟大伙儿解释，这就等于开个联谊会，不用什么准备，到时大家就谈谈自己觉得什么样的渔村是自己喜欢的，随便说一两句就好，这么说好多人才愿意参加了。

一个从来没有过的设计方案意见征集会在半个月后举行。除了来听取意见的几个设计团队，参加人员当中老一辈的有苏阿奶、刘天阔、武双力等，年轻一代的有阮敬平、武乘风等，另外像覃微微和城港本地的一些设计师都到会了。翟主任、陆局长和几位被邀请来的领导坐在角落，翟主任特地交代刘海蓝不要介绍他们，他们只想好好听听群众的声音。刘海蓝就没有做什么介绍，包括她自己也只作为一个听众参加。

之前，刘海蓝已经打消了老渔民的思想顾虑，老渔民们不担心要在会上做严肃的发言，他们果真把这次会议当联谊会了。会场的桌子上摆满了水果茶点，几个村的村民们操着方言，互相问好，敬烟敬茶。刘海蓝安排了工作人员给大家放幻灯片，工作人员一边播放片子，一边给观众讲解说明老渔村项目的构想，这个老渔村要有渔村的样貌，能展示海边人家的民俗传统，又要符合现代的审美和实现一定的商业价值。幻灯片还没放完，底下的小会就开起来了。

"现在的房子都好丑，没有我们以前住的石条瓦房好看，你们可以去参观一下我们的海边人家客栈，多少还有点石条瓦房的样貌。"武双力一起话头，好几个老人家附和。"那些搞旅游的起的房子哪里是渔村的房子，渔村的房子不搞花样，石条瓦房稳固凉爽，抗台风，建起来又省钱。""没地方晒渔网晒鱼哪里叫渔村呢？""我们的堂屋铁定是要有公棚的，不祭祖宗不祭神这不是忘本吗？""一个村子没有哈亭，在什么地方唱哈啊。""方不方便养鸭子呢，臭是臭点，有新鲜鸭蛋吃呢。"苏阿奶说："鸭子倒不一定要养，独弦琴要有，如果能专门起一间琴房最好不过，能随时弹给海神听呢。"

老一辈提出来的想法是最接地气不过的，年轻一辈提出的意见更具体。武乘风提议小镇可以建一栋晒鱼腌鱼的作坊，像鲶汁的整个制作流程都可以在作坊中展示出来，咸鱼干和鲶汁这些产品又能出售，这类作坊能与葡萄酒庄媲美。武家大伯说："这样的作坊我先租一个，要不再弄个咸蛋作坊也行。"覃微微说："我们是不是可以考虑把鱼作为老渔村小镇的图腾？

在建筑的表面多方位使用这一图腾，也可以让它成为小镇的LOGO。"阮敬平说："可不可在小镇当中摆放一条真正的船？渔村没有船还叫渔村吗？"刘天阔说："如果需要，我家那条船可以捐出来，那是我老刘家最宝贝的东西了，虽然是艘破船，但在海上漂过十几年，可比我们走过的地方多。"

听刘天阔说到这，一个想法在武乘风的脑子里冒出来，他暂时没有把这个想法说出来。

座谈会大家发言热烈的程度超出所有旁听领导的意料，刘海蓝开始还担心收集不到有用的信息，越听越有味道，好几次都想鼓掌，怕打断大家忍住了。她和武乘风一样，也有一个大胆的想法冒出来，她为自己的想法激动，跃跃欲试的心无法抑制。

座谈会结束，翟主任和陆局长都站起来鼓掌，他们到这时才介绍自己的职务，感谢乡亲父老给城市规划工作提供了生机勃勃接地气的经验。"你们提的意见都很好，我也是海边人家的儿女，我们城港市要建的老渔村必须得你们这些老渔民说好才是真正的好。"大家都没想到有这么大的领导来参加会议，还这么重视他们的意见，纷纷用掌声来表达对领导的敬意。

座谈会结束后，翟主任找刘海蓝谈话，希望她能够主持大局，督促参加座谈会的几个设计团队充分吸取意见，在三个月之内把最后的方案拿出来。刘海蓝虽说爽快地接受了任务，但有个想法在她的心里盘桓。这一次座谈会启发了她很多设计的灵感，她想如果能把这些灵感变为实际对她是一个挑战，之前她一直在鼓励阮青青他们做好方案，现在她想要加入这个团队，在其中贡献自己的智慧和力量。她不想做一个统筹工作的领导，不想再当甲方，她要成为一名设计师参加项目。这是一个千载难逢的机会，运用所学，把对故乡的追忆，对故乡的理解，对故乡未来的期盼，全都付诸进去，那将是对老渔村项目最大的尊重，也是对自己的挑战。可是，刘海蓝知道这几乎是个不可能实现的想法，甲方变成乙方，虽不违法但不合规，这会惹来多少猜测和质疑？这个想法也只能在她心头打转。

刘海蓝建议阮青青邀请覃微微和武乘风一块儿加入设计团队，过得两天阮青青给她电话，说武乘风答应得很痛快，覃微微没答应，说工作忙抽不出时间。阮青青还说："反正我是请不动他，他买你面子，这事得你出面。"刘海蓝想覃微微是忙，但主意多，怎么样都要动员他加入团队。她给覃微微电话，电话刚一接通，对方便说："海蓝，我正等你电话呢，你是要给阮青青当说客吧。""是啊，我是当说客来了，这么好的为家乡做贡献的机会，你怎么能拒绝呢？""那天座谈会后，我有个想法，想画一幅《老渔村大观图》，这个大观图可不简单，我要使它能与《清明上河图》媲美，如果你支持我画这幅画，我就帮他们一把。""听画名就很好，只是我又帮不上你什么忙，为什么一定要我支持呢？""这样吧，明晚在我画室我专门谈这幅画的构思，你把阮青青他们都请来，听听就明白了。"

刘海蓝邀了阮青青他们，到了覃微微的画室，发现那儿早就聚集了一帮人，大部分相互是认识的，不少是以前帮助防风堤设计画作的青年画家。覃微微给大家准备了热茶和咖啡，大家边喝边寒暄，过得一会儿进入正题，覃微微开始谈他的《老渔村大观图》。市里要建老渔村小镇，覃微微计划以老渔村小镇的设计作为参考，细致地描绘渔村小镇中的人、街道、小路、建筑，包括作坊里的器具摆设一样不落，全都要在画上表现出来。刘海蓝想，这不等于打仗前先布置个沙盘吗？覃微微要画老渔村和阮青青他们要出设计方案是相辅相成的，他没答应参加设计团队，想做的又是和老渔村主题紧密的活，这好像有点故弄玄虚。

"覃微微，你的想法很好，我想知道你的老渔村和我们设计的老渔村是同一个老渔村吗？"阮青青问。

"当然是了，没有你们的设计方案我这老渔村怎么构图呀，没办法的呀。"

听覃微微这么一说，阮青青的脸色稍好看了些，她刚听覃微微说的那一套，以为他别出心裁，想弄出个压过他们的作品呢。

"微哥把我们找来，是不是给我们机会和你一块儿完成这幅画呀？"一个画家说。

"当然了，我一个人肯定干不来这么大的工程，把你们几个找来就是想分工协作，每个人负责一部分，先出小样。刘海蓝，我邀请你加入我这个创作组。"

"我能干什么呢？"

"能干的事多了，老渔村当中的每一幢建筑物都会有自己独特的造型，比如说鲶汁作坊有鲶汁作坊的外观，咸鸭蛋作坊有咸鸭蛋作坊外观，这不就是你的强项吗？你想，如果我们把画都画出来了，阮青青那边是不是可以做参考？你又不可能参加他们的设计团队，加入我这一头最合适。"

覃微微还真的很有想法，刘海蓝想，她帮覃微微这边画一些建筑的草图，正好可以表现她的设计理念。

"好啊，我给你打下手，我们这个创作组要好好作画，发挥想象力，把我们的老渔村小镇美美地展示出来。"

"我来补充一句，最后，很可能青青他们得参考我们的画作来修改他们的方案，我们不能马虎了。"覃微微说。

"覃微微，就你厉害，你赶紧画，我们后头照抄作业。"阮青青不服气，又发不出火。

覃微微笑嘻嘻的。

这一晚上，分属两个团队的人员在分工明确后，进行了友好的交流。覃微微拿到阮青青他们的第一稿设计方案，阮青青拿到了三四幅覃微微这两天赶出来的白描小画。那几幅画是旦匏工坊和咸蛋工坊的内部结构草图。阮青青私下跟刘海蓝嘀咕：

"这家伙还真有想法，就是死犟不参加我们的团队。""人家提供智慧又不要名不要利，还不好？""好，好得很。"

覃微微的那三层画屋变成工作场地之一，大伙儿讨论得到较为统一的结论后，各自分工开始作图。刘海蓝一般是下了班就过来，覃微微这里有厨房，好几个小年轻喜欢买了菜过来做，大家一起吃饭，谈论的话题离不开老渔村。刘海蓝不是在阮青青的咖啡馆就是在覃微微的画室，苏广玉自然是被冷落了，心里不太痛快。两人单独相处的时间多半是他来接送刘海蓝的路上，这一路上刘海蓝的话题还总是围绕着老渔村转。苏广玉对覃微微一直心有块垒，刘海蓝现在把这个名字经常挂在嘴上，覃微微俨然变成刘海蓝的工作搭档。他听刘海蓝说覃微微不但花大量时间来画图，还给大伙儿提供各项便利，心里只有一个念头：无事献殷勤，非奸即盗。

苏广玉有几个晚上跟去画室，大家都是在讨论设计细节，他一个外行人只能替大家煮咖啡。他把咖啡递到大家手边，忙碌中的人有的停下来说一声"谢谢"，有的只沉浸于自己的工作里，连一声"谢谢"都没有。博士有博士放不下的脸面，后来苏广玉就不跟去了。人虽然没去，但他能想象得到覃微微和刘海蓝交流的样子，他见过他们在一个灵感的沟通之后击掌欢笑的样子。覃微微说要在老渔村里做个咖啡工坊，用越南咖啡豆加工做出一款咖啡品牌，这可以增加渔村的现代化元素，刘海蓝把这个想法夸上天去，覃微微还加码说这款咖啡就取名"海蓝"，没有比这更好的名字了。好在海蓝没有膨胀到随这家伙疯，海蓝说若要取名不如取"老渔村"，双赢。苏广玉看不上覃微微是个残疾人，自不量力，人都站不起来了，还敢对刘海蓝有非分之想，不就因为是个富二代，家里有几个钱吗？最可恨的是还对他视若无物。

刘海蓝自然没想到苏广玉这一方情绪如此跌宕起伏，她一心要把一个最完美的老渔村呈现出来，谈情说爱根本没放在心上，对覃微微更是单纯的工作情谊。有一天晚上下雨，苏广玉打了电话来问要不要过来接，刘海蓝觉得一来一回的麻烦，就说不用了。苏广玉在家里等到半夜，一直没有等到刘海蓝的短信，照以往，刘海蓝回到家，他们会视频一下，或发个短信报平安的。苏广玉电话打过去，刘海蓝没接电话，过了很久才回复信息说自己已经回家了。苏广玉心里有疑问，开车到覃微微的画室，几层楼全是黑的，他再开车到刘海蓝楼下，却看到刘海蓝正从覃微微的车下来。覃微微不坐轮椅了，挂着一只腋拐，另一只手扶着刘海蓝，要不是他们在电梯口挥手告别，苏广玉会忍不住要冲上前揍人。覃微微明明知道他和刘海蓝的关系，却明目张胆地挖墙脚，这口气他咽不下。刘海蓝难道也动了脚踏两只船的心思？这么晚才回来，他们刚才上哪儿去了？

刘海蓝是上医院看急诊去了。两个小时前，他们几个人还在讨论方案，她突然觉得腹痛恶心，一下就吐了出来。覃微微和阮青青陪她去看急诊，医生说她可能是近段时间吃东西不太规律，她自己坦白的，高兴就来上一顿大餐，工作一忙，一个面包也就顶过去了。在医院输完液，覃微微就把她送回家，她根本不知道苏广玉跑到她楼下目睹了这一幕。第二天她觉得身体没什么问题了，怕苏广玉担心，这事就没再提。

苏广玉对覃微微的恨意升起来，再也降不下去。他直接打电话把覃微微约出来，见面的地点是在一个露天停车场，他可没心情和情敌坐屋子里喝茶聊天。

覃微微接到苏广玉的约见电话心里是有疑问，苏广玉找他干什么，有什么事是不能在电话上说的？见面地点还这么奇怪，停车场。他准时赴约，车刚停稳苏广玉的电话就打来了。"我看到你的车了，你行动不便，我过来吧，你把司机支开就好。"对方的语气冷且硬，似乎不太友好，覃微微想想还是按照苏广玉说的办了。他下车拄着拐站在车边，苏广玉朝他走来。苏广玉站到车旁朝车里看了看，确定司机不在后说："我想你知道刘海蓝是我的女朋友。"这句话说完覃微微立即明白苏广玉的来意了。"虽然海蓝没有正式说过，但我们都看得出来。""既然看得出来，希望你知道分寸，不要动歪脑筋。海蓝善良，她和你在一起，我想多半是可怜你，你不要利用她的同情心。"覃微微身体里富二代的傲娇品性可不缺，一团火腾起来："你是忌妒海蓝对我好对吧？我的腿是不太好，但我的身体不错，正常的男人。我和海蓝是同年生人，有很多共同语言，你有没有发现海蓝更愿意和我在一起？我们在一起工作的时候有多默契、多开心，你只能靠想象了。""行了，没谱地吹这些有意思吗？""前天晚上我和阮青青陪海蓝去看急诊，当时青青说要通知你，海蓝不让，可以理解为她不想麻烦你，也可以理解为她和你不亲。女孩和一个男人亲，手指头割破都要撒娇的，所以，你可以评估一下你在海蓝心目中的地位了。"覃微微笑容满面地阐述，当时他在急诊室就是这么想的。

　　苏广玉刚解开前晚的疑团，又被覃微微后来这一番话给吊打。他早就发现刘海蓝在他跟前很少撒娇，行事很是克制，缺乏亲近感，覃微微算是戳到痛点了。他头顶上方有一团热流炸开："覃微微，等你的腿把路走利索了再来跟我争吧，以为家里有几个臭钱就了不起了？"覃微微扔下拐杖冲上来朝苏广玉的脸一拳砸过去。苏广玉哪里会吃亏，手一推，就把站立不稳的覃微微推倒在地，他在覃微微的身上擂了几拳。覃微微轻笑着说："有本事你把我打死，否则海蓝我抢定了。"苏广玉一听又是几拳头下去："要跟我抢人，站稳再说。"

　　不远处覃微微的司机发现异样，冲过来拦在覃微微的前头，把苏广玉的手抓住。覃微微发声让司机收手，司机松开苏广玉的手。覃微微摇摇晃晃站起来说："还想打吗？"苏广玉轻蔑地哼了一声走了。司机把覃微微扶回车上，覃微微让司机把他送到刘海蓝办公室的楼下，他没打算做隐忍的君子。他打电话把刘海蓝召下来，充分向刘海蓝展示了他身上"灿烂"的瘀肿。刘海蓝眼睛瞪圆，她很难相信苏广玉能出手伤人，可事实就摆在面前，她有一种焦头烂额的难堪。"他怎么能这样，我马上就去找他，让他给你道歉。"覃微微拉着刘海蓝的手说："你坐下，我有话要说。"刘海蓝疑惑地看着他。"其实，苏广玉没打错，我确实喜欢你，如果我有一双好腿，我不会把你交给那样一个人。"一波未平一波又起，刘海蓝在这种情形之下哪有心情听表白。"广玉有误解我会去跟他解释，我一定让他跟你道歉。""我不要道歉，我还可以向他道歉，海蓝，给我一点时间，我能把拐杖扔掉。""不要再说了，你知道苏广玉是我男朋友。""你跟苏广玉在一起，不过是熟悉而已，我没有发现你有多爱他。""你有什么资格评价我们的关系？""海蓝，你好好想想吧，一个人一生中如果连自己的爱都不了解，那不是白活了吗？"刘海蓝打开车门，逃跑一样地离开。

刘海蓝在那个时间发现了男人的幼稚，无论是苏广玉还是覃微微，无论平时看起来有多稳重多斯文，可他们统统能在感情问题上失去理智，失去正常思考的能力。她最不能原谅的是苏广玉，出手伤人是多么的低级。苏广玉打完人还关机玩消失，刘海蓝花了不少时间才把人找出来——苏广玉跑到一家理疗中心做理疗去了。苏广玉生平第一次出手打人，打完才知道并不像电影电视上那样爽快，首先自己的拳头痛得要紧，过不多会儿肿得像馒头一样。刘海蓝找到理疗中心，苏广玉正在做热敷，两只拳头上了药酒用纱布缠着。

刘海蓝上前握着那两只拳头狠狠地一捏。"苏广玉，你怎么可以动手打人？"

苏广玉哎哟叫起来："这么快就跑去找你告状，真是太有出息了，难道他没说是他先动手打的我？"

"是你找的他吧。"

"是的，我不喜欢有人打我女朋友的主意。"

"我跟他清清白白，你这样做让人家怎么想？"

"你成天跟他在一起，也难怪他胡思乱想，连自己是个残疾人都忘了，以为自己是富二代了不起，不就一个私生子吗？"

刘海蓝不想再听苏广玉刻薄的言论，她知道再说下去只能是争吵，解决不了任何问题。她从理疗中心跑出来，跑到对面的街心公园，就几步路让她累得喘不上气，又开始有恶心的感觉了，她跑到垃圾桶边，哇地又吐了。

刘海蓝决定在设计方案拿出来之前先把苏广玉晾着，省得还要花心思去做和解的工作。对覃微微她当然也要采取相应的措施，她不再到覃微微的画室去了，而是把交流内容放在网上，需要面对面交流时她会把聚会的地点安排在森林咖啡馆。

覃微微像没事人一样，但凡森林咖啡馆有聚会他是一场不落的，他觉得在这种时候他不能退缩。他没有再跟刘海蓝私下联络，一心放在画图上。他持这种超然的态度，刘海蓝自然不能刻意地疏远他，两人面上还是保持正常交流。覃微微心里一点儿也不着急，他越来越对自己两条腿的恢复充满信心，他也不希望刘海蓝嫁给一个走路都走不稳的男人，他必须走得稳稳当当再向她求婚。如果苏广玉没来找他，这层纸他找不到合适的时机捅开；苏广玉找上他，就是向他下了宣战书，他当然要坦然应战。既然战了，他必全力以赴，他可不希望在他的腿走利索之前，他心中所爱之人成为别人的新娘。

正像苏广玉不把覃微微放在眼里一样，覃微微也没把苏广玉放在眼里，一个到城港来讨生活的北方人，想和地头蛇斗法？开国际玩笑！覃微微有个朋友叫黄品，家里也开有制药公司，他委托黄品去打听苏广玉的底细。他的原话是："帮我查查这家伙有没有什么见不得人的事，整死他。"黄品也是个富二代，平时帮家里打理生意，还算有些出息。黄品拍拍胸脯说："没问题，包在老哥身上。"

在覃微微委托他的朋友搞事情的时候，并没有想到半年后真能搞出一件大事情来。

第十九章

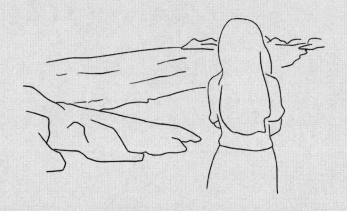

刘海蓝最近总感觉到疲累，有时睡到半夜全身酸痛，醒来直接趴在床边干呕。她懒得上医院，给自己买回来的是调理脾胃的药，吃了好像没什么效果。预约了一次中医院的专家门诊，开会又把时间给冲掉了。

　　苏广玉的父母回了一趟东北，住了将近两个月，回来后一直给她电话，邀她到家里吃饭，她推了几回，今天碰巧看到单位附近的牛奶摊摆卖牛奶，就买了两斤往老人家里去了。一见面，苏妈妈就拉着她的手说："海蓝，你的脸色好难看，怎么灰扑扑的，没点血色，有没有不舒服呀？"刘海蓝说："最近加班比较多，肠胃一直不舒服。"苏妈妈说："我们家还有个医学博士呢，怎么回事，用不上吗？"苏妈妈当场给苏广玉打电话，让他马上回家来。刘海蓝和苏广玉冷战好长一段时间了，双方偶尔有电话信息问候，见面很少，正好苏家二老回东北，刘海蓝不需要在老人跟前演戏，现在看来又得开始了。

　　苏广玉很快到了，拎了两只大榴梿，脸上挂着笑，心情很好的样子。苏妈妈上前拍了儿子几巴掌说："我现在算是明白你为什么一把年纪讨不上媳妇了，哪家的女儿要嫁给你这种人呀，还医学博士呢，你看看，海蓝的脸色正常吗？你就没时间带人家到医院看看？"苏广玉差不多有一个月没见着刘海蓝了，乍眼一看，刘海蓝瘦得有点脱形，脸色灰白，有贫血的征兆。他赶紧放下榴梿，上前搂着刘海蓝的肩膀说："怎么搞的，明天我带你上医院做个全面检查，你这脸色确实不好看。"苏妈妈说："从明天起，海蓝晚饭都要过来吃，我炖补品，要补一阵子才行。"刘海蓝说："没这么严重，你们都别太紧张了。"

吃完晚饭，苏广玉牵着刘海蓝的手到楼下小区花园散步。一段时间的疏离多多少少在两人中间罩上了阴影，苏广玉主动给刘海蓝道歉，说他知道这段时间她忙设计方案的事，不想干扰她，现在她忙完了，他希望他们多些时间好好相处，把过去的不愉快都解决掉。"海蓝，这段时间我想了很多，我虽然比你大不少，可在感情上还是幼稚得很。覃微微的事是我错了，我应该相信你，而不是去在意别人怎样，以后我不会再这么冲动了。"苏广玉能放下架子说这番话刘海蓝挺感动，她知道自己"刚"得很，对苏广玉一向关心少、交流少，也缺乏耐心，否则根本不会有这些矛盾产生，他们是应该好好相处了。

两个人坐在一棵枝繁叶茂的合欢树下，天上的月亮圆圆的。刘海蓝说："不知道今天是不是十五，以后月亮圆的时候，我们都这样坐着，安安静静地看月亮好不好？"苏广玉把刘海蓝紧紧搂住："好啊，一起看圆圆的月亮。"

第二天，苏广玉陪刘海蓝去做了一个全身的检查。检查完，刘海蓝一直没有去医院拿报告，苏广玉到广州开会，还打电话催她去拿结果。她还没去就有医院的护士给她电话，说她的化验结果早出来了，请她定下一个时间去与主治医生见面。刘海蓝没想那么多，只觉得现在的医院挺负责的，患者不去取化验结果都来催了，她就让护士帮忙约了一个时间。

她按照预约的时间到达医院，看的是血液科的大夫。大夫看样子有五十来岁，戴副眼镜，说话慢条斯理。

"刘海蓝，看你病历上写着未婚，家里还有什么人呢？"

刘海蓝心里咯噔一下，在一些电视剧里见过相似的场景，医生打听家属肯定没好事，刘海蓝强压下心头弥漫上来的不安和恐惧。"医生，你有什么就跟我直说吧，我父母都一把年纪了，我能处理自己的事。"

"好吧，那我就直说了，你也不要有太大的心理压力，现在这个病是可以治的，治愈的概率还是很大的。根据你的验血报告，你患上了慢性白血病，慢性比急性的治疗手段要复杂一些，基本上是先应用化疗，再做异基因造血干细胞移植。"

刘海蓝努力集中精神听清楚医生的解释，原来厄运有时真像一泡鸟屎，不早不晚不前不后，就落在头上。"异基因造血干细胞移植就是骨髓移植吧？"

"是的，这是一种很有效的办法。"

"如果整个治疗过程顺利,我能活多久?""如果治疗顺利,当然可以活很久。"

"嗯,明白了,我可以活到死。"

医生托了托眼镜,微笑着说:"小姑娘,我保证你能。"

他们讨论的话题是严肃的,刘海蓝先前那句话让两个人都暂时变得轻松起来。

"我会接受治疗,我还年轻。" 刘海蓝说。

"是啊,你还年轻,我们都努力。"

刘海蓝从医院出来,眼睛被天上光亮的太阳闪得花辣,但她没感到太阳的温度,相反的,她感到寒冷,空气中一丝丝微弱的风都能把她的皮肤打得刺痛。周围的热闹跟她没有关系,来来往往的人,呼啸而去的车,阳光,尘土,没有一样和自己有关联,刘海蓝痛心切肺地感到孤独。孤独并非源于她无人可以依靠,而是源于她不想依靠任何人,而她又不能确定自己是否可以一个人扛下来。是的,她看到了自己的恐惧,刚才跟医生的那一番说辞不过是给自己鼓劲,现在才发现自己有多么虚弱。她不想回家,不想一个人待在家里,哪怕这大街上全是陌生的人,哪怕这里的热闹与自己无关,但这里有尘世的味道,有浓重的人味,这些都是生命的气息。她没有目的地走,好像没有思维,渴了她给自己买了杯很少喝的奶茶,在一个麻辣小吃摊上吃了一碗炖得很入味的海带萝卜。她走累了,眼睛看花了，身上的冷慢慢退去。这时候她不是想躺到一张床上，她想泡在海水里，那咸咸苦苦的海水是一张最可靠的温床。

她拨通黎梅的电话。"姐，晚饭吃了吗？""刚吃好。""乘风哥在家吗？""在的，收拾碗筷呢。""姐，我想借一借乘风哥，让他过来接我，我想回湾尾一趟，马上走。""没问题啊，我跟他说，海蓝，你没什么事吧？""没事，就想回家一趟。"

当武乘风听黎梅传的话，他心揪了一下，扯下腰间的围裙说："她没说有什么急事？""我问了，她说没有啊，可能就是想回家一趟呗。"武乘风还是觉得不安，刘海蓝想回家有太多的办法，若是一般的事会直接给他电话。等他按照刘海蓝发来的定位到达约定地点，他发现那儿坐着一个脸色苍白、柔弱无力的女孩，他从未见过刘海蓝这副模样，无论何时，她的目光都是清澈的、坚定的，还带着顽皮，随着年龄增大，顽皮悄悄隐去，其他的都在。他想叫她的名字，想了想没叫，他向她走过去，走近前了，叫她的名字，她才看到他。她快速站起来，一下捉住他的手说："乘风哥，走，带我回湾尾。"她的手冰凉。他没问什么，拉着她的手，把她送上车。

他的车子开得很快，他能感到她的急迫。"你没有吃晚饭吧？""不饿。""直接回家？""带我到大石跳那儿吧。""大石跳？你不会是想下海游泳吧？"大石跳是湾尾村人特别是小孩游泳玩耍的一个地方，小时候他俩自然都是在那儿游过泳的。

男孩和女孩中间隔有一段距离，男孩子有时候玩疯了，会窜到女孩儿的领域，那家伙多半会被打出去。武乘风当然不会认为刘海蓝到那儿是想去游泳，他那么说只是为了放松气氛，可刘海蓝回答："是的，我就想下海泡一泡。"武乘风停了一会儿说："行，那我也泡一泡。"

　　一个多小时后车子停在村口。他们沿着最近的路往大石跳去了。天色已经黑了，一般海边的孩子不会在这个时间下海游泳，他们经常是在下午三点到晚饭前的时间跃进海里去，和太阳的余晖一块儿游动在海面上。现在的大石跳寂静无人，边上遗落有一两只鞋子，几只破塑料袋。武乘风想，这个时候如果开口问要不要穿泳衣、怕不怕着凉，都是愚蠢的。刘海蓝说了一句"你这边，我那边"，不再与他交流。他看着刘海蓝往那边去了，他没看到她除去身上衣物的动作，她踢掉鞋子，慢慢没入海中。他也和她差不多，他脱了鞋子，走到海里。

　　刘海蓝把整个身体浸到海水里，她没觉得凉，因为海水比她的身体要暖，毛孔打开，水慢慢渗入细胞，细胞饱满起来。白血病，听起来血像是要变成白色的，白色不好，变成蓝色的像鲨像虾这些海里小生灵的血倒是挺美的。她泡开了，她轻漂起来。她想如果泡的时间足够长，她的血应该是可以变成蓝色的，像回到母体，回到孕育的最初阶段。恐惧与寒冷排出去了，她仍然可以蜕变成为骑鱼的少女。

不知过了多久，刘海蓝从水中出来，湿衣裹着她的身体，像一条鱼。"乘风哥，我好了，你好了吗？""好了，好了。"武乘风刚才一直杂念纷飞，他猜想刘海蓝或许是失恋了，他对苏广玉没有太大的好感，当然他会反省是他的忌妒心，如果是苏广玉对不起海蓝，他不会放过苏广玉。刘海蓝在他面前是坦然的，尽管湿漉漉的身体遮掩不住身体的曲线，他没有一丝邪念，她是他的妹妹。他把冲锋衣披在她身上。"乘风哥，你跟我回家吧，等会儿我要跟家里人宣布一件事，你得帮我稳住他们。我得了白血病，慢性的，过一阵子就要接受化疗，有一定病好的概率。"武乘风没有说话，他已经说不出话来了，他的心痛得快要裂开了，他后悔刚才不应该任由她这样泡在水里，他应该紧紧地抱住她。"乘风哥，你听到了没有？"武乘风紧紧地抱住刘海蓝，刘海蓝听到武乘风在她的肩膀上哭。"哭什么，能治疗的。"武乘风发现自己哭得太不合时宜，赶快止住了说："对啊，能治的，没什么了不起的，我们都陪着你。"

　　到了刘家，一家人都在看电视，看见武乘风和刘海蓝湿漉漉地进来，刘黎氏第一个跳起说："咦，外头下雨了？我怎么没听到动静。"刘海蓝笑着说："没下雨，我刚才拉乘风哥一块儿到大石跳泡海水去了。"刘黎氏迎上来说："多大岁数了，还到大石跳去，赶紧去换衣服。""嫂子，家里有糯米粉的吧，做点汤圆吃，多煮点姜糖水。"阿奶说："去换衣服，等下我们全家一块儿吃夜宵。"刘天阔问武乘风是要回家还是先换上刘金沙的衣服，武乘风说不回家了，他也要吃了汤圆再说。刘金沙取了自己的衣服给武乘风换上。

刘海蓝换好衣服出来，姜糖水已经熬上了，全家都在搓汤圆。刘海蓝说："今天我回来是有事跟家里人说。阿奶，爸妈，哥哥嫂子，我刚检查出一个病，叫白血病，你们可能都听过了。"

全家人都听清楚了，家里出现短暂的静默。文化最低的覃云珠对这个病也不是一无所知，她印象中就是个绝症。阿奶耳朵不背，白血病这三个字让她想到做过的那个梦，老头子告诉她青花瓷碗上有一条裂纹，原来这条裂纹是在海蓝这儿裂开了。

"我过一段时间就要开始治疗了，你们不要担心，没大问题的。过得一段时间，哥哥，还要你给我捐骨髓，你得忍住痛，这段时间多吃点好的，加强营养。"刘金沙抹一把眼睛说："妹，哥把骨髓都捐给你，血也可以换给你，哥身体好，要多少都行，只要你好起来。"武乘风说："我也去捐，多备一份。"刘黎氏哭出声："我的海蓝，你怎么遭这个罪，老天爷，你让我替她受，她还年轻啊。""妈，别哭，都说了，可以治的。"虽然劝着婆婆，覃云珠也呜呜呜哭起来。阿奶过来抱住孙女说："海蓝，不要怕啊，龙公主海神都会保佑你的，你弹了这么多的曲子，他们听得到的。""阿奶，我不怕的。"刘天阔骂了一句："哭什么哭，我女儿不会有事的，我还没死呢，轮不到她。"

刘海蓝强忍心着泪水，她被亲情包围着，这是爱，她会好好珍惜这份爱。"我没打算瞒你们，你们都放轻松，我不会有事的。"阿奶的手一直没有离开孙女的头发。"你们都听着，海蓝不会有事的，我们该吃吃该喝喝，来，吃汤圆。"刘天阔端起一碗汤圆，舀起一勺，放进嘴里。海蓝也拿起面前的碗说："吃，团团圆圆。"

在这样一个温馨的夜晚，刘海蓝还是升起了一个念头，如果她没有病痛，让这温馨常在，那该多好！

晚上，刘海蓝留在家里住了一晚，第二天一大早武乘风载着她返回城港。像平时过完周末她离开一样，家里人都站在门口挥手告别。父亲挥挥说："一路平安！"车开动时，刘海蓝的眼泪还是流下来了。武乘风在车上交代她做治疗的时候一定要通知到他。刘海蓝点点头说："你就管好黎梅姐吧，我这边不用你操心。""你和苏广玉还好吗？""这事我不想让他知道。""他是你男朋友，你应该让他为你分担。""不，我不要他分担，我能行。"武乘风从这句话里听出一份决绝，他心疼刘海蓝，希望有多一个贴心的人来替她分担，刘海蓝就是太好强了。

刘海蓝并不像武乘风想的那样，对苏广玉她不是好强，她心疼苏广玉，不久前他们还约好每个月的十五都坐在一块儿安安静静地看月亮呢，也许月亮看得越多，越舍不得分开了。和苏广玉相处这两年，她对他没有付出太多的时间，也没有付出太多的关爱，她是亏欠他的。如今，这却成了一个有利的条件，她宁可把他再推得远一点，若她真的治疗无效，她希望他不要太难过。

武乘风回到家里，黎梅看他一脸疲惫，眉头紧锁。他带回一袋干贝和沙虫，说是母亲让黎梅用来煮粥吃。黎梅敏感地问："海蓝真的有事？"武乘风点点头。"慢性白血病。"黎梅呜咽了。"现在科学这么发达，一定能治的，这么好的姑娘，老天爷不会这么无情无义。""梅，你别哭，以后千万不要在海蓝跟前哭，她比我们都要坚强，我们要护着她。"黎梅捂着嘴点头。

从湾尾村回来后，刘海蓝把前两个月盘桓在她脑子的念头给落实了。她要辞职，她要以一个设计师的身份加入阮青青的团队，她要成为老渔村项目的设计者。她想，如果她的生命真的没有多少时间，她会让自己的灵魂在这件作品中飞扬。

刘海蓝对着翟主任慷慨陈词，她语速很快，额头冒出细碎的汗粒，她试图用更多的言辞来跟领导解释清楚她的想法，让领导支持她的想法。翟主任吃惊坏了，他一点儿也听不进去，他摆手制止海蓝再往下说，他说这件事情关系到个人的发展前途，走错一步，后悔终身。刘海蓝知道她这样的决定在任何人看来都是头脑发热，自毁前途，她只好把医院的检查报告放在翟主任的面前。"主任，我不知道我的生命还有多少时间，我希望能在剩下的时间做自己想做的事情。"

翟主任看完检查报告，心疼得发颤，虽然他已经见过不少的生死别离，但他真不愿意相信厄运会降临到这个姑娘头上。刘海蓝肯干，扎实，专业能力强，他越来越欣赏她，他甚至觉得他从她的身上获得了新的活力，他应该向她学习。今天，这样的请辞让他心痛不已，而成全是他唯一的选择。

"好，想好了就去做，做你想做的。"

"谢谢主任，请您替我保密，我不想受到太多关注。"

"我会的。希望你和你的设计团队拿出的方案最后能成为最佳的选择，让我们有机会成为合作的甲方乙方。"

"主任，我一定努力，我们会成功的。"

刘海蓝辞职加入阮青青的设计团队，她让阮青青他们不要对外宣扬，但对于她的朋友们来说不啻于炸了一枚深水炸弹，她没有太多解释，她说："我想和你们一起，全心全意为家乡做出一件能留传后世的作品。"阮青青他们觉得有一点点不对劲，似乎刘海蓝使的劲太大了，但他们没再多想，因为他们是志同道合的好朋友，在一起做事是最愉悦的事。

几个月后，阮青青团队拿出来的老渔村设计方案得到专家们的一致好评，经过一系列的评估和论证工作，市政府决定启用这套设计方案，准备进入项目建设招标阶段。

第二十章

覃微微和黄品在城港市最高级的海霸王酒店聚会。黄品召集了十几个朋友，个个喝得面红耳赤。覃微微心情很好，因为黄品给他带来一个好消息，苏广玉的制药公司被查封了。

　　黄品功不可没。他收买了苏广玉公司里的一个中层，对方透露给他一个消息，苏广玉投资了一个生蚝养殖基地，临近收获期，今年的雨水特别少，海水咸度升高，生蚝大面积死亡，但药厂以生蚝为原料的几款药都没有停产，照样生产，药厂与其他生蚝养殖户购买的生蚝数量也没有变化，这只能证明，这段时间出来的产品在成分上有问题，不是造假就是以次充好。在得到线报之后，黄品为了保险起见，又付了一笔可观的报酬拿到一些样品，找人检测后证实了自己的想法：苏广玉的玉海制药公司产品造假，生蚝成分不到应占指标的四分之一。

　　黄品家与苏广玉是同行，搞垮同行手段颇为熟络，没用几天时间，市场监督管理局就查封了苏广玉的制药公司。黄品得意地拍着覃微微的肩膀说："弟弟，哥哥这件事虽说是为你办的，也算是为民除害，我们等着看他被罚个倾家荡产，要不就坐牢。"覃微微特别同意黄品的说法，如果说当初他的初衷是整一把苏广玉，现在他觉得苏广玉的人品根本就有问题，假药都能做出来，海蓝跟这样的人能好吗？说不定感情都要造假。

苏广玉是在广州开会的时候接收到公司被查封的消息，他接到电话人一下瘫软在椅子上。这段时间他心里一直怀着侥幸，眼看难关就要渡过，临了却一下崩溃。他清楚下面他该面对的局面，但他不知道如何面对刘海蓝。

之前刘金沙管理的生蚝场一切正常，长势好的大蚝陆续收取用作药厂的原料，可这两三个月降雨量比同期减少了一半以上，蚝开始大面积死亡，刘金沙慌了阵脚，赶紧报告苏广玉。这种时候苏广玉是有选择机会的，他可以选择跟别的养殖户收购生蚝，价格难免要比往时高，因为是临时下单，但可以保证药的生产质量。可这一来损失的不仅仅是他，刘家是生蚝场的投资人，而且是把全副身家投下来，生蚝死亡意味着刘家的投入全化为泡沫。权衡一番后，苏广玉先把刘金沙稳住，让他不论生死都把蚝捞上来交给药厂处理，还是按照原来的价钱出货。刘金沙问了一句："这些死蚝还能制药吗？""死的有死的用处，肉坏了不是还有壳吗？都是宝贝。"刘金沙一听自家投下去的钱安全了，没有考虑别的，就按苏广玉说的办了。苏广玉还特地交代他不要把蚝场的事告诉外人，包括家里人，要低调处理，这样才不会影响蚝场的生意。刘金沙对苏广玉从来都是言听计从的，苏广玉怎么说他就怎么办了。

苏广玉虽然保住了刘家利益，但他自己也是投资人，他扛不下整个损失，到了这一步，他只能铤而走险了。这两个月药厂出来的产品，正货假货掺半，生蚝粉里几乎没有生蚝，只有生蚝壳粉。他带着侥幸的心理，做了这么多年的好品牌，是可以盖过一个短暂时期的次品的，他不认为会被人发现，他也只把这当作一个过渡的阶段，等熬过去还是要做回优质产品。他当然想不到，黄品早就安插了一双眼睛在找他的错处。

苏广玉从广州赶回来找到相关部门，检讨的态度很诚恳，表示愿意接受处罚。苏广玉还有另外一个侥幸心理，没准这事会被压着，私下处理，毕竟城港市是很重视医药基地这块牌子的，私下处理他就能瞒着刘海蓝。罚款再多他都可以重新再来，就是不能让刘海蓝知道他犯了这么大的错。可是，相关部门的处理意见还没有出来，这件事已经捅到媒体，本地日报把玉海制药公司被查封的事情报道出来，玉海制药成了需要整顿的反面典型，相关一系列评论文章相继出来，都是围绕这一事件讨论如何将城港打造成为一个真正的国际医药品牌基地，坚决杜绝一切假冒伪劣产品。

刘海蓝看到新闻非常吃惊，苏广玉的公司竟然以次充好？！她给苏广玉打电话，手机是关机状态，这更增加了不祥的气息。刘海蓝回想苏广玉从广州回来后，只匆匆和她见了个面。当时他说有一款新产品要做最后的测试，得忙一段时间，她正好告诉他她的身体检查结果出来了，没什么大问题，注意调节饮食就好了。看来那时候苏广玉已经知道出事了。报纸上提到的产品，正是之前苏广玉推荐刘海蓝送给黎梅吃的那一款，黎梅对这款产品非常满意，一直买来吃，刘海蓝相信它的功效不错，可为什么要做假货，单纯为了赚钱就可以砸自己的招牌，拿消费者的身体不当一回事吗？这还是她认识的那个苏广玉吗？刘海蓝胃抽了一下，忍不住趴在桌上干呕。平静下来，她给苏广玉发了一条信息："你不应该犯这样的错误，想想那些你曾经资助的学生，你是他们的榜样，他们一直看着你呢。事情已发生，错了改正，你仍然可以用你的知识造福社会。我永远支持你。"

苏广玉关机屏蔽了各种各样的声音，这几天他的手机快被打爆了，他知道刘海蓝也一定知道了。夜深人静时，他打开手机，涌进来很多的信息，刘海蓝的信息是首先被点开的。他看到最后那一句泪下来了。这么好的姑娘，他配不上她，往下，公司能不能重新开还说不准，多年来的努力一下化为泡沫。他下了一个决心，他不会再拨打刘海蓝的电话，就以这样的方式结束他们的关系吧。他给爸爸妈妈去了电话，简要说明情况，让两位老人先回东北。两位老人是经过风浪的，他们安慰儿子，就算是一切归零，学问是谁也抢不走的，从头再来就好。他们知道儿子好强，他们在身边起不到什么安慰作用，反而让孩子分心，一合计就订了回东北的票。

临走的前一天，两位老人到刘海蓝的单位门口等候着，照他们的想法，这桩婚事恐怕得黄，但无论如何，他们尽量挽救吧。刘海蓝由于身体的原因，再加上苏广玉的事情出来，是有一段时间没见到两位老人了。两位老人外表上没看出有什么异样，穿得比平时还要讲究，好体面的一对老人。"伯父伯母，你们怎么来了，没什么事吧？""没事，就想来看看你，你如果没事，陪我们去吃个饭可以吗？"两位老人变得客气，让刘海蓝有些难过，她上前挽起苏妈妈的手说："走，我带你们去吃烤鹅。"烤鹅店是新开不久的，早听同事说味道不错，是想过有机会带两老过来吃的，没想到今天就这么撞上了。

一大盘金灿灿的烤鹅上桌，香味扑鼻，刘海蓝选了几块没带骨头的，夹到老人家的碗里。老人家夸肉香，吃得很高兴的样子。一顿饭快吃完，老人家一句没提到苏广玉。刘海蓝知道他们来，一定是为了苏广玉的事，他们不说，她就说。"伯父伯母，你们放宽心，广玉能处理好自己的事，无论后面怎么处理，只要我在，我都会陪着他。"苏家老人听她这么一说，齐齐落泪。"好闺女，好闺女，就拜托你了，其实，你们就是分了，我们也可以理解，就是想请你开导开导他，让他好过一点。""你们放心，我会的。"刘海蓝说这些话的时候，心中有一种伤感，她是愿意陪着苏广玉的，如果一对情人不经历患难，怎么体验爱的忠贞与坚韧？就不知道她还能陪伴他多久。

刘海蓝给苏广玉发了很多信息，都没有得到回复，她后来又给他发了一条说："你可以一辈子躲着我，但你一定要出来看太阳。"

刘海蓝没有马上进行治疗，她担心进入治疗之后身体变得虚弱，老渔村项目的后续工作就不能跟进了，她计划等老渔村项目竞标结束后再住院。参与这个项目竞标的好几家企业实力都非常雄厚，南厦是其中之一。武乘风的公司也加入了竞争的队伍。

刘海蓝约武乘风见了一面。"乘风哥，我以前说过希望我们有一次真正的合作，我来设计，你来施工，如果你能拿下老渔村项目，我们就算是真正合作了。"武乘风知道刘海蓝没有住院治疗就是想等竞标的最后结果出来，这个倾注了她心血的项目他怎么放心让别人来做？"海蓝，你放心，无论付出什么代价，我们一定能合作成功。"刘海蓝笑着说："等你完工，我要租下老渔村的一栋房子，到时候也算是住上你起的房子了。"武乘风忍住快要流出来的眼泪用力地点了点头。

在竞争场上有许多因素是无法预料的，为了增加胜算，武乘风内心斗争了一番，把覃微微约了出来。覃微微马上就猜到他的来意。"乘风哥，这个项目我也参与了设计，虽然我不能代表南厦，但我相信南厦的实力，如果南厦能中标，我会协助南厦完成项目，所以，我帮不了你什么忙。"武乘风说："我的公司确实不如南厦实力雄厚，但我会努力竞争；如果我没有中，我只希望那个标是你们南厦拿到，因为我相信你，这是海蓝的心血，我希望它能够得到最好的展示。""乘风哥，你放心，无论你还是南厦拿下项目，我们都无条件支持对方好不好？"武乘风伸出手去与覃微微握在一块儿："我们努力。"

最后胜出的是武乘风的公司。他的报价完全不考虑盈利空间，而且还承诺在老渔村规划之外免费建一个海洋村落博物馆作为配套，博物馆将重现海边人家世代生活的场景，保存代表海边民族民俗文化的物品，祖辈流传下来的航海经、罗盘、渔具、船只等都会成为展品。武乘风这个思路是在刘海蓝主持的意见征集会上，听刘天阔提出可以捐献自己家那艘旧船时得到的灵感。老渔村应该有这样一间展馆，把海边人家历经的岁月展示和保存下来，没有什么比这个更重要。

覃微微对武乘风以低出海平面的标底把工程拿到，很不服气，特地跑去找武乘风理论。"乘风哥，你免费建一座博物馆已经够有说服力了，一分钱不赚把对手全部打趴，这不符合行规啊。""这是我送海蓝的礼物，我付出再大的代价都值得，何况，城港需要这样一个老渔村。"武乘风终究没忍住，把刘海蓝患病的事情告诉了覃微微，这是他非要把这单工程拿到手的原因。覃微微听罢仿佛五雷轰顶，半天说不出话来。难怪前几个月刘海蓝突然直接参加项目设计，他还想这有点不合规，但忍着没说。他这段时间挺得意的，苏广玉的事情出来，他就静候佳音，他料定刘海蓝不会原谅苏广玉，多大的一桩丑闻啊。现在看来，他让刘海蓝承受了太多的压力，身体出了问题，男朋友也出了问题，这不是内外煎熬吗。刘海蓝在用生命完成她的事业，他却在后头争强斗狠、争风吃醋，他是多么幼稚可笑啊。

"乘风哥，如果你不嫌弃，我带人参加你的队伍，也给我一个机会，为老渔村出力。"武乘风点点头，伸出手和他握了握。

武乘风把签订下来的合同放在一个文件夹里带给刘海蓝，刘海蓝一页页翻看，露出满意的笑容。"乘风哥，谢谢你了。"武乘风说："妹子，你放心好了，哥哥一定把一个最好的老渔村建起来，我们联手打造的只能是大制作！""嗯，我信的，这是我们联手的第一个项目，以后我们还会合作。""当然了，等你养好病，我们合作的机会肯定是一个接一个。"

在一个天气很清爽的早晨，在亲朋好友的陪伴下，刘海蓝住进医院。化疗过后的刘海蓝，虚弱，苍白，她好像是在看窗外飘洒雨雾。覃微微站在病房门口，他是鼓了很大的勇气才来到这里，选择这样的大雨天气，是不希望会碰到别人。果然，只有刘海蓝一人，安静地倚着床坐着。他认为刘海蓝的这场病是他害的，若没有他把苏广玉的事挑出来，刘海蓝的病也不会被逼出来了。他敲了敲门，刘海蓝扭头看到是他，露出淡淡一笑。

他拄着拐杖走到她身旁，扯了一张凳子坐下。"海蓝，你会好的，一定会好的。""嗯，会好的。""海蓝，我告诉你一个好消息，我前两天不用拐杖也能走了，今天过来看你，我不想让人陪，所以还是带了拐杖，下次我会自己走来的。我这个残疾人都能走了，你这点小病不是问题的。""嗯，那我就等着你甩开拐杖来看我。"

不久前，覃微微回了一趟奶奶居住过的村庄。他穿着拖鞋、长裤长袖，戴着帽子走在海边，胸口挂着奶奶给他留下来鱼骨项链。除了晚上回屋睡觉，他几乎一整天都走在海边，走累了找个阴凉处打个盹儿。半个月的时间一晃而过，他没有遇上海神，他相信奶奶不会骗他，他相信只要他找到海神，刘海蓝就一定没事。过些日子刘海蓝还要做骨髓移植，那是最关键的一步，他需要找到海神，他要把海神承诺给他们家族的那一次恩惠兑现给刘海蓝，他要刘海蓝健健康康地活下来。

那天的黄昏特别特别美，橙红色的血阳溶进水里，把海面变成圣殿一般的辉煌壮丽。覃微微雇了一只小船，他没有启动马达，只是让船随意在海上漂，他躺在船头看如诗如画的美景，他想，如果刘海蓝也在就好了，他会建议她跃入海中，骑到一头大鱼上，她是他永远的骑鱼少女。

他想他是睡了一觉，醒来时，发现船停在离岸边不远的地方，潮水拍打岩石，发出像喘息的声音，已经是深夜了。他胸前的鱼骨项链轻轻地晃动，他全身上下是一层水汽，刚才在他睡着的时候海神来过了。他记不起他们曾经说过什么，或者什么都没有说。他的心事和心愿，神能读到。

在刘海蓝要做骨髓移植的前一天，覃微微把鱼骨项链送给刘海蓝，挂在她的脖子上。"海蓝，你有守护神了，你会好的。"刘海蓝把鱼骨握在手里，温润，清凉。"谢谢，它很有力量。"

苏广玉拿到最后的处理意见，玉海制药公司的处理工作完成，城港市对玉海制药公司做处罚之后，并没有吊销公司的营业执照，仍给公司重新开始的机会。

手机上一直有短信催促，说他有一件快递逾时不取，他扫码交钱打开快递箱，是一只很小的邮包。打开来看，是一只彩色木屐，左脚，木屐上画有海，海上有一个小岛，岛上有一个姑娘坐在岩石上弹独弦琴，沙滩上有一只大大的招潮蟹，这是一只雌性的招潮蟹，没有大螯，挥动的是两只细长的钳子。他记起海蓝跟他开玩笑要给他送一只小鞋，他说他会削足适履。他放到脚下，脱下鞋子，将左脚伸入木屐，不大不小，刚刚好。这一只与他送给刘海蓝的那一只，两只木屐配一对。

苏广玉骑着自行车沿着防风堤前进。几个月来他一直闷在屋子里处理事情，连抬天看看蓝天的心情都没有。下午三四点钟的太阳刚刚好，热烈，干爽，他要好好晒晒太阳。他一直记得刘海蓝给他发的那条短信，让他出来好好晒晒太阳。自行车不急不缓，海风徐徐吹送，太阳晒得他全身每一个毛孔都舒展开来，他深深地吸气呼气，全身的细胞都在更新置换。他仿佛回到七年前，那时他刚刚来到城港，他踌躇满志，摩拳擦掌。如今，像经历过惊涛骇浪，平静无澜。他无惧，他想他可以重新开始，就像七年前那样。只是，那个女孩他却没办法面对了。刘海蓝跟他说的话他记住了，她永远支持他，有这句话就够了。

他晒了一次足够久的太阳，直至夜幕降临。他的自行车拐到蔚蓝广场边上，他把车子停下来，坐到地上喝水，抹汗。今晚广场有演出，时间好像比平时要早了许多。他远远看过去，那几个唱歌的人他不认识，看到最后，没有刘海蓝的节目，上来的是阮青青。阮青青边弹边唱，琴声让他心神不宁。他起身推车要离开，一只手拽住他的车尾。他回头看，覃微微站得笔直。他看清楚了，这个瘸子不再用拐杖了。"恭喜，可以用两条腿走路了。"他还是忍不住用不友好的语气。"我刚才和海蓝来听歌，她先走一步了。"苏广玉情不自禁扭头四周搜寻，想不到刘海蓝刚刚还在这儿。覃微微说："她早走了，回医院去了，海蓝明天做骨髓移植手术，你应该还不知道吧，今天晚上的演出是朋友们送给海蓝的。"

苏广玉认为自己一定是听错了，才几个月的时间，刘海蓝怎么可能要做骨髓移植？！但覃微微又怎么可能拿这种事来开玩笑？"她住哪个医院？""北部湾医院。"

　　苏广玉坐在北部湾医院住院部楼下的小花园里，十点钟刘海蓝的手术开始。从刘金沙那里他已经了解清楚，手术结束一个星期内，为了防止细菌感染，是不让探视的。刘金沙为了给刘海蓝捐骨髓也住院了。

　　苏广玉还是穿着头天晚上骑自行车的运动服，一夜下来，他没有睡，一直在查阅各种资料。他了解慢性白血病即使骨髓移植成功，也不代表治愈。他觉得这是老天爷对他最大的讽刺，一个医生博士，一个医药公司的老总，却无法救治最爱的人。他坐在黑夜里，看着天越来越沉，再看着天一点一点地透亮。他骑着自行车来到北部湾医院，在这之前，如果说他的方向仍然是模糊的，此时，他已经十分清晰。他会用他的后半生，研发出能救治自己爱人的药。他向刘海蓝求爱时曾说，他将来会买一艘船，带她在海上漂游，这样的愿景在今天看来显得是多么的可笑和华而不实，他只要抓住她的手，将她的生命留住，这才是他视野中唯一可视之物。

　　刘海蓝手术过后的七天，一直住在无菌隔离室。她看到苏广玉给她发的信息和图片了。他就在楼下，与她相距不到 50 米的距离，他每天都在那儿，等待她走出病房。她走到窗前往下看，虽然看不清晰，但她知道他在那儿。她从来没有感觉到与苏广玉如此亲近，他们之间再没有距离。

她还收到很多人发来的照片。老渔村的地基已经在打了，武乘风和覃微微一个砌墙，一个搬砖，他们的笑容是海边晒出来笑容，清凉湿润；黎梅给她发的是孕妇照；家里给她发的是在给大船上漆的照片，大哥拎着油桶，父亲看着远方，眼睛里有海的影子。

还记得手术那天，医生轻声在耳边说："给你麻醉了。"

那一刻，刘海蓝感觉身体飞起来了，她刚想到大石跳，身子就飞到大石跳，周围有巨大的岩石，海浪拍打在石上，溅了她一身。她想到海滨森林公园，她已经站在秋枫步道上，两排秋枫树长得郁郁葱葱，叶子渐渐变黄，散落的叶子铺满一条路。她想到老渔村，她突然站在一艘船上，认真打量竟然是自家存放了二十多年的老船，现在作为老渔村的标志，置放在镇子的中央。从这儿看过去，能看到一栋栋高矮参差的石条瓦房，它们的门头上挂着不同的牌匾，有武氏咸蛋坊，有张家鲶汁坊，有海味屋。她闻到一股香浓的咖啡味，莫不是覃微微的老渔村牌咖啡屋传过来的吧？她一下子进入了咖啡屋，一个漂亮的小姑娘把一杯冒着热气的咖啡放到她的手边。怎么没见到其他人呢？她见到了，苏广玉坐在一台仪器跟前，专注地观察；覃微微走进一间酒店的大堂，门口的迎宾鞠躬叫他覃经理；武乘风和黎梅依偎坐着，他们目不转睛地盯着婴儿床里一个小小孩子，孩子像天使一样可爱……

　　刘海蓝想，既然能随心而动，心想事成，就把龙女琴送来吧，她要好好弹一曲。龙女琴转眼就到她手里。她轻轻拨动琴弦，海水在她周围涌动，卷起如雪一样的浪花。琴声如帆，如舵，如灯，如塔，船儿永不沉没。